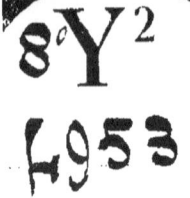

ALPHONSE DAUDET

NUMA ROUMESTAN

— MŒURS PARISIENNES —

« ... Pour la seconde fois, les Latins
ont conquis la Gaule. »

PARIS

G. CHARPENTIER, ÉDITEUR

13, RUE DE GRENELLE-SAINT-GERMAIN, 13

1881

NUMA ROUMESTAN

OUVRAGES DU MÊME AUTEUR

PUBLIÉS DANS LA BIBLIOTHÈQUE-CHARPENTIER

à 3 fr. 50 le volume

3437-81. — Corbeil, imprimerie Crété.

ALPHONSE DAUDET

NUMA ROUMESTAN

 — MŒURS PARISIENNES —

« ...Pour la seconde fois, les Latins
« ont conquis la Gaule... »

PARIS

G. CHARPENTIER, ÉDITEUR

13, RUE DE GRENELLE-SAINT-GERMAIN, 13

1881

A

MA CHÈRE FEMME

NUMA ROUMESTAN

————

I

AUX ARÈNES!

Ce dimanche-là, un dimanche de juillet chauffé à blanc, il y avait, à l'occasion du concours régional, une grande fête de jour aux arènes d'Aps-en-Provence. Toute la ville était venue : les tisserands du Chemin-Neuf, l'aristocratie du quartier de la Calade, même du monde de Beaucaire.

« Cinquante mille personnes au moins ! » disait le *Forum* dans sa chronique du lendemain; mais on doit tenir compte de l'enflure méridionale.

Le vrai, c'est qu'une foule énorme s'étageait, s'écrasait sur les gradins brûlés du vieil amphithéâtre, comme au beau temps des Antonins, et que la fête des comices n'était pour rien dans ce dé-

bordement de peuple. Il fallait autre chose que les
courses landaises, les luttes pour hommes et *demi-
hommes*, les jeux de l'*étrangle-chat* et du *saut sur
l'outre*, les concours de flûtets et de tambourins,
spectacles locaux plus usés que la pierre rousse
des arènes, pour rester deux heures debout sur ces
dalles flambantes, deux heures dans ce soleil tuant,
aveuglant, à respirer de la flamme et de la poussière à odeur de poudre, à braver les ophthalmies,
les insolations, les fièvres pernicieuses, tous les
dangers, toutes les tortures de ce qu'on appelle là-
bas une fête de jour.

Le grand attrait du concours, c'était Numa Roumestan.

Ah! le proverbe qui dit : « Nul n'est prophète... »
est certainement vrai des artistes, des poètes, dont
les compatriotes sont toujours les derniers à re-
connaître la supériorité, tout idéale en somme et
sans effets visibles ; mais il ne saurait s'appliquer
aux hommes d'État, aux célébrités politiques ou
industrielles, à ces fortes gloires de rapport qui se
monnayent en faveurs, en influences, se reflètent
en bénédictions de toutes sortes sur la ville et sur
l'habitant.

Voilà dix ans que Numa, le grand Numa, le député leader de toutes les droites, est prophète
en terre de Provence, dix ans que, pour ce fils
illustre, la ville d'Aps a les tendresses, les effusions
d'une mère, et d'une mère du midi, à manifestations, à cris, à caresses gesticulantes. Dès qu'il
arrive, en été, après les vacances de la Chambre,
dès qu'il apparaît en gare, les ovations commen-

cent : les orphéons sont là, gonflant sous des chœurs
héroïques leurs étendards brodés ; des portefaix,
assis sur les marches, attendent que le vieux carrosse
de famille, qui vient chercher le leader, ait fait
trois tours de roues entre les larges platanes de l'a-
venue Berchère, alors ils se mettent eux-mêmes
aux brancards et traînent le grand homme, au
milieu des vivats et des chapeaux levés, jusqu'à la
maison Portal où il descend. Cet enthousiasme
est tellement passé dans la tradition, dans le céré-
monial de l'arrivée, que les chevaux s'arrêtent
spontanément, comme à un relai de poste, au coin
de la rue où les portefaix ont l'habitude de dételer,
et tous les coups de fouet ne leur feraient pas faire
un pas de plus. Du premier jour, la ville change
d'aspect : ce n'est plus la morne préfecture, aux
longues siestes bercées par le cri strident des cigales
sur les arbres brûlés du Cours. Même aux heures
de soleil, les rues, l'esplanade s'animent et se peu-
plent de gens affairés, en chapeaux de visite, vêtements de drap noir, tout crus dans la vive lumière,
découpant sur les murs blancs l'ombre épileptique
de leurs gestes. Le carrosse de l'évêché, du président, secoue la chaussée ; puis des délégations du
faubourg, où Roumestan est adoré pour ses convictions royalistes, des députations d'ourdisseuses s'en
vont par bandes dans toute la largeur du boulevard,
la tête hardie sous le ruban arlésien. Les auberges
sont pleines de gens de la campagne, fermiers de
Camargue ou de Crau, dont les charrettes dételées
encombrent les petites places, les rues des quartiers populeux, comme aux jours de marché ; le

soir, les cafés, bourrés de monde, restent ouverts
bien avant dans la nuit, et les vitres du cercle des
Blancs, éclairées à des heures indues, s'ébranlent
sous les éclats de la voix du Dieu.

Pas prophète en son pays ! Il n'y avait qu'à voir
les arènes en ce bleu dimanche de juillet 1875,
l'indifférence du public pour ce qui se passait
dans le cirque, toutes les figures tournées du même
côté, ce feu croisé de tous les regards sur le même
point : l'estrade municipale, où Roumestan était
assis au milieu des habits chamarrés et des soies
tendues, multicolores, des ombrelles de cérémonie. Il n'y avait qu'à entendre les propos, les cris
d'extase, les naïves réflexions à haute voix de ce
bon populaire d'Aps, les unes en provençal, les
autres dans un français barbare, frotté d'ail, toutes
avec cet accent implacable comme le soleil de
là-bas, qui découpe et met en valeur chaque syl-
labe, ne fait pas grâce d'un point sur un i.

— *Diou! qu'es bèou!*... Dieu ! qu'il est beau !..

— Il a pris un peu de corps depuis l'an passé.

— Il a plus l'air imposant comme ça.

— Ne poussez pas tant... Il y en a pour tout le
monde.

— Tu le vois, petit, notre Numa... Quand tu
seras grand, tu pourras dire que tu l'as vu, *qué!*

— Toujours son nez Bourbon... Et pas une dent
qui lui manque.

— Et pas de cheveux blancs non plus...

— *Té*, pardi !... Il n'est pas déjà si vieux... Il est
de 32, l'année que Louis-Philippe tomba les croix
de la mission, *pecaïré !*

— Ah ! gueusard de Philippe.

— Il ne les paraît pas, ses quarante-trois ans.

— Sûr que non, qu'il ne les paraît pas... *Té !* bel astre...

Et, d'un geste hardi, une grande fille aux yeux de braise lui envoyait, de loin, un baiser sonnant dans l'air comme un cri d'oiseau.

— Prends garde, Zette... si sa dame te voyait !

— C'est la bleue, sa dame ?

Non, la bleue c'était sa belle-sœur, mademoiselle Hortense, une jolie demoiselle qui ne faisait que sortir du couvent et déjà « montait le cheval » comme un dragon. Madame Roumestan était plus posée, de meilleure tenue, mais elle avait l'air bien plus fier. Ces dames de Paris, ça s'en croit tant ! Et, dans le pittoresque effronté de leur langue à demi-latine, les femmes, debout, les mains en abat-jour au-dessus des yeux, détaillaient tout haut les deux Parisiennes, leurs petits chapeaux de voyage, leurs robes collantes, sans bijoux, d'un si grand contraste avec les toilettes locales : chaînes d'or, jupes vertes, rouges, arrondies de tournures énormes. Les hommes énuméraient les services rendus par Numa à la bonne cause, sa lettre à l'empereur, son discours pour le drapeau blanc. Ah ! si on en avait eu une douzaine comme lui à la chambre, Henri V serait sur le trône depuis longtemps

Enivré de ces rumeurs, soulevé par cet enthousiasme ambiant, le bon Numa ne tenait pas en place. Il se renversait sur son large fauteuil, les yeux clos, la face épanouie, se jetait d'un côté sur l'autre ; puis bondissait, arpentait la tribune à

1.

grands pas, se penchait un moment vers le cirque, humait cette lumière, ces cris, et revenait à sa place, familier, bon enfant, la cravate lâche, sautait à genoux sur son siège, et le dos et les semelles à la foule, parlait à ses Parisiennes assises en arrière et au-dessus de lui, tâchait de leur communiquer sa joie.

Madame Roumestan s'ennuyait. Cela se voyait à une expression de détachement, d'indifférence sur son visage aux belles lignes d'une froideur un peu hautaine, quand l'éclair spirituel de deux yeux gris, de deux yeux de perle, des vrais yeux de Parisienne, le sourire entr'ouvert d'une bouche étincelante ne l'animait pas.

Ces gaietés méridionales, faites de turbulence, de familiarité, cette race verbeuse, tout en dehors, en surface, à l'opposé de sa nature si intime et sérieuse, la froissaient, peut-être, sans qu'elle s'en rendît bien compte, parce qu'elle retrouvait dans ce peuple le type multiplié, vulgarisé, de l'homme à côté de qui elle vivait depuis dix ans et qu'à ses dépens elle avait appris à connaître. Le ciel non plus ne la ravissait pas, excessif d'éclat, de chaleur réverbérée. Comment faisaient-ils, pour respirer, tous ces gens-là ? Où trouvaient-ils du souffle pour tant de cris ? Et elle se prenait à rêver tout haut d'un joli ciel parisien, gris et brouillé, d'une fraîche ondée d'avril sur les trottoirs luisants.

— Oh ! Rosalie, si l'on peut dire...

Sa sœur et son mari s'indignaient ; sa sœur surtout, une grande jeune fille éblouissante de vie, de santé, dressée de toute sa taille pour mieux voir.

Elle venait en Provence pour la première fois, et pourtant l'on eût dit que tout ce train de cris, de gestes dans un soleil italien remuait en elle une fibre secrète, un instinct engourdi, les origines méridionales que révélaient ses longs sourcils joints sur ses yeux de houri et la matité d'un teint où l'été ne mettait pas une rougeur.

— Voyons, ma chère Rosalie, faisait Roumestan, qui tenait à convaincre sa femme, levez-vous et regardez ça... Paris vous a-t-il jamais rien montré de pareil ?

Dans l'immense théâtre élargi en ellipse et qui découpait un grand morceau de bleu, des milliers de visages se serraient sur les gradins en étages avec le pointillement vif des regards, le reflet varié, le papillotage des toilettes de fête et des costumes pittoresques. De là, comme d'une cuve gigantesque, montaient des huées joyeuses, des éclats de voix et de fanfares volatilisés, pour ainsi dire, par l'intense lumière du soleil. A peine distincte aux étages inférieurs où poudroyaient le sable et les haleines, cette rumeur s'accentuait en montant, se dépouillait dans l'air pur. On distinguait surtout le cri des marchands de pains au lait qui promenaient de gradin en gradin leur corbeille drapée de linges blancs : « *li pan ou la... li pan ou la !* » Et les revendeuses d'eau fraîche, balançant leurs cruches vertes et vernies, vous donnaient soif à les entendre glapir : « *l'aigo es fresco... Quau vòu beùre ?*... L'eau est fraîche... Qui veut boire ?... »

Puis, tout en haut, des enfants, courant et jouant à la crête des arènes, promenaient sur ce grand

brouhaha, une couronne de sons aigus au niveau
d'un vol de martinets, dans le royaume des oiseaux. Et sur tout cela quels admirables jeux de
lumière, à mesure que — le jour s'avançant — le
soleil tournait lentement dans la rondeur du vaste
amphithéâtre comme sur le disque d'un cadran
solaire, reculant la foule, la groupant dans la zone
de l'ombre, faisant vides les places exposées à la
trop vive chaleur, des espaces de dalles rousses séparées d'herbes sèches où des incendies successifs
ont marqué des traces noires.

Parfois, aux étages supérieurs, une pierre se déta-
chait du vieux monument, sous une poussée de
monde, roulait d'étage en étage au milieu des cris
de terreur, des bousculades, comme si tout le cirque
croulait ; et c'était sur les gradins un mouvement
pareil à l'assaut d'une falaise par la mer en furie,
car chez cette race exubérante, l'effet n'est jamais
en rapport avec la cause, grossie par des visions,
des perceptions disproportionnées.

Ainsi peuplée et animée, la ruine semblait revivre,
perdait sa physionomie de monument à cicérone.
On avait, en la regardant, la sensation que donne
une strophe de Pindare récitée par un Athénien de
maintenant, c'est-à-dire la langue morte redevenue
vivante, n'ayant plus son aspect scolastique et
froid. Ce ciel si pur, ce soleil d'argent vaporisé, ces
intonations latines conservées dans l'idiome provençal, çà et là — surtout aux petites places —
des attitudes à l'entrée d'une voûte, des poses
immobiles que la vibration de l'air faisait antiques,
presque sculpturales, le type de l'endroit, ces têtes

frappées comme des médailles avec le nez court et busqué, les larges joues rases, le menton retourné de Roumestan, tout complétait l'illusion d'un spectacle romain, jusqu'au beuglement des vaches landaises en écho dans les souterrains d'où sortaient jadis les lions et les éléphants de combat. Aussi, quand sur le cirque vide et tout jaune de sable s'ouvrait l'énorme trou noir du *podium*, fermé d'une claire-voie, on s'attendait à voir bondir les fauves au lieu du pacifique et champêtre défilé de bêtes et de gens couronnés au concours.

A présent c'était le tour des mules harnachées, menées à la main, couvertes de somptueuses sparteries provençales, portant haut leurs petites têtes sèches ornées de clochettes d'argent, de pompons, de nœuds, de bouffettes et ne s'effrayant pas des grands coups de fouet coupants et clairs, en pétards, en serpenteaux, des muletiers debout sur chacune d'elles. Dans la foule, chaque village reconnaissait ses lauréats, les annonçait à voix haute :

« Voilà Cavaillon... Voilà Maussane... »

La longue file somptueuse se déroulait tout autour de l'arène qu'elle remplissait d'un cliquetis étincelant, de sonneries lumineuses, s'arrêtait devant la loge de Roumestan, accordant une minute en aubade d'honneur ses coups de fouet et ses sonnailles, puis continuait sa marche circulaire, sous la direction d'un beau cavalier, en collant clair et bottes montantes, un des messieurs du Cercle, organisateur de la fête, qui gâtait tout sans s'en douter, mêlant la province à la Provence, donnant à ce curieux spectacle local un vague aspect de

cavalcade de Franconi. Du reste, à part quelques
gens de campagne, personne ne regardait. On
n'avait d'yeux que pour l'estrade municipale, en-
vahie depuis un moment par une foule de personnes venant saluer Numa, des amis, des clients,
d'anciens camarades de collège, fiers de leurs relations avec le grand homme et de les montrer là
sur ces tréteaux, bien en vue.

Le flot se succédait sans interruption. Il y en avait
des vieux, des jeunes, des gentilshommes de campagne en complet gris de la guêtre au petit chapeau,
des chefs d'ateliers endimanchés dans leurs redingotes marquées de plis, des *ménagers*, des fermiers
de la banlieue d'Aps en vestes rondes, un pilote du
Port Saint-Louis, tortillant son gros bonnet de forçat, tous avec leur midi marqué sur la figure, qu'ils
fussent envahis jusque dans les yeux de ces barbes
en palissandre que la pâleur des teints orientaux
fait plus noires encore, ou bien rasés à l'ancienne
France, le cou court, rougeauds et suintant comme
des alcarazas en terre cuite, tous l'œil noir, flambant, hors de la tête, le geste familier et tutoyeur.

Et comme Roumestan les accueillait, sans distinction de fortune ou d'origine, avec la même effusion inépuisable ! « *Té !* Monsieur d'Espalion ! et
comment va, marquis ?...

« *Hé bé !* mon vieux Cabantous, et le pilotage ?...
« Je salue de tout cœur M. le président Bédarride. »
Alors des poignées de main, des accolades, de
ces bonnes tapes sur l'épaule qui doublent la valeur des mots, toujours trop froids au gré d'une
sympathie méridionale. L'entretien ne durait pas

longtemps, par exemple. Le leader n'écoutait que
d'une oreille, le regard distrait, et tout en causant
disait bonjour de la main aux nouveaux venus ;
mais personne ne se fâchait de sa brusque façon
d'expédier son monde avec de bonnes paroles.
« Bien, bien..... Je m'en charge..... Faites votre
demande... je l'emporterai. »

C'étaient des promesses de bureaux de tabac, de
perceptions ; ce qu'on ne demandait pas, il le devinait, encourageait les ambitions timides, les provo-
quait. Pas médaillé, le vieux Cabantous, après
vingt sauvetages ! « Envoyez-moi vos papiers...
On m'adore à la marine !... Nous réparerons
cette injustice. » Sa voix sonnait, chaude et métallique, frappant, détachant les mots. On eût dit des
pièces d'or toutes neuves qui roulaient. Et tous
s'en allaient ravis de cette monnaie brillante,
descendaient de l'estrade avec le front rayonnant
de l'écolier qui emporte son prix. Le plus beau dans
ce diable d'homme c'était sa prodigieuse souplesse
à prendre les allures, le ton des gens à qui il parlait, et cela le plus naturellement, le plus incon-
sciemment du monde. Onctueux, le geste rond, la
bouche en cœur avec le président Bédarride, le bras
magistralement étendu comme s'il secouait sa toge
à la barre ; l'air martial, le chapeau casseur pour
parler au colonel de Rochemaure, et vis-à-vis de
Cabantous les mains dans les poches, les jambes
arquées, le roulis d'épaules d'un vieux chien de
mer. De temps en temps, entre deux accolades, il
revenait vers ses Parisiennes, radieux, épongeant
son front qui ruisselait.

— Mais, mon bon Numa, lui disait Hortense tout bas avec un joli rire, où prendrez-vous tous les bureaux de tabac que vous leur promettez ?

Roumestan penchait sa grosse tête crépue, un peu dégarnie dans le haut : « C'est promis, petite sœur, ce n'est pas donné. »

Et devinant un reproche dans le silence de sa femme :

« N'oubliez pas que nous sommes dans le Midi, entre compatriotes parlant la même langue... Tous ces braves garçons savent ce que vaut une promesse et n'espèrent pas leur bureau de tabac plus positivement que moi je ne compte le leur donner... Seulement ils en parlent, ça les amuse, leur imagination voyage. Pourquoi les priver de cette joie?... Du reste, voyez-vous, entre méridionaux les paroles n'ont jamais qu'un sens relatif... C'est une affaire de mise au point. »

Comme la phrase lui plaisait, il répéta deux ou trois fois en appuyant sur la finale : « de mise au point... de mise au point... »

« J'aime ces gens-là., » dit Hortense qui décidément s'amusait beaucoup. Mais Rosalie n'était pas convaincue. « Pourtant les mots signifient quelque chose, murmura-t-elle très sérieuse comme se parlant au plus profond d'elle-même.

— Ma chère, ça dépend des latitudes ! ».

Et Roumestan assura son paradoxe d'un coup d'é-paule qui lui était familier, l' « en avant » d'un porte-balle remontant sa bricole. Le grand orateur de la droite gardait comme cela quelques habitudes de corps dont il n'avait jamais pu se défaire et qui dans

un autre parti l'auraient fait passer pour un homme
du commun; mais aux sommets aristocratiques où
il siégeait entre le prince d'Anhalt et le duc de la
Rochetaillade, c'était signe de puissance et de forte
originalité, et le faubourg Saint-Germain raffolait
de ce coup d'épaule sur le large dos trapu qui portait
les espérances de la monarchie française. Si madame
Roumestan avait partagé jadis les illusions du faubourg, c'était bien fini maintenant, à en juger par
le désenchantement de son regard, le petit sourire
qui retroussait sa lèvre à mesure que le leader
parlait, sourire plus pâle encore de mélancolie que
de dédain. Mais son mari la quitta brusquement,
attiré par les sons d'une étrange musique qui montait de l'arène au milieu des clameurs de la foule,
debout, exaltée, criant: « Valmajour ! Valmajour ! »

Vainqueur au concours de la veille, le fameux
Valmajour, premier tambourinaire de Provence,
venait saluer Numa de ses plus jolis airs. Vraiment
il avait belle mine ce Valmajour, planté au milieu
du cirque, sa veste de cadis jaune sur l'épaule,
autour des reins sa taillole d'un rouge vif tranchant
sur l'empois blanc du linge. Il tenait son long et léger tambourin pendu au bras gauche par une courroie, et de la main du même bras portait à ses lèvres un petit fifre, pendant que de sa main droite il
tambourinait, l'air crâne, la jambe en avant. Tout
petit, ce fifre remplissait l'espace comme un branle
de cigales bien fait pour cette atmosphère limpide,
cristalline, où tout vibre, tandis que le tambourin,
de sa voix profonde, soutenait le chant et ses fio-
ritures.

2

Au son de cette musique aigrelette et sauvage,
mieux qu'à tout ce qu'on lui montrait depuis qu'il
était là, Roumestan voyait se lever devant lui son
enfance de gamin provençal courant les fêtes de
campagne, dansant sous les platanes feuillus des
places villageoises, dans la poudre blanche des
grands chemins, sur la lavande des côtes brûlées.
Une émotion délicieuse lui piquait les yeux ; car
malgré ses quarante ans passés, la vie politique si
desséchante, il gardait encore, par un bénéfice de
nature, beaucoup d'imagination, cette sensibilité de
surface qui trompe sur le fond vrai d'un caractère.

Et puis ce Valmajour n'était pas un tambourinaire comme les autres, un de ces vulgaires méné-
triers qui ramassent des bouts de quadrilles, des
refrains de cafés chantants dans les fêtes de pays,
encanaillant leur instrument en voulant l'accorder
au goût moderne. Fils et petit-fils de tambourinaires, il ne jouait jamais que des airs nationaux, des
airs chevrotés par les grand'mères aux veillées ; et
il en savait, il ne se lassait pas. Après les noëls de
Saboly rythmés en menuets, en rigodons, il entonnait la *Marche des rois*, sur laquelle Turenne au
grand siècle a conquis et brûlé le Palatinat. Le long
des gradins où des fredons couraient tout à l'heure
en vols d'abeilles, la foule électrisée marquait la
mesure avec les bras, avec la tête, suivait ce rythme
superbe qui passait comme un coup de mistral
dans le grand silence des arènes, traversé seulement
par le sifflement éperdu des hirondelles tournoyant
en tous sens, là-haut, dans l'azur verdissant, in-
quiètes et ravies comme si elles cherchaient à tra-

vers l'espace quel invisible oiseau décochait ces
notes suraiguës.

Quand Valmajour eut fini, des acclamations folles
éclatèrent. Les chapeaux, les mouchoirs étaient en
l'air. Roumestan appela le musicien sur l'estrade et
lui sauta au cou : « Tu m'as fait pleurer, mon
brave ! » Et il montrait ses yeux, de grands yeux
bruns dorés, tout embus de larmes. Très fier de se
voir au milieu des broderies et des épées de nacre
officielles, l'autre acceptait ces félicitations, ces accolades sans trop d'embarras. C'était un beau garçon, la tête régulière, le front haut, barbiche et
moustache d'un noir brillant sur le teint basané,
un de ces fiers paysans de la vallée du Rhône qui
n'ont rien de l'humilité finaude des villageois du
centre. Hortense remarqua tout de suite comme sa
main restait fine dans son gant de hâle. Elle regarda
le tambourin, sa baguette à bout d'ivoire, s'étonna
de la légèreté de l'instrument depuis deux cents ans
dans la famille, et dont la caisse de noyer, agrémentée de légères sculptures, polie, amincie, sonore, semblait comme assouplie sous la patine du
temps. Elle admira surtout le galoubet, la naïve
flûte rustique à trois trous des anciens tambourinaires, à laquelle Valmajour était revenu par respect pour la tradition, et dont il avait conquis le
maniement à force d'adresse et de patience. Rien
de plus touchant que le petit récit qu'il faisait de
ses luttes, de sa victoire.

« Ce m'est vénu, disait-il en son français bizarre,
ce m'est vénu de nuit en écoutant santer le rossignoou. Je me pensais dans moi-même : Comment,

Valmajour, voilà l'oiso du bon Dieu que son gosier lui suffit pour toutes les roulades, et ce qu'il fait avec un trou, toi, les trois trous de ton flûtet ne le sauraient point faire ? »

Il parlait posément, d'un beau timbre confiant et doux, sans aucun sentiment de ridicule. D'ailleurs personne n'eût osé sourire devant l'enthousiasme de Numa, levant les bras, trépignant à défoncer la tribune. « Qu'il est beau !... Quel artiste !... » Et, après lui, le maire, le général, le président Bédarride, M. Roumavage, un grand fabricant de bière de Beaucaire, vice-consul du Pérou, sanglé dans un costume de carnaval tout en argent, d'autres encore, entraînés par l'autorité du leader, répétaient d'un accent convaincu : « Quel artiste ! » C'était aussi le sentiment d'Hortense, et elle l'exprimait avec sa nature expansive : « Oh ! oui, un grand artiste..., » pendant que madame Roumestan murmurait : « Mais vous allez le rendre fou, ce pauvre garçon. » Il n'y paraissait guère cependant, à l'air tranquille de Valmajour, qui ne s'émut pas même en entendant Numa lui dire brusquement :

— Viens à Paris, garçon, ta fortune est faite.

— Oh ! ma sœur ne voudrait jamais me laisser aller, répondit-il en souriant.

Sa mère était morte. Il vivait avec son père et sa sœur dans un fermage qui portait leur nom, à trois lieues d'Aps, sur le mont de Cordoue. Roumestan jura d'aller le voir avant de partir. Il parlerait aux parents, il était sûr d'enlever l'affaire.

— Je vous y aiderai, Numa, dit une petite voix derrière lui.

Valmajour salua sans un mot, tourna sur ses talons et descendit le large tapis de l'estrade, sa caisse
au bras, la tête droite, avec ce léger déhanchement
du Provençal, ami du rythme et de la danse. En bas
des camarades l'attendaient, lui serraient les mains.
Puis un cri retentit : « La farandole ! » clameur immense, doublée par l'écho des voûtes, des couloirs,
d'où semblaient sortir l'ombre et la fraîcheur qui
envahissaient maintenant les arènes et rétrécissaient
la zone du soleil. A l'instant le cirque fut plein,
mais plein à faire éclater ses barrières, d'une foule
villageoise, une mêlée de fichus blancs, de jupes
voyantes, de rubans de velours battant aux coiffes
de dentelles, de blouses passementées, de vestes
de cadis.

Sur un roulement de tambourin, cette cohue
s'aligna, se défila en bandes, le jarret tendu, les
mains unies. Un trille de galoubet fit onduler tout
le cirque, et la farandole menée par un gars de Bar-
bantane, le pays des danseurs fameux, se mit en
marche lentement, déroulant ses anneaux, battant
ses entrechats presque sur place, remplissant d'un
bruit confus, d'un froissement d'étoffes et d'haleines, l'énorme baie du vomitoire où peu à peu elle
s'engouffrait. Valmajour suivait d'un pas égal, solennel, repoussait en marchant son gros tambourin
du genou, et jouait plus fort à mesure que le com-
pact entassement de l'arène, à demi noyée déjà dans
la cendre bleue du crépuscule, se dévidait comme
une bobine d'or et de soie.

— Regardez là-haut ! dit Roumestan tout à coup.
C'était la tête de la danse surgissant entre les arcs

2.

de voûte du premier étage, pendant que le tambourinaire et les derniers farandoleurs piétinaient
encore dans le cirque. En route, la ronde s'allongeait de tous ceux que le rythme entraînait de force
à la suite. Qui donc parmi ces Provençaux aurait pu
résister au flûtet magique de Valmajour? Porté,
lancé par les rebondissements du tambourin, on
l'entendait à la fois à tous les étages, passant les
grilles et les soupiraux descellés, dominant les
exclamations de la foule. Et la farandole montait,
montait, arrivait aux galeries supérieures que le
soleil bordait encore d'une lumière fauve. L'immense défilé des danseurs bondissants et graves
découpait alors sur les hautes baies cintrées du
pourtour, dans la chaude vibration de cette fin
d'après-midi de juillet, une suite de fines silhouettes, animait sur la pierre antique un de ces bas-
reliefs comme il en court au fronton dégradé des
temples.

En bas, sur l'estrade désemplie, — car on
partait et la danse prenait plus de grandeur au-
dessus des gradins vides, — le bon Numa demandait à sa femme, en lui jetant un petit châle de
dentelle sur les épaules pour le frais du soir :

— Est-ce beau, voyons?... Est-ce beau?...

— Très beau, fit la Parisienne, remuée cette fois
jusqu'au fond de sa nature artiste.

Et le grand homme d'Aps semblait plus fier de
cette approbation que des hommages bruyants dont
on l'étourdissait depuis deux heures.

II

L'ENVERS D'UN GRAND HOMME

Numa Roumestan avait vingt-deux ans, quand il
vint terminer à Paris son droit commencé à Aix.
C'était à cette époque un bon garçon, réjoui,
bruyant, tout le sang à la peau, avec de beaux yeux
de batracien, dorés, à fleur de tête, et une crinière
noire toute frisée qui lui mangeait la moitié du
front comme un bonnet de loutre sans visière. Pas
l'ombre d'une idée, d'une ambition, sous cette
fourrure envahissante. Un véritable étudiant d'Aix,
très fort au billard et au misti, sans pareil pour
boire une bouteille de champagne à la régalade,
pour chasser le chat aux flambeaux jusqu'à trois
heures du matin dans les larges rues de la vieille
ville aristocratique et parlementaire, mais ne s'in-
téressant à rien, n'ouvrant jamais un journal ni un
livre, ncrassé de cette sottise provinciale, qui
hausse les épaules à toute chose et pare son ignorance d'un renom de gros bon sens.

Le quartier latin l'émoustilla un peu ; il n'y avait
pourtant pas de quoi. Comme tous ses compatriotes, Numa s'installait, en arrivant, au café
Malmus, haute et tumultueuse baraque, dévelop-
pant ses trois étages de vitres, larges comme celles
d'un magasin de nouveautés, au coin de la rue du
Four-Saint-Germain, qu'elle remplissait du fracas
de ses billards et des vociférations d'une clientèle
de cannibales. Tout le Midi français s'épanouissait
là, dans ses nuances diverses. Midi gascon, midi
provençal, de Bordeaux, de Toulouse, de Marseille,
Midi périgourdin, auvergnat, ariégeois, ardéchois,
pyrénéen, des noms en as, en us, en ac, éclatants
ronflants et barbares, Etcheverry, Terminarias,
Bentaboulech, Laboulbène, des noms qui semblaient jaillir de la gueule d'une escopette ou
partaient comme un coup de mine, dans une ac-
centuation féroce. Et quels éclats de voix, rien que
pour demander une demi-tasse, quel fracas de
gros rires pareils à l'écroulement d'un tombereau
de pierres, quelles barbes gigantesques, trop drues,
trop noires, à reflets bleus, des barbes qui décon-
certaient le rasoir, montaient jusqu'aux yeux,
rejoignaient les sourcils, sortaient en frisons de
bourre du nez chevalin large ouvert et des oreilles,
mais ne parvenaient pas à dissimuler la jeunesse,
l'innocence des bonnes faces naïves blotties sous
ces végétations.

En dehors des cours qu'ils suivaient assidûment,
tous ces étudiants passaient leur vie chez Malmus,
se groupant par provinces, par clochers, autour de
tables désignées de longue date et qui devaient gar-

der l'accent du crû dans l'écho de leur marbre, comme les pupitres gardent les signatures au couteau des collégiens.

Peu de femmes dans cette horde. A peine deux ou trois par étage, pauvres filles que leurs amants amenaient là d'un air honteux, et qui passaient la soirée à côté d'eux devant un bock, penchées sur les grands cartons des journaux à images, muettes et dépaysées parmi cette jeunesse du Midi, élevée dans le mépris *dou fémélan*. Des maîtresses, té ! pardi, ils savaient où en prendre, à la nuit ou à l'heure, mais jamais pour longtemps. Bullier, les *beuglants*, les soupers de la *rôtisseuse* ne les tentaient pas. Ils aimaient bien mieux rester chez Malmus, parler patois, bouloter entre le café, l'école et la table d'hôte. S'ils passaient les ponts, c'était pour aller au Théâtre-Français un soir de répertoire, car la race est classique dans le sang ; ils s'y rendaient par bandes, criant très fort dans la rue, au fond un peu intimidés, et revenaient mornes, ahuris, les yeux brouillés de poussière tragique, faire encore une partie à demi-gaz, derrière les volets clos. De temps en temps, à l'occasion d'un examen, une ripaille improvisée répandait dans le café des odeurs de fricots à l'ail, de fromages de montagne puants et décomposés sur leurs papiers bleus. Là-dessus le nouveau diplômé décrochait du ratelier sa pipe à initiales et s'en allait, notaire ou substitut dans quelque trou lointain d'outre-Loire, raconter Paris à la province, ce Paris qu'il croyait connaître et où il n'était jamais entré.

Dans ce milieu racorni, Numa fut aisément un

aigle. D'abord il criait plus fort que les autres ; puis
une supériorité, du moins une originalité lui vint de
son goût très vif pour la musique. Deux ou trois
fois par semaine il se payait un parterre à l'Opéra
ou aux Italiens, en revenait la bouche pleine de
récitatifs, de grands airs qu'il chantait d'une assez
jolie voix de gorge rebelle à toute discipline. Quand
il arrivait chez Malmus, qu'il s'avançait théâtrale-
ment au milieu des tables en roulant quelque
finale italien, des hurlements de joie l'accueillaient
de tous les étages, on criait : « hé ! l'artiste !... » et
comme dans les milieux bourgeois, ce mot amenait
une curiosité caressante dans le regard des femmes,
sur la lèvre des hommes une intention d'envieuse
ironie. Cette réputation d'art le servit par la suite,
au pouvoir, dans les affaires. Encore aujourd'hui, il
n'y a pas à la Chambre une commission artistique,
un projet d'opéra populaire, de réformes aux expo-
sitions de peinture où le nom de Roumestan ne
figure en première ligne. Cela tient à ces soirées
passées dans les théâtres de chant. Il y prit l'aplomb,
le genre acteur, une certaine façon de se poser de
trois quarts pour parler à la dame de comptoir,
qui faisait dire à ses camarades émerveillés : « *Oh!
de ce Numa, pas moins* [1] ! »

A l'école il apportait la même aisance; à demi
préparé, car il était paresseux, craignait le travail
et la solitude, il passait des examens assez brillants,
grâce à son audace, à sa subtilité méridionale, qui
savait toujours découvrir l'endroit chatouilleux

---

1. Oh ! ce Numa, tout de même !

d'une vanité de professeur. Puis sa physionomie, si franche, si aimable, le servait, et cette étoile de bonheur éclairait la route devant lui.

Dès qu'il fut avocat, ses parents le rappelèrent, la modeste pension qu'ils lui faisaient leur coûtant de trop dures privations. Mais la perspective d'aller s'enfermer à Aps, dans cette ville morte qui tombait en poussière sur ses ruines antiques, la vie sous la forme d'un éternel tour de ville et de quelques plaidoyers de murs mitoyens, n'avait pas de quoi tenter l'ambition indéfinie que sentait le provençal au fond de son goût pour le mouvement et l'intelligence de Paris. A grand'peine, il obtint encore deux ans pour préparer son doctorat, et, ces deux ans passés, au moment où l'ordre de rentrer au pays lui arrivait irrévocable, il rencontrait chez la duchesse de San-Donnino, à une de ces fêtes musicales où le portaient sa jolie voix et ses relations lyriques, Sagnier, le grand Sagnier, l'avocat légitimiste, frère de la duchesse et mélomane enragé, qu'il avait séduit par sa verve, éclatant dans la monotonie mondaine, et par son enthousiasme pour Mozart. Sagnier lui offrit de le prendre comme quatrième secrétaire. Les appointements étaient nuls ; mais il entrait dans le premier cabinet d'affaires de Paris avec des relations au faubourg Saint-Germain, à la Chambre. Malheureusement, le père Roumestan s'entêtait à lui couper les vivres, tâchant de ramener, par la famine, le fils unique, l'avocat de vingt-six ans, en âge dé gagner sa vie. C'est alors que le cafetier Malmus intervint.

Un type, ce Malmus, gros homme asthmatique
et blafard, qui, de simple garçon de café, était
devenu propriétaire d'un des plus grands établisse-
ments de Paris, par le crédit et par l'usure.
Jadis, il avançait aux étudiants l'argent de leur
mois, qu'il se faisait rendre au triple, dès que les
galions étaient arrivés. Lisant à peine, n'écrivant
pas, marquant les sous qu'il prêtait, avec des
coches, dans du bois, comme il avait vu faire aux
garçons boulangers de Lyon, ses compatriotes, jamais il ne s'embrouillait dans ses comptes, et, surtout, ne plaçait pas son argent mal à propos. Plus tard,
devenu riche, à la tête de la maison où quinze ans
durant il avait porté le tablier, il perfectionna son
trafic, le mit tout entier dans le crédit, un crédit
illimité qui laissait vides, à la fin de la journée,
les trois comptoirs du café, mais alignait d'inter-
minables colonnes de bocks, de cafés, de petits
verres, sur les livres fantastiquement tenus, avec
ces fameuses plumes à cinq becs, si en honneur
dans le commerce parisien.

La combinaison du bonhomme était simple : il
abandonnait à l'étudiant son argent de poche,
toute sa pension, et lui faisait crédit des repas, des
consommations, même, à quelques privilégiés,
d'une chambre dans la maison. Pendant tout le
temps des études, il ne demandait pas un sou,
laissait accumuler les intérêts pour des sommes
considérables ; mais cela ne se faisait pas étourdi-
ment, sans surveillance. Malmus passait deux mois
de l'année, les mois de vacances, à courir la province, s'assurant de la santé des parents, de la

situation des familles. Son asthme s'essoufflait à
grimper les pics cévenols, à dégringoler les combes
languedociennes. On le voyait errer, podagre et
mystérieux, l'œil méfiant sous ses paupières lourdes d'ancien garçon de nuit, à travers des bour-
gades perdues ; il restait deux jours, visitait le
notaire et l'huissier, inspectait par dessus les murs
le petit domaine ou l'usine du client, puis on n'entendait plus parler de lui.

Ce qu'il apprit à Aps lui donna pleine confiance
en Roumestan. Le père, ancien filateur, ruiné par
des rêves de fortune et d'inventions malheureuses,
vivait modestement d'une inspection d'assurances ;
mais sa sœur, madame Portal, veuve sans enfants
d'un riche magistrat, devait laisser tous ses biens
à son neveu. Aussi, Malmus tenait-il à le garder à
Paris : « Entrez chez Sagnier... Je vous aiderai. »
Le secrétaire d'un homme considérable ne pouvant
habiter un garni d'étudiants, il lui meubla un
appartement de garçon quai Voltaire, sur la cour,
se chargea du loyer, de la pension ; et c'est ainsi
que le futur leader entra en campagne, avec tous
les dehors d'une existence facile, au fond terriblement besogneux, manquant de lest, d'argent de
poche. L'amitié de Sagnier lui valait des relations
superbes. Le faubourg l'accueillait. Seulement
ces succès mondains, les invitations, à Paris, en
villégiature d'été, où il fallait arriver tenu, sanglé, ne faisaient qu'accroître ses dépenses. La
tante Portal, sur ses demandes réitérées, lui venait bien un peu en aide, mais avec précaution,
parcimonie, accompagnant son envoi de longues

3

et cocasses mercuriales, de menaces bibliques contre ce Paris si ruineux. La situation n'était pas tenable.

Au bout d'un an, Numa chercha autre chose ; d'ailleurs, **il** fallait à Sagnier des piocheurs, des abatteurs de besogne, et celui-ci n'était pas son homme. Il y avait, dans le méridional, une indolence invincible, et surtout l'horreur du bureau, du travail assidu et posé. Cette faculté, tout en profondeur, l'attention, lui manquait radicalement. Cela tenait à la vivacité de son imagination, au perpétuel moutonnement des idées sous son front, à cette mobilité d'esprit visible jusque dans son écriture, qui ne se ressemblait jamais. Il était tout extérieur, en voix et en gestes comme un ténor.

« Quand je ne parle pas, je ne pense pas, » disait-il très naïvement ; et c'était vrai. La parole ne jaillissait pas chez lui par la force de la pensée, elle la devançait au contraire, l'éveillait à son bruit tout machinal. Il s'étonnait lui-même, s'amusait de ces rencontres de mots, d'idées perdues dans un coin de sa mémoire et que la parole retrouvait, ramassait, mettait en faisceau d'arguments. En parlant, il se découvrait une sensibilité qu'il ne se savait pas, s'émouvait au vibrement de sa propre voix, à de certaines intonations qui lui prenaient le cœur, lui remplissaient les yeux de larmes. C'était là, certainement, des qualités d'orateur ; mais il les ignorait en lui, n'ayant guère eu chez Sagnier l'occasion de s'en servir.

Pourtant, ce stage d'un an auprès du grand avocat légitimiste fut décisif dans sa vie. Il y gagna des convictions, un parti, le goût de la politique, des velléités de fortune et de gloire. C'est la gloire qui vint la première.

Quelques mois après sa sortie de chez le patron, ce titre de secrétaire de Sagnier qu'il portait comme ces acteurs qui s'intitulent « de la Comédie-Française » pour y avoir figuré deux fois, lui valut de défendre un petit journal légitimiste, *le Furet*, très répandu dans le monde bien. Il le fit avec beaucoup de succès et de bonheur. Venu là sans préparation, les mains dans les poches, il parla pendant deux heures, avec une verve insolente et tant de belle humeur qu'il força les juges à l'écouter jusqu'au bout. Son accent, ce terrible grasseyement dont sa paresse l'avait toujours empêché de se défaire, donnait du mordant à son ironie. C'était une force, le rythme de cette éloquence bien méridionale, théâtrale et familière, ayant surtout la lucidité, la lumière large qu'on trouve dans les œuvres des gens de là-bas comme dans leurs paysages limpides jusqu'au fond.

Naturellement le journal fut condamné, et paya en amendes et en prison le grand succès de l'avocat. Ainsi dans certaines pièces qui croulent, menant auteur et directeur à la ruine, un acteur se taille une réputation. Le vieux Sagnier, qui était venu l'entendre, l'embrassa en pleine audience. « Laissez-vous passer grand homme, mon cher Numa, » lui dit-il, un peu surpris d'avoir couvé cet œuf de gerfaut. Mais le plus étonné fut encore Roumestan, sortant de là comme d'un rêve, sa parole en écho dans ses oreilles bourdon-

nantes, pendant qu'il descendait tout étourdi le
vaste escalier sans rampes du Palais.

Après ce succès, cette ovation, une pluie de lettres élogieuses, les sourires jaunes des confrères,
l'avocat put se croire lancé, attendit patiemment
les affaires dans son cabinet sur la cour, devant le
maigre feu de veuve allumé par son concierge,
mais rien ne vint, sauf quelques invitations à dîner
de plus et un joli bronze de chez Barbedienne offert
par la rédaction du *Furet*. Le nouveau grand
homme se trouvait en face des mêmes difficultés,
des mêmes incertitudes d'avenir. Ah! Ces profes-
sions dites libérales, qui ne peuvent amorcer, appeler la clientèle, ont de durs commencements
avant que dans le petit salon d'attente acheté à
crédit, aux meubles mal rembourrés, à la pendule
symbolique flanquée de candélabres dégingandés,
vienne s'asseoir le défilé des clients sérieux et
payants. Roumestan fut réduit à donner des leçons
de droit dans le monde légitimiste et catholique;
mais ce travail lui semblait au-dessous de sa réputation, de ses succès à la Conférence, des éloges
dont on enguirlandait son nom dans les journaux
du parti.

. Ce qui l'attristait plus encore, ce qui lui faisait
sentir sa misère, c'était ce dîner qu'il lui fallait aller
chercher chez Malmus, lorsqu'il n'avait pas d'invitation dehors ou que l'état de sa bourse lui défendait l'entrée des restaurants à la mode. La même
dame de comptoir s'incrustait entre les mêmes
bols à punch, le même poêle en faïence ronflait
près du casier aux pipes, et les cris, les accents,

les barbes noires de tous les midis s'agitaient là
comme jadis ; mais sa génération ayant disparu, il
regardait celle-ci avec les yeux prévenus qu'a la
maturité d'un homme sans position pour les vingt
ans qui le chassent en arrière. Comment avait-il pu
vivre au milieu de pareilles niaiseries ? Bien sûr
qu'autrefois les étudiants n'étaient pas aussi bêtes.
Leur admiration même, leurs frétillements de bons
chiens naïfs autour de sa notoriété lui étaient in-
supportables. Pendant qu'il mangeait, le patron du
café, très fier de son pensionnaire, venait s'asseoir
près de lui sur le divan rouge fané qu'il secouait à
toutes les quintes de son asthme, tandis qu'à la table voisine s'installait une grande fille maigre, la
seule figure qui restât de jadis, figure osseuse, sans
âge, connue au quartier sous le nom de « l'ancienne
à tous » et à qui quelque bon garçon d'étudiant,
aujourd'hui marié, retourné au pays, avait en s'en
allant ouvert un compte chez Malmus. Broutant
depuis tant d'années autour du même piquet, la
pauvre créature ne savait rien du dehors, ignorait
les succès de Roumestan, lui parlait sur un ton de
commisération comme à un éclopé, un retardataire
de la même promotion qu'elle :

« Eh ! ben, ma pauvre vieille, ça boulotte ?... Tu
sais, Pompon est marié..., Laboulbène a permuté,
passé substitut à Caen. »

Roumestan répondait à peine, s'étouffait à mettre les morceaux doubles et, s'en allant par les rues
du quartier toutes bruyantes de brasseries, de dé-
bits de prunes, sentait l'amer d'une vie ratée et
comme une impression de déchéance.

3.

Quelques années se passèrent ainsi, pendant lesquelles son nom grandit, s'affirma, toujours sans
autre profit que des réductions de chez Barbedienne, puis il fut appelé à défendre un négociant
d'Avignon qui avait fait fabriquer des foulards sé-
ditieux, je ne sais quelle députation en rond autour
du comte de Chambord, assez confuse dans l'impression maladroite du tissu, mais soulignée d'un
imprudent H. V. entouré d'un écusson. Roumestan joua une bonne scène de comédie, s'indigna
qu'on pût voir là-dedans la moindre allusion politique. H. V., mais c'était Horace Vernet, présidant
une commission de l'Institut !

Cette tarasconnade eut un succès local qui fit
plus pour son avenir que toutes les réclames parisiennes, et avant tout lui gagna les sympathies
actives de la tante Portal. Cela se traduisit d'abord
par un envoi d'huile d'olive et de melons blancs,
ensuite une foule d'autres provisions suivirent : figues, poivrons, et des canissons d'Aix, et de la
poutargue des Martigues, des jujubes, des azeroles,
des caroubes, fruits gamins, insignifiants, dont la
vieille dame raffolait et que l'avocat laissait pourrir
dans le fond d'une armoire. Quelque temps après,
une lettre arriva, qui avait dans sa grosse écriture de
plume d'oie la brusquerie d'accent, les cocasseries
d'expression de la tante et trahissait son esprit
brouillon par l'absence absolue de ponctuation, les
sauts prompts d'une idée à une autre.

Numa crut pourtant démêler que la bonne
femme voulait le marier avec la fille d'un conseiller
à la cour d'appel de Paris M. Le Quesnoy, dont la

dame — une demoiselle Soustelle d'Aps — avait
été élevée avec elle chez les sœurs de la Calade...
grande fortune... la personne jolie, bravette, l'air
un peu refréjon, mais le mariage réchaufferait tout
ça. Et s'il se faisait, ce mariage, qu'est-ce qu'elle
donnerait tante Portal à son Numa? Cent mille
francs en bon argent *tin-tin*, le jour des noces?...

Sous les provincialismes du langage, il y avait là
une proposition sérieuse, si sérieuse que le surlen-
demain Numa recevait une invitation à dîner des
Le Quesnoy. Il s'y rendit, un peu ému. Le conseiller, qu'il rencontrait souvent au palais, était
un des hommes qui l'impressionnaient le plus.
Grand, mince, le visage hautain, d'une pâleur
morbide, l'œil aigu, fouilleur, la bouche comme
scellée, le vieux magistrat, originaire de Valencien-
nes et qui semblait lui-même fortifié, casematé par
Vauban, le gênait de toute sa froideur d'homme
du Nord. La haute situation qu'il devait à ses beaux
ouvrages sur le droit pénal, à sa grande fortune, à
l'austérité de sa vie, situation qui aurait été plus
considérable encore sans l'indépendance de ses
opinions et l'isolement farouche où il s'enfermait
depuis la mort d'un fils de vingt ans, toutes ces
circonstances passaient devant les yeux du méridional, pendant qu'il montait, un soir de septem-
bre 1865, le large escalier de pierre à rampe ou-
vragée de l'hôtel Le Quesnoy, un des plus anciens
de la place Royale.

Le grand salon où on l'introduisit, la solennité
des hauts plafonds que rejoignaient les portes par
la peinture légère de leurs trumeaux, les tentures

droites de lampas à raies aurore et fauve, encadrant les fenêtres ouvertes sur un balcon antique
et tout un angle rose des bâtiments briquetés de la
place, n'étaient pas pour dissiper son impression.
Mais l'accueil de madame Le Quesnoy le mit bien
vite à l'aise. Cette petite femme, au sourire triste
et bon, emmitouflée et toute lourde de rhumatis-
mes dont elle souffrait depuis qu'elle habitait Paris,
gardait l'accent, les habitudes de son cher Midi,
l'amour de tout ce qui le lui rappelait. Elle fit asseoir Roumestan auprès d'elle et dit en le regardant tendrement dans le demi-jour : « C'est tout
le portrait d'Evélina. » Ce petit nom de tante Portal,
que Numa n'était plus accoutumé à entendre, le
toucha comme un souvenir d'enfance. Depuis longtemps, madame Le Quesnoy avait envie de connaître le neveu de son amie, mais la maison était si
triste, leur deuil les avait mis tellement à part du
monde, de la vie. Maintenant ils se décidaient à
recevoir un peu, non que leur douleur fût moins
vive, mais à cause de leurs filles, de l'aînée surtout
qui allait avoir vingt ans ; et se tournant vers le balcon où couraient des rires de jeunesse, elle appela :
« Rosalie... Hortense... venez donc... Voilà M. Roumestan. »

Dix ans après cette soirée, il se rappelait l'appa
rition souriante et calme, dans le cadre de la haute
fenêtre et la lumière tendre du couchant, de cette
belle jeune fille rajustant sa coiffure que les jeux
de la petite sœur avaient dérangée, et venant à lui,
les yeux clairs, le regard droit, sans le moindre
embarras coquet.

Il se sentit tout de suite en confiance, en sympathie.

Une ou deux fois pourtant, pendant le dîner, au hasard de la conversation, Numa crut saisir dans l'expression du beau profil au teint pur placé près de lui un frisson hautain qui passait, sans doute cet air *refréjon*, dont parlait la tante Portal et que Rosalie tenait de sa ressemblance avec son père. Mais la petite moue de la bouche entr'ouverte, le froid bleu du regard s'adoucissaient bien vite dans une attention bienveillante, un charme de surprise qu'on n'essayait pas même de cacher. Née et élevée à Paris, mademoiselle Le Quesnoy s'était toujours senti une aversion déterminée pour le Midi, dont l'accent, les mœurs, le paysage entrevus pendant des voyages de vacances lui étaient également antipathiques. Il y avait là comme un instinct de race et un sujet de tendres querelles entre la mère et la fille.

« Jamais je n'épouserai un homme du Midi », disait Rosalie en riant, et elle s'en était fait un type bruyant, grossier et vide, de ténor d'opéra ou de placier de vins de Bordeaux à tête expressive et régulière. Roumestan se rapprochait bien un peu de cette claire vision de petite Parisienne railleuse ; mais sa parole chaude, musicale, prenant ce soir-là dans la sympathie environnante une force irrésistible, exaltait, affinait sa physionomie. Après quelques propos tenus à demi-voix entre voisins de table, ces hors-d'œuvre de la conversation qui circulent avec les marinades et le caviar, la causerie devenue générale, on parla des dernières fêtes de Compiègne et de ces chasses travesties, où

les invités figuraient en seigneurs et dames
Louis XV. Numa, qui connaissait les idées libérales
du vieux Le Quesnoy, se lança dans une improvi-
sation superbe, presque prophétique, montra cette
cour en figuration du cirque, écuyères et pale-
freniers, chevauchant sous un ciel d'orage, se ruant
à la mort du cerf au milieu des éclairs et des loin-
tains coups de foudre ; puis en pleine fête le déluge,
l'hallali noyé, tout le mardi-gras monarchique
finissant dans un pataugeage de sang et de
boue !.....

Peut-être le morceau n'était-il pas tout à fait
neuf, peut-être Roumestan l'avait-il essayé déjà à
la Conférence. Mais jamais son entrain, son accent
d'honnêteté en révolte n'avaient éveillé nulle part
l'enthousiasme subitement visible dans le regard
limpide et profond qu'il sentit se tourner vers lui,
pendant que le doux visage de madame Le Quesnoy s'allumait d'un rayon de malice et semblait
demander à sa fille : « Eh bien, comment le trou-
ves-tu, l'homme du Midi ? »

Rosalie était prise. Dans le retentissement de sa
nature tout intérieure, elle subissait la puissance
de cette voix, de ces pensées généreuses s'accordant
si bien à sa jeunesse, à sa passion de liberté et de
justice. Comme les femmes qui, au théâtre, iden-
tifient toujours le chanteur avec sa cavatine, l'acteur avec son rôle, elle oubliait la part qu'il fallait
laisser au virtuose. Oh ! si elle avait su quel néant
faisait le fond de ces phrases d'avocat, comme les
galas de Compiègne le touchaient peu et qu'il n'aurait fallu qu'une invitation au timbre impérial pour

le décider à se mêler à ces cavalcades, où sa vanité,
ses instincts de jouisseur et de comédien se seraient
satisfaits à l'aise ! Mais elle était toute au charme.
La table lui semblait agrandie, transfigurés les visages las et somnolents des quelques convives, un
président de chambre, un médecin de quartier ; et
lorsqu'on passa dans le salon, le lustre, allumé
pour la première fois depuis la mort de son frère,
lui causa l'éblouissement chaud d'un vrai soleil. Le
soleil c'était Roumestan. Il ranimait le majestueux
logis, chassait le deuil, le noir amoncelé dans
tous les coins, ces atomes de tristesse qui flottent
aux vieilles demeures, allumait les facettes des
grandes glaces et rendait la vie aux délicieux trumeaux évanouis depuis cent ans.

— Vous aimez la peinture, monsieur ?
— Oh ! mademoiselle, si je l'aime !...

La vérité, c'est qu'il n'y entendait rien ; mais,
là-dessus comme sur toutes choses, il avait un magasin d'idées, de phrases toujours prêtes, et pendant qu'on installait les tables de jeu, la peinture
lui était un bon prétexte pour causer de tout près
avec la jeune fille, en regardant les vieux décors du
plafond et quelques toiles de maîtres pendues aux
boiseries Louis XIII, admirablement conservées.
Des deux, Rosalie était l'artiste. Grandie dans un
milieu d'intelligence et de goût, la vue d'un beau
tableau, d'une sculpture rare lui causaient une
émotion spéciale et frémissante, plutôt ressentie
qu'exprimée, à cause d'une grande réserve de nature et de ces fausses admirations mondaines, qui
empêchent les vraies de se montrer. A les voir en-

semble pourtant, et l'assurance éloquente avec laquelle l'avocat pérorait, ses grands gestes de métier
en face de l'air attentif de Rosalie, on eût dit quelque maître fameux, faisant la leçon à son disciple.

— « Maman, est-ce qu'on peut entrer dans ta
chambre?... Je voudrais montrer à monsieur le
panneau des chasses. »

A la table de whist, il y eut un coup d'œil furtif
et interrogateur de la mère vers celui qu'elle appelait avec une indicible intonation de renoncement,
d'humilité « Monsieur Le Quesnoy » ; et sur un léger signe du conseiller, déclarant la chose conve-
nable, elle acquiesça à son tour. Ils traversèrent
un couloir tapissé de livres, et se trouvèrent dans
la chambre des parents, majestueuse et centenaire
comme le salon. Le panneau des chasses était
au-dessus d'une petite porte finement sculptée.

— On ne peut rien voir, dit la jeune fille.

Elle éleva le flambeau à deux branches, qu'elle
avait pris à une table de jeu, et, la main haute, le
buste tendu, elle éclairait le panneau représentant
une Diane, le croissant au front, au milieu de ses
chasseresses, dans un paysage élyséen. Mais avec
ce geste de Canéphore, qui mettait une double
flamme au-dessus de sa coiffure simple, de ses yeux
clairs, avec son sourire hautain, la svelte envolée
de son corps de vierge, elle était plus Diane que la
déesse elle-même. Roumestan la regardait, et pris
à ce charme pudique, à cette candeur de vraie jeunesse, il oubliait qui elle était, ce qu'il faisait là,
ses rêves de fortune et d'ambition. Une folie lui
venait de tenir dans ses bras cette taille souple, de

baiser ces cheveux fins, dont l'odeur délicate l'é-
tourdissait, d'emporter cette belle enfant, pour en
faire le charme et le bonheur de toute sa vie ; et
quelque chose l'avertissait que, s'il tentait cela,
elle se laisserait faire, qu'elle était à lui, bien à lui,
vaincue, conquise le premier jour. Flamme et
vent du Midi, vous êtes irrésistibles.

III

L'ENVERS D'UN GRAND HOMME

(Suite).

S'il y eut jamais deux êtres peu faits pour vivre ensemble, ce furent bien ces deux-là. Opposés d'instincts, d'éducation, de tempérament, de race, n'ayant la même pensée sur rien, c'était le nord et le midi en présence, et sans espoir de fusion possible. La passion vit de ces contrastes, elle en rit quand on les lui signale, se sentant la plus forte ; mais au train journalier de l'existence, au retour monotone des journées et des nuits sous le même toit, la fumée de cette ivresse qui fait l'amour, se dissipe, et l'on se voit, et l'on se juge.

Dans le nouveau ménage, le réveil ne vint pas tout de suite, du moins pour Rosalie. Clairvoyante et sensée sur tout le reste, elle demeura longtemps aveugle devant Numa, sans comprendre à quel point elle lui était supérieure. Lui, eut bientôt fait de se reprendre. Les fougues du Midi sont rapides, en raison directe de leur violence. Puis le méri-

dional est tellement convaincu de l'infériorité de la
femme, qu'une fois marié, sûr de son bonheur, il
s'y installe en maître, en pacha, acceptant l'amour
comme un hommage, et trouvant que c'est déjà
bien beau ; car enfin, d'être aimé, cela prend du
temps, et Numa était très occupé, avec le nouveau
train de , vie que nécessitaient son mariage, sa
grande fortune, la haute situation au Palais du
gendre de Le Quesnoy.

Les cent mille francs de la tante Portal avaient
servi à payer Malmus, le tapissier, à passer l'é-
ponge sur cette navrante et interminable vie de
garçon, et la transition lui sembla douce, de l'humble *frichti* sur la banquette de velours élimé, près
de l'*ancienne à tous*, à la salle à manger de la rue
Scribe, où il présidait, en face de son élégante petite Parisienne, les somptueux dîners qu'il offrait
aux princes de la bazoche et du chant. Le Provençal aimait la vie brillante, le plaisir gourmand et
fastueux ; mais il l'aimait surtout chez lui, sous la
main, avec cette pointe de débraillé qui permet le
cigare et l'histoire salée. Rosalie accepta tout, s'ac-
commoda de la maison ouverte, de la table mise à
demeure, dix, quinze convives tous les soirs, et
rien que des hommes, des habits noirs, parmi lesquels sa robe claire faisait tache, jusqu'au moment
où, le café servi, les boîtes de havanes ouvertes,
elle cédait la place aux discussions politiques, aux
rires lippus d'une fin de dîner de garçons.

Les maîtresses de maison seules savent ce qu'un
décor pareil, installé tous les jours, cache de dessous compliqués, de difficultés de service. Rosalie

s'y débattait sans une plainte, tâchait de régler de
son mieux ce désordre, emportée dans l'élan de
son terrible grand homme qui l'agitait de toutes ses
turbulences, et, de temps en temps, souriait à sa
petite femme entre deux tonnerres. Elle ne regrettait qu'une chose, c'était de ne pas l'avoir assez à
elle. Même au déjeuner, à ce déjeuner matinal des
avocats talonné par l'heure de l'audience, il y avait
toujours l'ami entre eux, ce compagnon dont
l'homme du Midi ne pouvait se passer, l'éternel
donneur de réplique nécessaire au jaillissement de
ses idées, le bras où il s'appuyait complaisamment,
auquel il confiait sa serviette trop lourde en allant
au Palais.

Ah ! comme elle l'aurait accompagné volontiers
au delà des ponts, comme elle aurait été heureuse, les jours de pluie, de venir l'attendre dans
leur coupé et de rentrer tous deux, bien serrés,
derrière la buée tremblante des vitres. Mais elle
n'osait plus le lui demander, sûre qu'il y aurait
toujours un prétexte, un rendez-vous donné, dans
la salle des Pas-Perdus, à l'un des trois cents intimes dont le méridional disait d'un air attendri :

« Il m'adore... Il se jetterait au feu pour moi... »

C'était sa façon de comprendre l'amitié. Du reste,
aucun choix dans ses relations. Sa facile humeur,
la vivacité de son caprice, le jetaient à la tête du
premier venu et le reprenaient aussi lestement.
Tous les huit jours, une toquade nouvelle, un nom
qui revenait dans toutes les phrases, que Rosalie
inscrivait soigneusement, à chaque repas, sur la
petite carte historiée du menu, puis qui dispa-

raissait, tout à coup, comme si la personnalité du monsieur s'était trouvée aussi fragile, aussi facilement flambée que les coloriages du petit carton.

Parmi ces amis de passage, un seul tenait bon, moins un ami qu'une habitude d'enfance, car Roumestan et Bompard étaient nés dans la même rue. Celui-ci faisait partie de la maison, et la jeune femme, dès son mariage, trouva installé chez elle, à la place d'honneur, comme un meuble de famille, ce maigre personnage à tête de palikare, au grand nez d'aigle, aux yeux en billes d'agate dans une peau gaufrée, safranée, un cuir de Cordoue tailladé de ces rides spéciales aux grimes, aux pitres, à tous les visages forcés par des contorsions continuelles. Pourtant, Bompard n'avait jamais été comédien. Un moment, il chanta dans les chœurs aux Italiens, et c'est là que Numa l'avait retrouvé. Sauf ce détail, impossible de rien préciser sur cette existence ondoyante. Il avait tout vu, fait tous les métiers, était allé partout. On ne parlait pas devant lui d'un homme célèbre, d'un évènement fameux, sans qu'il affirmât : « C'est mon ami... » ou « J'y étais... j'en viens...» Et tout de suite une histoire à preuve.

En mettant ses récits bout à bout, on arrivait à des combinaisons stupéfiantes : Bompard, dans la même année, commandait une compagnie de déserteurs polonais et tcherkesses au siège de Sébastopol, dirigeait la chapelle du roi de Hollande, du dernier bien avec la sœur du roi, ce qui lui avait valu six mois de casemate à la forteresse de la Haye, mais ne l'empêchait pas, toujours à la même date, de pousser une pointe de Laghouat à Gada-

4.

mès, en plein désert africain... Tout cela, débité
avec un fort accent du Midi tourné au solennel,
très peu de gestes, mais des jeux de physionomie
mécaniques, fatigants à regarder comme les évo-
lutions du verre cassé dans un kaléidoscope.

Le présent de Bompard n'était pas moins obscur
et mystérieux que son passé. Où vivait-il ? de quoi ?
Tantôt il parlait de grandes affaires d'asphalte,
d'un morceau de Paris à bitumer d'après un sys-
tème économique ; puis subitement, tout à sa découverte d'un infaillible remède contre le phyl-
loxera, il n'attendait qu'une lettre du ministère
pour toucher la prime de cent mille francs, régler
sa note à la petite crémerie où il mangeait et dont
il avait rendu les patrons à moitié fous avec son mirage enragé d'espérances extravagantes.

Ce Méridional en délire faisait la joie de Roumestan. Il l'emmenait toujours avec lui, s'en servait
comme d'un plastron, le poussant, le chauffant,
mettant sa folie en verve. Quand Numa s'arrêtait pour
parler à quelqu'un sur le boulevard, Bompard s'écartait d'un pas digne avec le geste de rallumer son
cigare. On le voyait aux enterrements, aux premières, demandant tout affairé : « Avez-vous vu
Romestan ? » Il arrivait à être aussi connu que lui.
A Paris, ce type de suiveur est assez fréquent, tous
les gens connus traînent après eux un Bompard,
qui marche dans leur ombre et s'y découpe une
sorte de personnalité. Par hasard, le Bompard de
Roumestan en avait une absolument à lui. Mais
Rosalie ne pouvait souffrir ce comparse de son
bonheur, toujours entre elle et son mari, remplis-

sant les rares moments où ils auraient pu être
seuls. Les deux amis parlaient ensemble un patois,
qui la mettait à part, riaient de plaisanteries locales intraduisibles. Ce qu'elle lui reprochait surtout,
c'était ce besoin de mentir, ces inventions, auxquel-
les elle avait cru d'abord, tellement l'imposture
restait étrangère à cette nature droite et franche,
dont le plus grand charme était l'accord harmo-
nieux de la parole et de la pensée, accord sensible
dans la sonorité, l'assurance de sa voix de cristal.

« Je ne l'aime pas... c'est un menteur..., » disait-
elle d'un accent profondément indigné, qui amusait beaucoup Roumestan. Et, défendant son ami :

« Mais non, ce n'est pas un menteur..., c'est un
homme d'imagination, un dormeur éveillé, qui
parle ses rêves... Mon pays est plein de ces gens-là...
C'est le soleil, c'est l'accent... Vois ma tante Portal... Et moi-même, à chaque instant, si je ne me
surveillais pas... »

Une petite main protestait, lui fermait la bouche :
« Tais-toi, tais-toi... Je ne t'aimerais plus, si tu
étais de ce Midi-là. »

Il en était bien pourtant ; et malgré la tenue parisienne, le vernis mondain qui le comprimait, elle
allait le voir sortir ce terrible Midi, routinier, brutal, illogique. La première fois, ce fut à propos de
religion : là-dessus, comme sur tout le reste, Roumestan avait la tradition de sa province. Il était le
provençal catholique, qui ne pratique pas, ne va
jamais à l'église que pour chercher sa femme à la
fin de la messe, reste dans le fond près du bénitier,
de l'air supérieur d'un papa à un spectacle d'ombres.

chinoises, ne se confesse qu'en temps de choléra, mais se ferait pendre ou martyriser pour cette foi non ressentie, qui ne modère en rien ni ses passions ni ses vices.

En se mariant, il savait que sa femme était du même culte que lui, que le curé de Saint-Paul avait eu pour eux des éloges en rapport avec les cierges, les tapis, les étalages de fleurs d'un mariage de première classe. Il n'en demanda pas plus long. Toutes les femmes qu'il connaissait, sa mère, ses cousines, la tante Portal, la duchesse de San-Donnino, étaient des catholiques ferventes. Aussi fut-il très surpris, après quelques mois de mariage, de voir que Rosalie ne pratiquait pas. Il lui en fit l'observation :

— Vous n'allez donc jamais à confesse ?

— Non, mon ami, dit-elle, sans s'émouvoir..., ni vous non plus, à ce que je vois.

— Oh ! moi, ce n'est pas la même chose.

— Pourquoi ?

Elle le regardait avec des yeux si sincèrement, si lumineusement étonnés ; elle avait si peu l'air de se douter de son infériorité de femme. Il ne trouva rien à répondre, et la laissa s'expliquer. Oh ! ce n'était pas une libre-penseuse, un esprit fort. Élevée dans un excellent pensionnat de Paris, un prêtre de Saint-Laurent pour aumônier, jusqu'à dix-sept ans, jusqu'à sa sortie de pension, et même à la maison pendant quelques mois encore, elle avait continué ses pratiques religieuses à côté de sa mère, une dévote du Midi ; puis un jour, quelque chose s'était brisé en elle, elle avait déclaré à ses parents la répulsion insurmontable que lui causait le confessionnal. La mère eût essayé de vaincre ce qu'elle croyait un caprice ; mais M. Le Quesnoy s'etait interposé.

« Laissez, laissez... Cela m'a pris comme elle, au même âge qu'elle. »

Et dès lors elle n'avait plus eu à prendre avis et direction que de sa jeune conscience. Parisienne d'ailleurs, femme du monde, ayant horreur des indépendances de mauvais goût ; si Numa tenait à aller à l'église, elle l'accompagnerait comme elle avait accompagné sa mère bien longtemps, sans toutefois consentir au mensonge, à la grimace de croyances qu'elle n'avait plus.

Il l'écoutait plein de stupeur, épouvanté d'entendre de telles choses, dites par elle et avec une énergique affirmation de son être moral qui déroutait toutes les idées du méridional sur la dépendance féminine.

« Tu ne crois donc pas en Dieu ? » fit-il de son plus beau creux d'avocat, le doigt levé solennellement vers les moulures du plafond. Elle eut un cri : « Est-ce que c'est possible ? » si spontané, si sincère, qu'il valait un acte de foi. Alors il se rejeta sur le monde, les convenances sociales, la solidarité de l'idée religieuse et monarchique. Toutes ces dames pratiquaient, la duchesse, madame d'Escarbès ; elles recevaient leur confesseur à leur table, en soirée. Cela ferait un effet déplorable si l'on savait... Il s'arrêta, comprenant qu'il pateaugeait, et la discussion en resta là. Deux ou trois dimanches de suite, il mit une grande affectation à

conduire sa femme à la messe, ce qui valut à
Rosalie l'aubaine d'une promenade au bras de
son mari. Mais il se lassa vite du régime, pré-
texta des affaires et cessa toute manifestation catholique.

Ce premier malentendu ne troubla en rien le
ménage. Comme si elle avait voulu se faire pardonner, la jeune femme redoubla de prévenances,
de soumission ingénieuse et toujours souriante.
Peut-être, moins aveugle qu'aux premiers jours,
pressentait-elle confusément des choses qu'elle
n'osait même pas s'avouer, mais elle était heureuse,
malgré tout, parce qu'elle voulait l'être, parce
qu'elle vivait dans les limbes où le changement
d'existence, la révélation de leur destinée de femme
jette les jeunes mariées, encore enveloppées de ces
rêves, de ces incertitudes qui sont comme les lambeaux des tulles blancs de la robe de noces. Le
réveil ne pouvait tarder. Il fut pour elle affreux et
brusque.

Un jour d'été, — ils passaient la belle saison à
Orsay dans la propriété des Le Quesnoy, — Rosalie, son père et son mari partis pour Paris
comme ils faisaient chaque matin, s'aperçut qu'il
lui manquait un petit modèle de la layette à laquelle elle travaillait. Une layette, mon Dieu, oui.
On en vend de superbes toutes faites; mais les vraies
mères, celles qui le sont d'avance, aiment à coudre,
à tailler elles-mêmes, et, à mesure que le carton
s'emplit où s'entassent les parures de l'enfant, à
sentir qu'elles hâtent sa venue, que chaque point
les rapproche de la naissance espérée. Pour rien au

monde, Rosalie n'aurait voulu se priver de cette
joie, n'aurait permis qu'une autre mît la main à
l'œuvre gigantesque entreprise depuis cinq mois,
depuis qu'elle avait été sûre de son bonheur. Là-
bas, à Orsay, sur le banc où elle travaillait dans
l'ombre d'un grand catalpa, c'était un étalage de
petits bonnets qu'on essayait sur le poing, de petites
robes de flanelle, de brassières qui, avec leurs manches droites, figuraient la vie et les gestes gourds
de la toute petite enfance... Et justement ce modèle
qui manquait.

« Envoie ta femme de chambre... » disait la
mère... La femme de chambre, allons donc !... Est-
ce qu'elle saurait ?... « Non, non, j'y vais moi-
même... Je ferai mes emplettes avant midi... Puis
j'irai surprendre Numa et manger la moitié de son
déjeuner. »

L'idée de ce repas de garçon avec son mari dans
l'appartement de la rue Scribe à demi fermé, les
rideaux enlevés, les housses sur les meubles, l'a-
musait comme une escapade. Elle en riait toute
seule, en montant — ses courses faites — l'escalier
sans tapis de la maison parisienne en été, et se
disait, mettant avec précaution la clef dans la ser-
rure pour le surprendre : « j'arrive un peu tard...
Il aura déjeunè. »

Il ne restait plus, en effet, dans la salle à manger,
que les débris d'un petit festin gourmand à deux
couverts, et le valet de chambre en jaquette à carreaux installé devant la table, en train de vider les
bouteilles et les plats. Elle ne vit rien d'abord que
sa partie manquée, par sa faute. Ah ! si elle n'avait

pas tant flâné dans ce magasin, devant les jolies
babioles à broderie et à dentelle

« Monsieur est sorti? »

La lenteur du domestique à répondre, la pâleur
subite de cette large face impudente, s'aplatissant
entre de longs favoris, ne la frappait pas encore.
Elle n'y voyait que l'émoi du serviteur pris le nez
dans son vol et sa gourmandise. Il fallut bien dire
pourtant que monsieur était encore là... et en
affaires... et qu'il en aurait pour longtemps. Mais
que tout cela fut long à bégayer, quelles mains
tremblantes il avait, cet homme, pour débarrasser
la table et mettre le couvert de sa maîtresse

« Est-ce qu'il a déjeuné seul?

— Oui, madame... C'est-à-dire... avec M. Bompard. »

Elle regardait une dentelle noire jetée sur une
chaise. Le drôle la voyait aussi, et leurs yeux se
rencontrant sur ce même objet, ce fut comme un
éclair pour elle. Brusquement, sans un mot, elle
s'élança, traversa le petit salon d'attente, fut droit
à la porte du cabinet, l'ouvrit grande et tomba
raide. Ils ne s'étaient pas même enfermés.

Et si vous aviez vu la femme, ses quarante ans
de blonde esquintée, marqués en couperose sur
une tête aux lèvres minces, aux paupières fripées
comme une peau de vieux gant ; sous les yeux, en
balafres violettes, les cicatrices d'une vie de plaisirs,
des épaules carrées, une vilaine voix. Seulement,
elle était noble... La marquise d'Escarbès!... et, pour
l'homme du Midi, cela tenait lieu de tout, le blason
lui cachait la femme. Séparée de son mari par un

procès scandaleux, brouillée avec sa famille et les grandes maisons du faubourg, madame d'Escarbès s'était ralliée à l'empire, avait ouvert un salon politique, diplomatique, vaguement policier, où venaient, sans leurs femmes, les personnages les plus huppés d'alors ; puis après deux ans d'intrigues, quand elle se fut créé un parti, des influences, elle songea à faire appel. Roumestan qui avait plaidé pour elle en première instance, ne pouvait guère refuser de la suivre. Il hésitait cependant à cause des opinions très affichées. Mais la marquise s'y prit de telle sorte et la vanité de l'avocat fut tellement flattée de cette façon de s'y prendre, que toutes ses résistances tombèrent. Maintenant l'appel étant proche, ils se voyaient tous les jours, tantôt chez lui, tantôt chez elle, menant l'affaire en partie double et vivement.

Rosalie faillit mourir de cette horrible découverte qui l'atteignait tout à coup dans sa sensibilité douloureuse de femme à la veille d'être mère, portant deux cœurs, deux foyers de souffrance en elle. L'enfant fut tué net, la mère survécut. Mais lorsqu'après trois jours d'anéantissement, elle retrouva toute sa mémoire pour souffrir, ce fut une crise de larmes, un flot amer que rien ne pouvait arrêter ni tarir. Sans un cri, sans une plainte, quand elle avait fini de pleurer sur la trahison de l'ami, de l'époux, ses larmes redoublaient devant le berceau vide où dormaient, seuls, les trésors de la layette sous des rideaux à transparent bleu. Le pauvre Numa était presque aussi désespéré. Cette grande espérance d'un petit Roumestan, de « l'aîné »,

5

toujours paré d'un prestige dans les familles provençales, détruite, anéantie par sa faute, ce pâle visage de femme noyé dans une expression de renoncement, ce chagrin aux dents serrées, aux sanglots sourds lui fendait l'âme, si différent de ses manifestations et de la grosse sensibilité à fleur de peau qu'il montrait, assis au pied du lit de sa victime, les yeux gros, les lèvres tremblantes. « Rosalie... allons, voyons... » Il ne trouvait que cela à dire, mais que de choses dans cet « allons... voyons... » prononcé avec l'accent du Midi facilement apitoyé. On entendait là-dessous : « Ne te chagrine donc pas, ma pauvre bête... Est-ce que ça vaut la peine? Est-ce que ça m'empêche de t'aimer?»

C'est vrai qu'il l'aimait autant que sa légèreté lui permettait un attachement durable. Il ne rêvait personne autre qu'elle pour tenir sa maison, le soigner, le dorloter. Lui qui disait si ingénument : « J'ai besoin d'un dévouement près de moi ! » il se rendait bien compte que celui-là était le plus complet, le plus aimable qu'il pût désirer; et l'idée de le perdre l'épouvantait. Si ce n'est pas cela de l'amour !

Hélas ! Rosalie s'imaginait tout autre chose. Sa vie était brisée, l'idole à bas, la confiance pour toujours perdue. Et pourtant elle pardonna. Elle pardonna par pitié, comme une mère cède à l'enfant qui pleure, qui s'humilie ; aussi pour la dignité de leur nom, pour le nom de son père que le scandale d'une séparation aurait sali, et parce que, les siens la croyant heureuse, elle ne pouvait leur ôter cette illusion. Par exemple, ce pardon accordé

si généreusement, elle l'avertit qu'il n'eût pas à
y compter s'il renouvelait l'outrage. Plus jamais!
ou alors leurs deux vies séparées cruellement, radicalement, devant tous!.. Ce fut signifié d'un ton,
avec un regard où les fiertés de la femme prenaient
leur revanche de toutes les convenances et entraves
sociales.

Numa comprit, jura de ne plus recommencer, et
sincèrement. Il frémissait encore d'avoir risqué son
bonheur, ce repos auquel il tenait tant, pour un
plaisir qui ne satisfaisait que sa vanité. Et le soula-
gement d'être débarrassé de sa grande dame, de
cette marquise à gros os qui — le blason à part —
ne parlait guère plus à ses sens que « l'ancienne
à tous » du café Malmus, de n'avoir plus de lettres
à écrire, de rendez-vous à fixer, l'évanouissement
de toute cette friperie sentimentale et tarabiscotée
qui allait si peu à son sans-gêne, l'épanouissait
presque autant que la clémence de sa femme, la
paix intérieure reconquise.

Heureux, il le fut comme auparavant. Il n'y eut
rien de changé aux apparences de leur vie. Toujours
la table mise et le même train de fêtes et de réceptions où Roumestan chantait, déclamait, faisait
la roue, sans se douter que, près de lui, deux beaux
yeux veillaient, large ouverts, éclaircis sous de
vraies larmes. Elle le voyait maintenant son grand
homme, tout en gestes, en paroles, bon et généreux
par élans, mais d'une bonté courte, faite de caprice,
d'ostentation et d'un coquet désir de plaire. Elle
sentait le peu de fond de cette nature hésitante
dans ses convictions comme dans ses haines ; par-

dessus tout elle s'effrayait, pour elle et pour lui, de
cette faiblesse cachée sous de grands mots et des
éclats de voix, faiblesse qui l'indignait, mais en
même temps la rattachait à lui, par ce besoin de
protection maternelle où la femme appuie son dévouement quand l'amour est parti. Et, toujours
prête à se donner, à se dévouer malgré la trahison,
elle n'avait qu'une peur secrète : « pourvu qu'il ne
me décourage pas ».

Clairvoyante comme elle était, Rosalie s'aperçut
vite du changement qui se faisait dans les opinions
de son mari. Ses relations avec le faubourg se re-
froidissaient. Le gilet nankin du vieux Sagnier,
la fleur de lys de son épingle à cravate, ne lui inspi-
raient plus la même vénération. Il trouvait que
cette grande intelligence baissait. C'était son ombre
qui siégeait à la Chambre, une ombre somnolente
rappelant assez bien la Légitimité et ses torpeurs
séreuses, voisines de la mort... Ainsi Numa évoluait
tout doucement, entr'ouvrait sa porte à des notabi-
lités impérialistes, rencontrées dans le salon de
madame d'Escarbès, dont l'influence avait préparé
ce virement. « Prends garde à ton grand homme...
je crois qu'il mue.... » disait le conseiller à sa fille,
un jour, que la verve gouailleuse de l'avocat s'était
amusée, à table, du parti de Froshdorf, qu'il compa-
rait au Pégase en bois de Don Quichotte immobile
et cloué sur place, pendant que son cavalier, les
yeux bandés, s'imaginait faire une longue route en
plein azur.

Elle n'eut pas à le questionner longtemps. Tout
dissimulé qu'il pût être, ses mensonges, — qu'il

dédaignait de soutenir par des complications ou des finesses, — gardaient un abandon qui le livrait tout de suite. Entrant un matin dans son cabinet, elle le surprit très absorbé dans la composition d'une lettre, pencha sa tête au niveau de la sienne :

« A qui écris-tu ? »

Il bégaya, essaya de trouver quelque chose, et, pénétré par ce regard obsédant comme une conscience, il eut un élan de franchise forcée... C'était, en style maigre et emphatique, ce style de barreau qui gesticule avec de grandes manches, une lettre à l'Empereur, par laquelle il acceptait le poste de Conseiller d'État. Cela commençait ainsi : *Vendéen du Midi, grandi dans la foi monarchique et le culte respectueux du passé, je ne crois pas forfaire à l'honneur ni à ma conscience...*

— Tu n'enverras pas ça !... dit-elle vivement.

Il commença par s'emporter, parler de haut, brutal, en vrai bourgeois d'Aps discutant dans son ménage. De quoi se mêlait-elle, à la fin des fins ? Qu'est-ce qu'elle y entendait ? Est-ce qu'il la tourmentait, lui, sur la forme de ses chapeaux ou ses patrons de robes nouvelles ? Il tonnait, comme à l'audience, devant la tranquillité muette, presque méprisante, de Rosalie, qui laissait passer toutes ces violences, débris d'une volonté détruite d'avance, à sa merci. C'est la défaite des exubérants, ces crises qui les fatiguent et les désarment.

— Tu n'enverras pas cette lettre, reprit-elle... ce serait mentir à ta vie, à tes engagements...

— Des engagements?... Et envers qui ?

5.

— Envers moi... Rappelle-toi comment nous nous
sommes connus, comment tu m'as pris le cœur
avec tes révoltes, tes belles indignations contre la
mascarade impériale. Et de tes opinions, je me sou-
ciais encore moins que d'une ligne de conduite
adoptée et droite, une volonté d'homme que j'ad-
mirais en toi...»

Il se défendit. Devait-il donc se morfondre toute
la vie dans un parti gelé, sans ressort, un camp
abandonné sous la neige ? Ce n'était pas lui, d'ailleurs, qui allait à l'Empire, mais l'Empire qui venait
vers lui. L'Empereur était un excellent homme,
plein d'idées, très supérieur à l'entourage..Et tous les
bons prétextes des défections. Rosalie n'en acceptait aucun, et, sous la félonie de son évolution, lui
en montrait la maladresse. «.Tu ne vois donc pas
comme ils sont inquiets tous ces gens-là, comme
ils sentent le terrain miné, creusé autour d'eux.
Le moindre choc, une pierre détachée, et tout
croule... Dans quel bas-fond !... »

Elle précisait, donnait des détails, résumait ce
qu'une silencieuse recueille et médite des propos
d'après dîner, quand les hommes, groupés à part,
laissent leurs femmes, intelligentes ou non, languir
dans ces conversations banales que la toilette, les
médisances mondaines ne suffisent pas toujours à
animer. Roumestan s'étonnait : « Drôle de petite
femme ! » Où avait-elle pris tout ce qu'elle disait
là ? Il n'en revenait pas qu'elle fût si forte ; et, dans
un de ces vifs retours qui sont l'attrait de ces ca-
ractères à outrance, il prenait à deux mains cette
tête raisonneuse, mais d'un si charmant éclat de

jeunesse, et, l'enveloppant d'une pluie de baisers tendres :

« Tu as raison, cent fois raison... c'est le contraire qu'il faut écrire... »

Il allait déchirer son brouillon, seulement il y avait là une phrase de début qui lui plaisait, et qui pouvait servir encore, en la modifiant un peu comme ceci : *Vendéen du Midi, grandi dans la foi monarchique et le culte respectueux du passé, je croirais forfaire à l'honneur et à ma conscience en acceptant le poste que Votre Majesté...*

Ce refus, très poli, mais très ferme, publié par les journaux légitimistes, valut à Roumestan une situation toute nouvelle, fit de son nom le synonyme de fidélité incorruptible. «Indécousable ! » disait le *Charivari,* dans une amusante caricature montrant la toge du grand avocat violemment disputée et tirée entre tous les partis. Quelque temps après, l'empire s'effondrait ; et lorsque l'Assemblée de Bordeaux se réunit, Numa Roumestan eut à choisir entre trois départements du Midi qui l'avaient élu député, uniquement à cause de sa lettre. Ses premiers discours, d'une éloquence un peu soufflée, eurent bientôt fait de lui le chef de toutes les droites. Ce n'était que la petite monnaie du vieux Sagnier qu'on avait là ; mais, par ce temps de races moyennes, les pur-sang se font rares, et le nouveau leader triompha, aux bancs de la Chambre, aussi aisément que jadis sur les divans du père Malmus.

Conseiller général de son département, idole du Midi tout entier, rehaussé encore par la magnifique situation de son beau-père passé premier président à la Cour de cassation depuis la chute de l'empire, Numa était évidemment destiné à devenir ministre un jour ou l'autre. En attendant, grand homme pour tout le monde excepté pour sa femme, il promenait sa jeune gloire entre Paris, Versailles et la Provence, aimable, familier, bon enfant, emportant son auréole en voyage, mais la laissant volontiers dans son carton à chapeau comme un claque de cérémonie.

IV

UNE TANTE DU MIDI. — SOUVENIRS D'ENFANCE

La maison Portal, qu'habite le grand homme
d'Aps pendant ses séjours en Provence, compte
parmi les curiosités de l'endroit. Elle figure au
Guide Joanne avec le temple de Junon, les arènes,
le vieux théâtre, la tour des Antonins, anciens ves-
tiges de la domination romaine dont la ville est
très fière et qu'elle époussète soigneusement. Mais
du vieux logis provincial ce n'est pas la porte charre-
tière, lourde, cintrée, bossuée d'énormes têtes de
clous, ni les hautes fenêtres hérissées de grilles en
broussailles, de fers de lances emphatiques, qu'on
fait admirer aux étrangers ; seulement le balcon du
premier étage, un étroit balcon aux noires ferrures
en encorbellement au-dessus du porche. De là
Roumestan parle et se montre à la foule quand il
arrive ; et toute la ville pourrait en témoigner, la
rude poigne de l'orateur a suffi pour donner ces
courbes capricieuses, ce renflement original au
balcon jadis droit comme une règle.

« Té ! vé !.. Il a pétri le fer, notre Numa ! »

Ils vous disent cela, les yeux hors de la tête, avec un roulement d'r — *pétrrri le ferrr* — qui ne permet pas l'ombre d'un doute.

La race est fière en terre d'Aps, et bonne enfant ; mais d'une vivacité d'impressions, d'une intempérance de langue dont la tante Portal, vrai type de la bourgeoisie locale, peut donner et résumer l'idée. Énorme, apoplectique, tout le sang afflué aux joues tombantes, lie de vin, en contraste avec une peau d'ancienne blonde, ce qu'on voit du cou très blanc, du front où de belles coques soignées, d'un argent mat, sortent d'un bonnet à rubans mauves, le corsage agrafé de travers, mais imposant tout de même, l'air majestueux, le sourire agréable, ainsi vous apparaît d'abord madame Portal dans le demi-jour de son salon toujours hermétiquement clos selon la mode du Midi ; vous diriez un portrait de famille, une vieille marquise de Mirabeau bien à sa place dans cet ancien logis bâti il y a cent ans par Gonzague Portal, conseiller maître au parlement d'Aix. On trouve encore en Provence de ces physionomies de maisons et de gens d'autrefois, comme si par ces hautes portes à trumeaux le siècle dernier venait de sortir laissant pris dans l'entrebâillure un pan de sa robe à falbalas.

Mais en causant avec la tante, si vous avez le malheur de prétendre que les protestants valent les catholiques, ou qu'Henri V n'est pas près de monter sur le trône, le vieux portrait s'élance violemment de son cadre, et les veines du cou gonflées, ses mains irritées dérangeant à poignée la belle ordonnance de ses coques lisses, prend une effroyable colère mêlée d'injures, de menaces, de malédictions, une de ces colères célèbres dans la ville et dont on cite des traits bizarres. A une soirée chez elle, le domestique renverse un plateau chargé de verres ; tante Portal crie, se monte peu à peu, arrive à coups de reproches et de lamentations au délire violent où l'indignation ne trouve plus de mots pour s'exprimer. Alors s'étranglant avec ce qui lui reste à dire, ne pouvant frapper le maladroit serviteur qui s'est prudemment enfui, elle relève sa jupe de soie sur sa tête, s'y cache, y étouffe ses grognements et ses grimaces de fureur, sans souci de montrer aux invités ses dessous empesés et blancs de grosse dame.

Dans tout autre endroit du monde, ou l'eût traitée de folle ; mais en Aps, pays de têtes bouillantes, explosibles, on se contente de trouver que madame Portal « a le verbe haut ». C'est vrai qu'en traversant la place Cavalerie, par ces après-midi paisibles où le chant des cigales, quelques gammes de piano, animent seuls le silence claustral de la ville, on entend, trahies par les auvents de l'antique demeure, d'étranges exclamations de la dame secouant et activant son monde : « monstre... assassin... bandit... voleur d'effets de prêtres... je te coupe un bras... je t'arrache la peau du ventre. » Des portes battent, des rampes d'escaliers tremblent sous les hautes voûtes sonores, blanchies à la chaux, des fenêtres s'ouvrent avec fracas comme pour laisser passer les lambeaux arrachés des

malheureux domestiques qui n'en continuent pas
moins leur service, accoutumés à ces orages et
sachant bien que ce sont là de simples façons de
parler.

En fin de compte une excellente personne, passionnée, généreuse, avec ce besoin de plaire, de
se donner, de se mettre en quatre, qui est un des
côtés de la race et dont Numa avait éprouvé les
bons effets. Depuis sa nomination de député, la
maison de la place Cavalerie était à lui, sa tante se
réservant uniquement le droit de l'habiter jusqu'à
sa mort. Et quelle fête pour elle que l'arrivée de
ses Parisiens, le train des aubades, des sérénades,
des réceptions, des visites, dont la présence du
grand homme remplissait sa vie solitaire, avide
d'exubérance. Puis elle adorait sa nièce Rosalie,
de tout le contraste de leurs deux natures, de tout
le respect que lui imposait la fille du président Le
Quesnoy, le premier magistrat de France.

Et vraiment il fallait à la jeune femme une indulgence singulière, ce culte de la famille qu'elle
tenait de ses parents, pour supporter pendant deux
grands mois les fantaisies, les surprises fatigantes
de cette imagination en désordre, toujours surex-
citée, aussi mobile que ce gros corps était paresseux. Assise dans le vestibule frais comme une
cour mauresque, où se concentrait une odeur de
moisi, de renfermé, Rosalie, une broderie aux doigts,
en Parisienne qui ne sait pas rester inactive, écoutait, des heures durant, les confidences surpre-
nantes de la grosse dame plongée dans un fauteuil
en face d'elle, les bras ballants, les mains vides

pour mieux gesticuler, ressassant à en perdre haleine la chronique de la ville entière, ses histoires
avec ses bonnes, son cocher, dont elle faisait selon
l'heure et son caprice des perfections ou des monstres, se passionnant toujours pour ou contre quelqu'un, et, à court de griefs, accablant son antipathie
du jour des accusations les plus effroyables, les
plus romanesques, d'inventions noires ou sanglantes, dont sa tête était farcie comme les *Annales
de la propagation de la Foi*. Heureusement Rosalie,
en vivant près de son Numa, avait pris l'habitude
de ces frénésies de paroles. Cela passait bien au-
dessous de sa songerie. A peine se demandait-elle
comment, si réservée, si discrète, elle avait pu entrer dans une pareille famille de comédiens, dra-
pés de phrases, débordant de gestes ; et il fallait
que l'histoire fût bien forte pour qu'elle l'arrêtât
d'un « oh ! ma tante... » distraitement jeté.

— Au fait, vous avez raison, ma petite. J'exagère
peut-être un peu. »

Mais l'imagination tumultueuse de la tante se
remettait vite à courir sur une piste aussi folle,
avec une mimique expressive, tragique ou bur-
lesque, qui plaquait tour à tour à sa large face les
deux masques du théâtre antique. Elle ne se cal-
mait que pour raconter son unique voyage à Paris
et les merveilles du passage du « Somon » où elle
était descendue dans un petit hôtel adopté par
tous les commerçants du pays, et ne prenant air
que sous l'étouffant vitrage chauffé en melon-
nière. Dans toutes les histoires parisiennes de la
dame, ce passage apparaissait comme son centre

6

d'évolution, l'endroit élégant, mondain par excellence.

Ces conversations fastidieuses et vides avaient,
pour les pimenter, le français le plus amusant, le
plus bizarre, dans lequel des poncifs, des fleurs sèches de vieilles rhétoriques se mêlaient à d'étranges
provençalismes, madame Portal détestant la langue
du cru, ce patois admirable de couleur et de sonorité qui vibre comme un écho latin par-dessus la
mer bleue et que parlent seuls là-bas le peuple et les
paysans. Elle était de cette bourgeoisie provençale
qui traduit « Pécaïré » par « Péchère » et s'imagine
parler plus correctement. Quand le cocher Ménicle
(Dominique) venait dire, à la bonne franquette :
« Voù baia de civado au chivaou...[1] », on prenait
un air majestueux pour lui répondre : « Je ne
comprends pas... parlez français, mon ami. » Alors
Ménicle, sur un ton d'écolier : « Je vais bayer dé
civade au chivau... — C'est bien... Maintenant j'ai
compris. » Et l'autre s'en allait, convaincu qu'il
avait parlé français. Il est vrai que, passé Valence,
le peuple du Midi ne connaît guère que ce fran-
çais-là.

En outre, tante Portal accrochait tous les mots,
non au gré de sa fantaisie, mais selon les us d'une
grammaire locale, prononçait *déligence* pour diligence, *achéter, anédote*, un *régitre*. Une taie d'oreil-
ler s'appelait pour elle une *coussinière*, une ombrelle
était une *ombrette*, la chaufferette qu'elle tenait sous
ses pieds en toute saison, une *banquette*. Elle ne

---

1. Je vais donner de l'avoine au cheval.

pleurait pas, elle *tombait des larmes;* et, quoique
très *enlourdie,* ne mettait *pas plus de demi-heure*
pour faire son tour de ville. Le tout agrémenté de
ces menues apostrophes sans signification précise
dont les Provençaux sèment leurs discours, de ces
copeaux qu'ils mettent entre les phrases pour en
atténuer, exalter ou soutenir l'accent multiple :
« *aie, ouie, avai, açavai, au moins, pas moins, différemment, allons!...* »

Ce mépris de la dame du Midi pour l'idiome de
sa province s'étend aux usages, aux traditions locales, jusqu'aux costumes. De même que tante Portal ne voulait pas que son cocher parlât provençal,
elle n'aurait pas souffert chez elle une servante avec
le ruban, le fichu arlésiens. « Ma maison n'est pas
un *mas,* ni une filature ! » disait-elle. Elle ne leur
permettait pas davantage de « porter *chapo...* » Le
chapeau, en Aps, c'est le signe distinctif, hiérarchique, d'une ascendance bourgeoise ; lui seul donne
le titre de madame qu'on refuse aux personnes du
commun. Il faut voir de quel air supérieur la femme
d'un capitaine en retraite ou d'un employé de la
mairie à huit cents francs par an, qui fait son marché elle-même, parle du haut d'une gigantesque
capote à quelque richissime fermière de Crau, la
tête serrée sous sa cambrésine garnie de vraies
dentelles antiques. Dans la maison Portal, les dames
portaient chapeau depuis plus d'un siècle. Cela rendait la tante très dédaigneuse au pauvre monde et
valut une terrible scène à Roumestan quelques
jours après la fête des Arènes.

C'était un vendredi matin, pendant le déjeuner.

Un déjeuner du Midi, frais et gai à l'œil, rigoureu-
sement maigre, — car tante Portal était à cheval
sur ses commandements, — faisant alterner sur la
nappe les gros poivrons verts et les figues 'sanglantes, les amandes et les pastèques ouvertes en
gigantesques magnolias roses, les tourtes aux anchois, et ces petits pains de pâte blanche comme on
n'en trouve que là-bas, tous plats légers, entre les
alcarazas d'eau fraîche et les fiasques de vin doux,
tandis qu'au dehors cigales et rayons vibraient et
qu'une barre blonde glissait par un entrebâille-
ment dans l'immense salle à manger sonore et voûtée comme un réfectoire de couvent.

Au milieu de la table, deux belles côtelettes pour
Numa fumaient sur un réchaud. Bien que son nom
fût béni dans les congrégations, mêlé à toutes les
prières, ou peut-être à cause de cela même, le grand
homme d'Aps avait une dispense de Monseigneur et
faisait gras, seul de la famille, découpant de ses
mains robustes la chair saignante avec sérénité,
sans s'inquiéter de sa femme et de sa belle-sœur,
qui s'abreuvaient, comme tante Portal, de figues et
de melons d'eau. Rosalie s'y était habituée ; ce maigre orthodoxe de deux jours par semaine faisait
partie de sa corvée annuelle, comme le soleil, la
poussière, le mistral, les moustiques, les histoires
de la tante et les offices du dimanche à Sainte-Perpétue. Mais Hortense commençait à se révolter de
toutes les forces de son jeune estomac ; et il fallait
l'autorité de la grande sœur pour lui fermer la bouche sur ces saillies d'enfant gâtée qui bouleversaient
toutes les idées de madame Portal à l'endroit de

l'éducation, de la bonne tenue des demoiselles.
La jeune fille se contentait de manger ces broutilles
en roulant des yeux comiques, la narine éperdument ouverte vers la côtelette de Roumestan, et murmurant tout bas, rien que pour Rosalie :

— Comme ça tombe !... Justement j'ai monté à
cheval ce matin... J'ai une faim de grande route.

Elle gardait encore son amazone qui allait bien à
sa taille longue, souple, comme le petit col garçon
à sa figure mutine, irrégulière, tout animée de la
course au grand air. Et sa promenade du matin
l'ayant mise en goût :

— A propos, Numa... Et Valmajour, quand irons-
nous le voir ?

— Qui ça, Valmajour ? fit Roumestan, dont la
cervelle fuyante avait déjà perdu le souvenir du
tambourinaire... Tè, c'est vrai, Valmajour... Je n'y
pensais plus... Quel artiste !

Il se montait, revoyait les arceaux des arènes vi-
rant et farandolant au rythme sourd du tambourin qui l'agitait de mémoire, lui bourdonnait au
creux de l'estomac, Et, subitement décidé :

— Tante Portal, prêtez-nous donc la berline...
Nous allons partir après déjeuner.

Le sourcil de la tante se fronça sur deux gros
yeux flambant comme ceux d'une idole japonaise.

— La berline... Avaï!... Et pourquoi faire ?... Au
moins, tu ne vas pas mener tes dames chez ce joueur
de tutu-panpan.

Ce « tutu-panpan » rendait si bien le double instrument, fifre et tambour, que Roumestan se mit

6.

à rire. Mais Hortense prit la défense du vieux tambourin provençal avec beaucoup de vivacité. De ce
qu'elle avait vu dans le Midi, cela surtout l'avait
impressionnée. D'ailleurs ce ne serait pas honnête
de manquer de parole à ce brave garçon. « Un grand
artiste, Numa..., vous l'avez dit vous-même ! »

— Oui, oui, vous avez raison, sœurette... Il faut
y aller.

Tante Portal, suffoquée, ne comprenait pas qu'un
homme comme son neveu, un député, se dérangeât
pour des paysans, des *ménagers*, des gens qui, de
père en fils, jouaient du flûtet dans les fêtes de
village. Toute à son idée, elle avançait une lippe
dédaigneuse, mimait les gestes du musicien, les
doigts écartés sur un flûtet imaginaire, l'autre main
tapant sur la table. Du joli monde à montrer à des
demoiselles !... Non, il n'y avait que ce Numa... Chez
les Valmajour, bonne sainte mère des anges !... Et
s'exaltant, elle commençait à les charger de tous
les crimes, à en faire une famille de monstres, historique et sanglante comme la famille Trestaillon,
quand elle aperçut, de l'autre côté de la table, Ménicle, qui était du pays des Valmajour et l'écoutait,
de face, tous les traits écarquillés d'étonnement.
Aussitôt d'une voix terrible, elle lui commanda de
s'aller changer bien vite, et de tenir la berline prête
pour deux heures *manque un quart*. Toutes les colères de la tante finissaient de la même façon.

Hortense jeta sa serviette et courut embrasser la
grosse femme sur les deux joues. Elle riait, sautait
de joie : « Dépêchons-nous, Rosalie... »

Tante Portal regarda sa nièce :

— Ah ! ça, Rosalie, j'espère bien, que vous n'allez pas courir les routes avec ces enfants.

— Non, non, ma tante…, je reste près de vous, » répondit la jeune femme, tout en souriant de la physionomie de vieux parent que son infatigable obligeance, sa résignation aimable avaient fini par lui donner dans la maison.

A l'heure dite, Ménicle était prêt ; mais on le laissait aller devant, rendez-vous pris sur la place des Arènes, et Roumestan partait à pied avec sa belle-sœur, curieuse et fière de voir Aps, au bras du grand homme, la maison où il était né, de reprendre par les rues avec lui les traces de sa petite enfance et de sa jeunesse.

C'était l'heure de la sieste. La ville dormait, déserte et silencieuse, bercée par le mistral, soufflant en grands coups d'éventail, aérant, vivifiant l'été chaud de Provence, mais rendant la marche difficile, surtout le long du *cours* où rien ne l'entravait, où il pouvait courir en tournant, encercler toute la petite cité avec des beuglements de taureau lâché. Serrée des deux mains au bras de son compagnon, Hortense s'en allait, la tête basse, éblouie et suffoquée, heureuse pourtant de se sentir entraînée, soulevée par ces rafales arrivant comme des vagues dont elles avaient les cris, les plaintes, l'éclaboussement poudreux. Parfois il fallait s'arrêter, se cramponner aux cordes tendues de loin en loin contre les remparts pour les jours de grand vent. De ces trombes où volaient des écorces et des graines de platane, de cette solitude le *cours* élargi prenait un air de détresse, encore

tout souillé des débris du récent marché, cosses de
melon, litières, mannes vides, comme si dans le
Midi le mistral seul était chargé du balayage. Roumestan voulait rejoindre vite la voiture ; mais Hortense s'acharnait à la promenade, et haletante,
déroutée par cette bourrasque qui enroulait trois
fois autour de son chapeau son voile de gaze bleue,
collait devant sa marche son costume court de
voyageuse, elle disait :

« Comme c'est drôle, les natures... ! Rosalie, elle,
déteste le vent. Elle dit que ça lui éparpille les
idées, l'empêche de penser. Moi, le vent m'exalte,
me grise...

— C'est comme moi... » criait Numa, les yeux
pleins d'eau, retenant son chapeau qui fuyait. Et
tout à coup à un tournant :

« Voilà ma rue... c'est ici que je suis né... »

Le vent tombait, ou plutôt se faisait moins sentir,
soufflant encore au loin, comme on entend du fond
du port aux eaux calmes les détonations de la mer
sur les brisants. C'était dans une rue assez large,
pavée de cailloux pointus, sans trottoir, une mai-
sonnette obscure et grise entre un couvent d'Ursu-
lines ombragé de grands platanes et un ancien
hôtel d'apparence seigneuriale portant des armes
incrustées et cette inscription « Hôtel de Rochemaure ». En face, un monument très vieux, sans
caractère, bordé de colonnes frustes, de torses de
statues, de pierres tumulaires criblées de chiffres
romains, s'intitulait « Académie » en lettres dédo-
rées au-dessus d'un portail vert. C'est là que l'illustre orateur avait vu le jour le 15 juillet 1832 ; et

l'on aurait pu faire plus d'un rapprochement de
son talent étriqué, classique, de sa tradition catholique et légitimiste à cette maison de petit bourgeois besogneux flanquée d'un couvent, d'un hôtel
seigneurial et regardant une académie de province.

Roumestan se sentait ému, comme chaque fois
que la vie le mettait en face de sa personnalité.
Depuis bien des années, trente ans peut-être, il
n'était pas venu là. Il avait fallu la fantaisie de
cette petite fille... L'immobilité des choses le frappait. Il reconnaissait aux murs la trace d'un arrêt
de volet que de sa main d'enfant il faisait tourner
chaque matin en passant. Alors les fûts de colonnes, les précieux tronçons de l'Académie jetaient
aux mêmes places leurs ombres classiques ; les lau-
riers-roses de l'hôtel avaient cette même odeur
amère, et il montrait à Hortense l'étroite fenêtre
d'où la maman Roumestan lui faisait signe quand
il revenait de l'école des frères : « Monte vite, le
père est rentré. » Et le père n'aimait pas à attendre.

« Comment Numa, c'est sérieux ?... vous avez
été élevé chez les frères ?

— Oui, sœurette, jusqu'à douze ans... à douze
ans, tante Portal m'a mis à l'Assomption, le pensionnat le plus chic de la ville... mais ce sont les
ignorantins qui m'ont appris à lire, là-bas, dans
cette grande baraque aux volets jaunes.

Il se rappelait en frémissant le seau plein de sau-
mure sous la chaire, dans lequel trempaient les
férules pour rendre le cuir plus cinglant, l'immense
classe carrelée où l'on récitait les leçons à genoux,
où pour la moindre punition on se traînait, tendant

et retirant la main, jusqu'au frère droit et rigide dans sa rugueuse soutane noire relevée sous les bras par l'effort du coup, frère Boute-à-cuire, comme on l'appelait, parce qu'il s'occupait aussi de la cuisine, et le « han ! » du cher frère, et la brûlure au bout des petits doigts pleins d'encre, que la douleur poignait d'un fourmillement de piqûres. Et comme Hortense s'indignait de la brutalité de ces punitions, Roumestan en racontait d'autres plus féroces ; quand il fallait par exemple balayer à coups de langue le carreau fraîchement arrosé, sa poussière devenue boue et souillant, mettant à vif le palais tendre des coupables.

« Mais c'est affreux... Et vous défendez ces gens-là !... Vous parlez pour eux à la Chambre !

— Ah ! mon enfant... ça, c'est la politique... » fit Roumestan sans se troubler.

Tout en causant, ils suivaient un dédale de ruelles obscures, orientales, où de vieilles femmes dormaient sur la pierre de leur porte, d'autres rues moins sombres, mais traversées dans leur largeur par le claquement de grandes bandes de calicot imprimé, balançant des enseignes : *Mercerie, draperie, chaussures ;* ils arrivaient ainsi à ce qu'on appelle à Aps la placette, un carré d'asphalte en liquéfaction sous le soleil, entouré de magasins clos à cette heure et muets, au bord desquels, dans l'ombre courte des murs, des décrotteurs ronflaient, la tête sur leur boîte à cirer, les membres répandus comme des noyés, épaves de la tempête qui secouait la ville. Un monument inachevé décorait le milieu de la placette. Hortense voulant

savoir ce qu'attendait ce marbre blanc et veuf,
Roumestan sourit un peu gêné :

« Toute une histoire ! » dit-il en hâtant le pas.

La municipalité d'Aps lui avait voté une statue,
mais les libéraux de l'*Avant-garde* ayant blâmé
très fort cette apothéose d'un vivant, ses amis n'a-
vaient osé passer outre. La statue était toute prête,
on attendait sa mort probablement pour la poser.
Certes il est glorieux de penser que vos funérailles
auront un lendemain civique, que l'on ne sera
tombé que pour se relever en marbre ou en bronze;
mais ce socle vide, éblouissant sous le soleil, faisait à Roumestan, chaque fois qu'il passait là, l'effet d'un majestueux tombeau de famille, et il fallut
la vue des arènes pour le tirer de ses idées funè-
bres. Le vieil amphithéâtre dépouillé de l'animation
bruyante du dimanche, rendu à sa solennité de
ruine inutile et grandiose, montrait à travers les
grilles serrées ses larges corridors humides et
froids, où le sol s'abaissait par endroits, où les
pierres se descellaient sous le pas des siècles.

« Comme c'est triste ! » disait Hortense, regret-
tant le tambourin de Valmajour ; mais ce n'était
pas triste pour Numa. Son enfance avait vécu là
ses meilleures heures tout en joies et en désirs. Oh!
les dimanches de courses de taureaux, la flânerie
autour des grilles avec d'autres enfants pauvres
comme lui, n'ayant pas les dix sous pour prendre
un billet. Dans le soleil ardent de l'après-midi, le
mirage du plaisir défendu, ils regardaient le peu
que leur laissaient voir les lourdes murailles, un
coin de cirque, les jambes chaussées de bas écla-

fants des toreros, les sabots furieux de la bête, la
poussière du combat s'envolant avec les cris, les
rires, les bravos, les beuglements, le grondement
du monument plein. L'envie d'entrer était trop
forte. Alors les plus hardis guettaient le moment
où la sentinelle s'éloignait; et l'on se glissait avec
un petit effort entre deux barreaux.

« Moi, je passais toujours » disait Roumestan
épanoui. Toute l'histoire de sa vie se résumait bien
dans ces deux mots : soit chance ou adresse, si
étroite que fût la grille, le méridional avait toujours
passé.

« C'est égal, ajouta-t-il en soupirant, j'étais plus
mince qu'aujourd'hui. » Et son regard allait avec
une expression de regret comique, du grillage serré
des arcades au large gilet blanc où ses quarante ans
sonnés bedonnaient ferme.

Derrière l'énorme monument, la berline attendait abritée du vent et du soleil. Il fallut réveiller
Ménicle endormi sur son siège, entre deux paniers
de provisions, dans sa lourde lévite bleu de roi.
Mais, avant de monter, Roumestan montra de loin
à sa belle-sœur une ancienne auberge, *Au Petit-
Saint-Jean, messageries et roulages*, dont la ma-
çonnerie blanche, les hangars large ouverts tenaient
tout un coin de la place des Arènes, encombrée de
pataches dételées et poudreuses, de charrettes ru-
rales basculées, les brancards en l'air, sous leurs
bâches grises :

— Regardez ça, sœurette, dit-il avec émotion...
C'est là que je me suis embarqué pour Paris, il y a
vingt et un ans... Nous n'avions pas de chemin de

fer alors. On prenait la diligence jusqu'à Montélimart, puis le Rhône... Dieu ! que j'étais content et
que votre grand Paris m'épouvantait... C'était le
soir, je me rappelle... »

Il parlait vite, sans ordre, les souvenirs se pressant à mesure.

« ... Le soir, dix heures, en novembre... Une lune
si claire... Le conducteur s'appelait Fouque, un
personnage !... Pendant qu'il attelait, nous nous
promenions de long en large avec Bompard... Bompard, vous savez bien... Nous étions déjà grands
amis. Il était, du moins s'imaginait être élève en
pharmacie, et comptait venir me rejoindre... Nous
faisions des projets, des rêves de vie ensemble, à
s'aider pour arriver plus tôt... En attendant, il
m'encourageait, me donnait des conseils, étant plus
âgé... Toute ma peur, c'était d'être ridicule... Tante
Portal m'avait fait faire pour la route un grand
manteau, ce qu'on appelait un Raglan... J'en dou-
tais un peu de mon raglan de tante Portal... Alors
Bompard me faisait marcher devant lui... Té ! je
vois encore mon ombre à côté de moi... Et, gravement, avec cet air qu'il a, il me disait : Tu peux
aller, mon bon, tu n'es pas ridicule... Ah ! jeunesse, jeunesse... »

Hortense, qui maintenant craignait de ne plus
sortir de cette ville où le grand homme trouvait
sous chaque pierre un retard éloquent, le poussait
doucement vers la berline :

— Si nous montions, Numa... Nous causerions
aussi bien en route...

7

V

VALMAJOUR.

De la ville d'Aps au mont de Cordoue il ne faut
guère plus de deux heures, surtout quand on a le
vent arrière. Attelée de ses deux vieux camarguais,
la berline allait toute seule, poussée par le mistral
qui la secouait, l'enlevait, creusait le cuir de sa capote ou le gonflait à la manière d'une voile. Ici il
ne rugissait plus comme autour des remparts, sous
les voûtes des poternes ; mais libre, sans obstacle,
chassant devant lui l'immense plaine ondulée où
quelques *mas* perdus, une ferme isolée, toute grise
dans un bouquet vert, semblaient l'éparpillement
d'un village par la tempête, il passait en fumée sur
le ciel, en embruns rapides sur les blés hauts, sur
les champs d'oliviers dont il faisait papilloter les
feuilles d'argent, et avec de grands retours qui
soulevaient en flots blonds la poussière craquant
sous les roues il abaissait les files de cyprès serrés,
les roseaux d'Espagne aux longues feuilles bruis-

santes donnant l'illusion d'un ruisseau frais au bord
de la route. Quand il se taisait une minute, comme
à court de souffle, on sentait le poids de l'été, une
chaleur africaine montant du sol, que dissipait bien
vite la saine et vivifiante bourrasque étendant son
allégresse au plus loin de l'horizon, vers ces petites
collines grisâtres, ternes, au fond de tout paysage
provençal, mais que le couchant irise de teintes
féeriques.

On ne rencontrait pas grand monde. De loin en
loin un fardier venant des carrières avec un char-
gement d'énormes pierres taillées, aveuglantes sous
le soleil, une vieille paysanne de la Ville-des-Baux
courbée sous un grand *couffin* d'herbes aromatiques,
la cagoule d'un moine mendiant, besace au dos, ro-
saire aux cuisses, le crâne dur, suant et luisant
comme un galet de Durance, ou bien un retour de
pèlerinage, une charretée de femmes et de filles en
toilette, beaux yeux noirs, chignons hardis, rubans
flottants et clairs, arrivant de la Sainte-Baume ou
de Notre-Dame-de-Lumière. Eh bien, le mistral
donnait à tout cela, au dur labeur, aux misères,
aux superstitions de pays le même entrain de santé,
de belle humeur, ramassant et secouant dans ses
passes les « dia ! hue ! » des charretiers, les grelots,
les anneaux de verre bleu de ses bêtes, la psalmodie
du moine, les cantiques aigus des pèlerines, et le
refrain populaire que Roumestan, mis en verve par
l'air natal, entonnait à toute gorge avec de grands
gestes lyriques débordant par les deux portières:

> Beau soleil de la Provence,
> Gai compère du mistral...

Puis s'interrompant. « Hé ! Ménicle... Ménicle...

— Monsieur Numa ?

— Qu'est-ce que c'est que cette masure, là-bas, de l'autre main du Rhône ?

— Ça, monsieur Numa, c'est le *Jonjon* de la reine Jeanne...

— Ah ! oui, c'est vrai... Je me rappelle... Pauvre Jonjon ! Son nom est aussi démantelé que lui.

Il faisait alors à Hortense l'historique du donjon royal ; car il savait à fond sa légende provençale... Cette tour ruinée et roussie, là-haut, datait de l'invasion sarrasine, moins vieille encore que l'abbaye dont on apercevait, tout auprès, un pan de mur à moitié croulé, percé sur le bleu d'étroites fenêtres alignées et d'un large portail en ogive. Il lui montrait le sentier, visible au flanc de la côte rocailleuse, par où les moines vers l'étang luisant comme une coupe de métal s'en venaient pêcher des carpes, des anguilles pour la table de l'abbé. Il remarquait, en passant, que dans les plus beaux sites la vie friande et recueillie des couvents s'était installée, planant, rêvant aux sommets, mais descendant lever la dîme sur tous les biens de nature et les villages environnants... Ah ! le moyen âge de Provence, le beau temps des trouvères et des cours d'amour... Maintenant les ronces disjoignaient les dalles où les Stéphanette, les Azalaïs, avaient laissé traîner leurs robes plates ; les orfraies et les hiboux miaulaient, la nuit, où chantaient les troubadours. Mais n'est-ce pas qu'il restait encore sur tout ce clair paysage des Alpilles un bouquet d'élégance coquette, de mièvrerie italienne, comme un frisson de luth ou de viole flottant dans la pureté de l'air ?

Et Numa s'exaltant, oubliant qu'il n'avait que sa belle-sœur et la lévite bleue de Ménicle pour auditoire, s'échappait, après quelques redites de banquets régionaux ou de séances académiques, dans une de ces improvisations ingénieuses et brillantes, qui faisaient bien de lui le descendant des légers trouvères provençaux.

« Voilà Valmajour ! dit tout à coup le cocher de tante Portal se penchant pour leur montrer la hauteur du bout de son fouet.

Ils avaient quitté le grand chemin et suivaient une montée en lacets aux flancs du mont de Cordoue, chemin étroit, glissant, à cause des touffes de lavande dont chaque tour de roue dégageait au passage le parfum brûlé. Sur un plateau, à mi-côte, au pied d'une tour ébréchée et noire, s'étageaient les toits de la ferme. C'est là que les Valmajour habitaient, de père en fils, depuis des années et des années, sur l'emplacement du vieux château dont le nom leur était resté. Et qui sait ? Peut-être ces paysans descendaient-ils des princes de Valmajour, alliés aux comtes de Provence et à la maison des Baux. Cette supposition imprudemment émise par Roumestan fut tout à fait du goût d'Hortense, qui s'expliquait ainsi les façons vraiment nobles du tambourinaire.

Comme ils en causaient dans la voiture, Ménicle sur son siège les écoutait plein de stupéfaction. Ce nom de Valmajour était très répandu dans la contrée ; il y avait les Valmajour du haut et les Valmajour du bas, selon qu'ils habitaient le vallon ou la

7.

montagne. « Ça serait donc tous des grands seigneurs!.. ». Mais le futé Provençal garda sa remarque pour lui. Et tandis qu'ils avançaient avec
lenteur dans ce paysage dénudé et grandiose, la
jeune fille, que la conversation animée de Roumestan avait jetée en plein roman historique, dans
le rêve coloré du passé, apercevant là-haut une
paysanne assise sur un contrefort au pied des
ruines, à demi tournée, la main au-dessus des yeux
pour regarder les arrivants, s'imaginait voir quelque princesse coiffée du hennin, au sommet de sa
tour, dans une pose de vignette.

L'illusion cessa à peine, lorsque les voyageurs
descendant de voiture se trouvèrent en face de la
sœur du tambourinaire occupée à tresser des claies
en osier pour les vers à soie. Elle ne se leva pas,
quoique Ménicle lui eût crié de loin : « Vé! Audiberte, voilà des personnes pour ton frère. » Sa
figure fine, régulière, allongée et verte comme une
olive à l'arbre, ne marqua ni joie ni surprise, garda
l'expression concentrée qui rapprochait ses épais
sourcils noirs, les nouait tout droit, au-dessous du
front entêté, comme d'un lien très dur. Roumestan,
un peu saisi de cette réserve, se nomma : « Numa
Roumestan... le député...

— Oh ! je vous connais bien... » dit-elle gravement,
et, laissant son ouvrage en tas à côté d'elle : « Entrez un moment... mon frère va venir. »

Debout, la châtelaine perdait de son prestige.
Très petite, toute en buste, elle marchait avec un
dandinement mal gracieux qui faisait tort à sa
jolie tête finement relevée du petit bonnet d'Arles

et du large fichu de mousseline à plis bleuâtres. On entra. Ce logis de paysans avait grand air, appuyé à une tour en ruines, gardant des armes dans la pierre au-dessus de sa porte qu'abritaient un auvent de roseaux craquant au soleil et une grande toile à carreaux tendue en portière à cause des moustiques. La salle des gardes, aux murs blancs, au plafond creusé de voussures, à la haute cheminée antique, ne recevait de lumière que de ses carreaux verdis et du treillis de toile de l'entrée.

Dans cette pénombre on distinguait le pétrin de bois noir, en forme de sarcophage, sculpté d'épis et de fleurs, et surmonté de sa *panière* à claire-voie, à clochetons mauresques, où le pain se tient au frais dans toutes les fermes provençales. Deux ou trois images de piété, les sainte Marie, Marthe et la Tarasque, le cuivre rouge d'une petite lampe de forme ancienne accrochée à une belle *moque* de bois blanc sculptée par un berger, de chaque côté de la cheminée la salière et la farinière, complétaient l'ornement de la vaste pièce avec une conque marine, pour rappeler les bêtes, et dont la nacre étincelait sur le manteau du foyer. La table longue s'étalait dans le sens de la salle, flanquée de bancs et d'escabeaux. Au plafond, des chapelets d'oignons pendaient, tout noirs de mouches qui bourdonnaient chaque fois qu'on soulevait la portière de l'entrée.

« Remettez-vous, monsieur, madame., vous allez faire le grand-boire avec nous. »

Le *Grand-boire*, c'est le goûter des paysans provençaux. Il se sert en pleins champs, au lieu même

du travail, sous un arbre quand on en trouve, dans
l'ombre d'une meule, au creux d'un fossé. Mais
Valmajour et son père travaillant tout près, sur
leur bien, venaient le faire à la maison. Et déjà la
table les attendait, deux ou trois petites assiettes
creuses en terre jaune, des olives confites et une
salade de romaine toute luisante d'huile. Dans la
coque en osier où se placent la bouteille et les
verres, Roumestan crut voir du vin.

« Vous avez donc encore de la vigne par ici? »
demanda-t-il d'un air aimable, essayant d'appri-
voiser l'étrange petite sauvagesse, Mais, à ce mot
de vigne, elle bondit, un vrai saut de chèvre piquée
par un aspic, et sa voix fut tout de suite à un diapason de fureur. De la vigne! Ah! oui, joliment!...
Il leur en restait, de la vigne!... Sur cinq, ils n'a-
vaient pu en sauver qu'une, la plus petite, et encore
il fallait la tenir sous l'eau six mois de l'an. De l'eau
de la *roubine*, qui leur coûtait les yeux de la tête.
Et tout ça, la faute de qui? La faute des rouges, de
ces porcs, de ces monstres de rouges et de leur ré-
publique sans religion qui avait déchaîné sur le
pays toutes les abominations de l'enfer.

A mesure qu'elle parlait avec cette passion, ses
yeux devenaient plus noirs, d'un noir assassin, tout
son joli visage convulsé et grimaçant, la bouche
tordue, le nœud des sourcils serré jusqu'à faire un
gros pli au milieu du front. Le plus drôle, c'est
qu'elle continuait à s'activer dans sa colère, préparait le feu, le café de ses hommes, se levait, se
baissait, ayant en mains le soufflet, la cafetière, ou
des sarments tout enflammés qu'elle brandissait

comme une torche de .Furie. Puis, brusquement,
elle se radoucit : « Voilà mon frère... »

Le store rustique s'écartant laissa passer dans un
flot de lumière blanche la haute taille de Valmajour suivi d'un petit vieux à face rase, calciné, contourné et noir comme un pied de vigne malade.
Le père ni le fils ne s'émurent plus qu'Audiberte des
visiteurs qu'ils recevaient, et sitôt la première reconnaissance, prirent place autour du grand-boire
renforcé de toutes les victuailles tirées de la berline, devant lesquelles les yeux de Valmajour l'ancien s'allumaient de petites flammes égrillardes.
Roumestan, qui n'en revenait pas du peu d'impression qu'il produisait sur ces paysans, parla tout
de suite du grand succès de dimanche aux Arènes.
C'est cela qui avait dû faire plaisir au vieux
père !...

« Sûrement, sûrement, bougonna le vieux, en
piquant ses olives avec son couteau... Mais moi
aussi, de mon temps, j'en ai eu des prix de tambourin. » Et dans son mauvais sourire se reconnaissait le même tournement de bouche qu'avait
la colère de sa fille tout à l'heure. Très calme en
ce moment, la paysanne était assise presque à
terre sur la pierre du foyer, son assiette aux
genoux ; car, bien que maîtresse au logis et maîtresse absolue, elle suivait l'usage provençal qui ne
permet pas aux femmes de prendre place à table
avec les hommes. Mais de cette position humiliée
elle suivait attentivement tout ce qu'on disait,
remuait la tête en entendant parler de la fête aux
Arènes. Elle n'aimait pas le tambourin, elle. Ah !

nani... Sa mère en était morte, du mauvais sang qu'elle s'était fait avec la musique du papa... Tout ça, voyez-vous, des métiers de ribotteurs qui dérangeaient du travail, coûtaient plus d'argent qu'ils n'en rapportaient.

— Eh bien ! qu'il vienne à Paris, dit Roumestan... Je vous réponds que son tambourin lui en fera gagner, de l'argent...

Devant l'incrédulité de cette innocente, il tâcha de lui expliquer ce que c'était que les caprices de Paris et combien il les payait cher. Il raconta les anciens succès du père Mathurin, le joueur de biniou, dans la *Closerie des genêts*. Et quelle différence entre le biniou breton, grossier, criard, fait pour mener des rondes d'Esquimaux au bord de la Mer Sauvage, et le tambourin de Provence, si svelte, si élégant ! C'est-à-dire que toutes les Parisiennes en perdraient la tête, voudraient danser la farandole... Hortense se montait aussi, disait son mot, pendant que le tambourinaire souriait vaguement et lissait sa moustache brune d'un geste vainqueur de beau Nicolas.

— Mais enfin, qu'est-ce que vous pensez qu'il pourrait gagner tout au juste avec sa musique ? demanda la paysanne.

Roumestan chercha un peu... Il ne pouvait pas dire bien exactement... Dans les cent cinquante à deux cents francs...

— Par mois? fit le père, enthousiasmé.

—Hé non, par jour !...

Les trois paysans tressaillirent, puis se regardèrent. D'un autre que de « Moussu Numa », député,

membre du Conseil général, ils auraient cru à une
farce, à une *galéjade*, allons ! Mais avec celui-là,
l'affaire devenait sérieuse... Deux cents francs par
jour !... *foutré !*... Le musicien était tout prêt, lui.
La sœur, plus prudente, aurait voulu que Roumestan leur signât un papier ; et, posément, les yeux
baissés, de peur que leur éclat de lucre la trahît, elle
discutait d'une voix hypocrite. C'est que Valmajour
était bien nécessaire à la maison, *Pécaïré.* Il
menait le bien, labourait, taillait la vigne, le père
n'ayant plus la force. Comment faire s'il partait ?...
Lui-même, tout seul à Paris, il se languirait pour
sûr. Et son argent, ses deux cents francs par jour,
qu'est-ce qu'il en ferait dans cette grande vil-
lasse ?... Sa voix devenait dure en parlant de cet
argent dont elle n'aurait pas la garde, qu'elle ne
pourrait pas enfermer au plus profond de ses
tiroirs.

— Eh bien ! alors, dit Roumestan, venez à Paris
avec lui.

— Et la maison ?

— Louez-la, vendez-la... Vous en rachèterez une
plus belle en revenant.

Il s'arrêta sur un regard inquiet d'Hortense, et,
comme pris d'un remords de troubler le repos de
ces braves gens : « Après tout, il n'y a pas que
l'argent dans la vie... Vous êtes heureux comme
vous êtes... »

Audiberte l'interrompit vivement : « Oh! heureux... L'existence est bien pénible, allez ! ce n'est
plus comme dans les temps. » Elle recommençait à
geindre sur les vignes, la garance, le vermillon, les

vers à soie, toutes les richesses du pays disparues.
Il fallait trimer au soleil, travailler comme des sa-
tyres... Ils avaient bien dans l'avenir l'héritage du
cousin Puyfourcat, colon en Algérie depuis trente
ans, mais c'est si loin cette Algérie d'Afrique... Et
tout à coup l'astucieuse petite personne, pour rallumer Moussu Numa qu'elle se reprochait d'avoir
un peu trop refroidi, dit à son frère félinement avec
son intonation câline et chantante :

— *Qué*, Valmajour, si tu nous touchais un petit
air pour faire plaisir à cette belle demoiselle?

Ah! fine mouche, elle ne s'était pas trompée.
Au premier coup de baguette, au premier trille
emperlé, Roumestan fut repris et délira. Le garçon
jouait devant le *mas*, appuyé à la margelle d'un
vieux puits dont la ferrure en arc, enroulée d'un
figuier sauvage, encadrait merveilleusement sa
taille élégante et son teint de bistre. Les bras nus,
la poitrine ouverte, dans ses poudreuses hardes de
travail, il avait quelque chose de plus fier et de plus
noble encore qu'aux Arènes, où sa grâce s'endiman-
chait malgré tout d'un vernis théâtral. Et les vieux
airs de l'instrument rustique, poétisés du silence et
de la solitude d'un beau paysage, éveillant les
ruines dorées de leur songe de pierre, volaient
comme des alouettes sur ces pentes majestueuses,
toutes grises de lavandes ou coupées de blé, de vigne
morte, de mûriers aux larges feuilles dont l'ombre
commençait à s'allonger en devenant plus claire.
Le vent était tombé. Le soleil au déclin flambait
sur la ligne violette des Alpilles, jetait au creux des
roches un vrai mirage d'étangs de porphyre liquide,

d'or en fusion, et sur tout l'horizon une vibration
lumineuse, les cordes tendues d'une lyre ardente,
dont le chant continu des cigales et les battements
du tambourin semblaient la sonorité.

Muette et ravie, Hortense, assise sur le parapet de
l'ancien donjon, accoudée à un tronçon de colon-
nette abritant un grenadier rabougri, écoutait
et admirait, laissait voyager sa petite tête roma-
nesque toute pleine des légendes recueillies pendant le chemin. Elle voyait le vieux castel monter
de ses décombres, dresser ses tours, arrondir ses
poternes, ses arceaux de cloître peuplés de belles au
long corsage, au teint mat que la grande chaleur
ne colorait pas. Elle-même était princesse des
Baux, avec un joli nom de missel; et le musicien
qui lui donnait l'aubade, un prince aussi, le dernier
des Valmajour, sous des habits de paysan. « Adonc,
la chanson finie, » comme il est dit dans les chro-
niques des cours d'amour, elle cassait au-dessus de
sa tête un brin de grenadier où pendait la fleur
trop lourde de pourpre vive, et le tendait pour prix
de son aubade au beau musicien qui, galamment,
l'accrochait aux cordelettes de son tambour.

VI

MINISTRE !

Trois mois ont passé depuis ce voyage au mont
de Cordoue.

Le parlement vient de s'ouvrir à Versailles sous
un déluge de novembre qui rejoint les bassins du
parc au ciel bas, étouffé de brume, enveloppe les
deux Chambres de tristesse humide et d'obscurité,
mais ne refroidit pas les colères politiques. La
session s'annonce terrible. Des trains de députés,
de sénateurs, se croisent, se succèdent, sifflent,
grondent, secouent leur fumée menaçante, animés
à leur manière des haines et des intrigues qu'ils
convoient sous des torrents de pluie ; et, dans cette
heure de wagon, dominant le bruit des roues sur
le fer, les discussions continuent avec la même
âpreté, la même fureur qu'à la tribune. Le plus
agité, le plus bruyant de tous, c'est Roumestan. Il
a déjà prononcé deux discours depuis la rentrée. Il
parle dans les commissions, dans les couloirs, à la

gare, à la buvette, fait trembler la toiture en vitrage
des salons de photographie où se réunissent toutes
les droites. On ne voit que sa silhouette remuante et
lourde, sa grosse tête toujours en rumeur, la houle
de ses larges épaules redoutées du ministère qu'il est
en train de « tomber » selon les règles, en souple et
vigoureux lutteur du Midi. Ah ! le ciel bleu, les
tambourins, les cigales, tout le décor lumineux des
vacances, comme il est loin, fini, démonté ! Numa
n'y songe pas une minute, pris dans le tourbillon
de sa double vie d'avocat et d'homme politique ;
car, à l'exemple de son vieux maître Sagnier, en
entrant à la Chambre, il n'a pas renoncé au Palais,
et tous les soirs, de six à huit heures, on se presse à
la porte de son cabinet de la rue Scribe.

Vous diriez une légation, ce cabinet de Roumestan. Le premier secrétaire, bras droit du leader,
son conseil, son ami, est un excellent avocat d'affaires, appelé Méjean, méridional comme tout
l'entourage de Numa, mais du midi Cévenol, le
midi des pierres, qui tient plus de l'Espagne que de
l'Italie et garde en ses allures, en ses paroles, la prudente réserve et le bon sens pratique de Sancho.
Trapu, robuste, déjà chauve, avec le teint bilieux
des grands travailleurs, Méjean fait à lui seul toute
la besogne du cabinet, déblaie les dossiers, prépare
les discours, cherche à mettre des faits sous les
phrases sonores de son ami, de son futur beau-frère,
disent les bien informés. Les autres secrétaires,
MM. de Rochemaure et de Lappara, deux jeunes
stagiaires apparentés à la plus ancienne noblesse
provinciale, ne sont là que pour la montre, et

font chez Roumestan leur noviciat politique.

Lappara, grand beau garçon, bien jambé, teint chaud, barbe fauve, fils du vieux marquis de Lappara, chef du parti dans le Bordelais, montre bien le type de ce midi créole, hâbleur, aventureux, friand de duels et d'*escampatives*. Cinq ans de Paris, cent mille francs « roustis » au cercle et payés avec les diamants de la mère, ont suffi pour lui donner l'accent du boulevard, un beau ton de gratin croustillant et doré. Tout autre est le vicomte Charlexis de Rochemaure, compatriote de Numa, élevé chez les Pères de l'Assomption, ayant fait son droit en province sous la surveillance de sa mère et d'un abbé, et gardant de son éducation, des candeurs, des timidités de lévite en contraste avec sa royale Louis XIII, l'air à la fois d'un raffiné et d'un jocrisse.

Le grand Lappara essaye d'initier ce jeune Pourceaugnac à la vie parisienne. Il lui apprend à s'habiller, ce qui est chic et pas chic, à marcher la nuque en avant, la bouche abrutie, à s'asseoir d'une pièce, les jambes allongées, pour ne pas marquer de genoux au pantalon. Il voudrait lui faire perdre cette foi naïve aux hommes et aux choses, ce goût du grimoire qui le classe gratte-papier. Mais non, le vicomte aime sa besogne, et quand Roumestan ne l'emmène pas à la Chambre ou au palais, comme aujourd'hui, il reste assis pendant des heures à grossoyer devant la longue table installée pour les secrétaires à côté du cabinet du patron. Le Bordelais, lui, a roulé un pouff contre la croisée, et, dans le jour qui tombe, le cigare aux dents, les jambes étendues, il regarde à travers la pluie

et le gâchis fumant de l'asphalte la longue file
d'équipages alignés, le fouet haut, au ras du trottoir, pour le jeudi de madame Roumestan.

Que de monde ! Et ce n'est pas fini, il arrive encore des voitures. Lappara, qui se vante de connaître à fond la grande livrée de Paris, annonce à
mesure, tout haut : « Duchesse de San Donnino...
Marquis de Bellegarde... Mazette ! Les Mauconseil
aussi... Ah çà, mais qu'est-ce qu'il y a donc ? » Et,
se tournant vers un maigre et long personnage qui
sèche devant la cheminée ses gants de tricot, son
pantalon de couleur, trop mince pour la saison et
relevé avec précaution sur des bottines d'étoffe :
« Savez-vous quelque chose, Bompard ?

— Quelque *chase* ?... *Certainemain...*

Bompard, le mameluck de Roumestan, est comme
un quatrième secrétaire qui fait le dehors, va aux
nouvelles, promène dans Paris la gloire du patron.
Ce métier ne l'enrichit guère, à en juger sur sa
mine ; mais ce n'est pas la faute de Numa. Un repas
par jour, un demi-louis de loin en loin, on n'a
jamais pu faire accepter davantage à ce singulier
parasite dont l'existence reste un problème pour
ses plus intimes. Lui demander, par exemple, s'il
sait quelque chose, douter de l'imagination de
Bompard est une bonne naïveté.

— Oui, messieurs... Et quelque *chase* de très
grave...

— Quoi donc ?

— On vient de tirer sur le maréchal !...

Un instant de stupeur. Les jeunes gens se regardent, regardent Bompard, puis Lappara, ral-

longé dans son pouff, demande tranquillement :

— Et vos asphaltes, mon bon ? où en sont-elles ?

— Ah ! *vai*, les asphaltes... J'ai une affaire bien meilleure...

Sans s'étonner autrement du peu d'effet produit par l'assassinat du maréchal, le voilà racontant sa combinaison nouvelle. Oh! une affaire superbe, et si simple. Il s'agissait de rafler les cent vingt mille francs de primes que le gouvernement suisse donne chaque année pour les tirs fédéraux. Bompard, dans sa jeunesse, tirait supérieurement les alouettes. Il n'aurait qu'à se refaire un peu la main, c'était cent vingt mille francs de rente assurés jusqu'à la fin de sa vie. Et de l'argent facile à gagner, au moins ! La Suisse, à petites journées, de canton en canton, le rifle sur l'*épole*...

Le visionnaire s'animait, décrivait, grimpait aux glaciers, descendait des vals et des torrents, secouait les avalanches devant les jeunes gens ébahis. De toutes les inventions de cette cervelle frénétique, celle-là était encore la plus extraordinaire, débitée d'un air convaincu, avec une fièvre dans le regard, un feu intérieur qui bossuait le front, le crevassait de rides profondes.

La brusque arrivée de Méjean, revenant du palais tout essoufflé, arrêta ces divagations.

— Grande nouvelle !... dit-il en jetant sa serviette sur la table... Le ministère est à bas.

— Pas possible !

— Roumestan prend l'Instruction publique..

— Je le savais, dit Bompard.

Et, voyant leur sourire :

— *Parfaitemain*, messieurs... j'étais là-bas... j'en viens.

— Et vous ne le disiez pas ?

— A quoi bon ?... On ne me croit jamais... C'est la faute de mon *assent*, ajouta-t-il avec une candeur résignée dont le comique fut perdu dans l'émoi général.

Roumestan ministre !

— Ah ! mes enfants, quel malin que le patron, répétait le grand Lappara, s'esclaffant dans son fauteuil, les jambes au plafond... A-t-il bien mené son affaire !

Rochemaure se dressa, scandalisé :

— Ne parlons pas de malice, mon cher... Roumestan est une conscience... Il va droit devant lui comme un boulet.

— D'abord, mon petit, il n'y a plus de *boulets*. Il n'y a que des obus... Ça fait ceci, l'obus.

Du bout de sa bottine, il indiquait la trajectoire.

— Blagueur !

— Jobard !

— Messieurs... Messieurs...

Et Méjean, à part lui, songeait à la singularité de cette nature, à ce compliqué Roumestan, qui, même vu de tout près, pouvait être jugé aussi diversement.

« Un malin, une conscience. »

Ce double courant d'opinions se retrouvait dans le public. Lui, qui le connaissait mieux, savait quel fonds de légèreté et de paresse modifiait ce tempérament d'ambitieux à la fois meilleur et pire que sa réputation. Mais, était-ce bien vrai, cette nouvelle du portefeuille? Curieux de s'en assurer, Méjean jeta dans la glace un coup d'œil à sa tenue, et, traversant le palier, passa chez madame Roumestan.

Dès l'antichambre, où les valets de pied attendaient, des manteaux de fourrure au bras, se percevait un murmure de voix assourdies par les hauts plafonds, le luxe encombrant des tentures. D'ordinaire, Rosalie recevait dans son petit salon, meublé en jardin d'hiver, de sièges légers, de tables coquettes, avec du jour tamisé entre les feuilles luisantes des plantes vertes contre les croisées. Cela suffisait à son intimité de bourgeoise parisienne, perdue dans l'ombre de son grand homme, désintéressée de toute ambition, et passant, en dehors du petit cercle où sa supériorité était connue, pour une bonne personne sans importance. Mais aujourd'hui les deux pièces de réception étaient remplies, bruissantes ; et il arrivait du monde continuellement, le ban et l'arrière-ban des amis, les connaissances, de ces figures sur lesquelles Rosalie n'aurait pu mettre un nom.

Très simple, dans une robe à reflets violets qui dégageait bien sa taille svelte, l'harmonie élégante de tout son être, elle accueillait chacun avec le sourire égal, un peu fier, l'air réfréjon dont parlait jadis tante Portal. Pas le moindre éblouissement de sa nouvelle fortune, un peu de surprise plutôt et d'inquiétude, mais qui ne se trahissaient en rien. Elle s'activait de groupe en groupe, pendant que le jour tombait rapidement dans ce premier étage parisien et que les domestiques apportant des

lampes, allumant les candélabres, le salon prenait
sa physionomie des soirs de fête avec ses riches
étoffes scintillantes, ses tapis d'Orient aux couleurs de pierreries. « Ah! monsieur Méjean... »
Rosalie se dégagea une minute, vint au devant de
lui, heureuse d'une intimité retrouvée dans la
cohue mondaine. Leurs deux natures s'entendaient. Ce Méridional refroidi et cette Parisienne
vibrante avaient de semblables façons de juger
ou de voir, équilibraient bien les défaillances et les
emportements de Numa.

« Je venais m'assurer si la nouvelle était vraie...
Maintenant je n'en doute plus... » fit-il en montrant les salons pleins. Elle lui passa la dépêche
qu'elle avait reçue de son mari. Et tout bas :
« Qu'est-ce vous en dites ?

— C'est lourd, mais vous serez là.

— Et vous aussi... » dit-elle en lui serrant les
mains et le quittant pour répondre à de nouveaux
visiteurs. C'est qu'il en venait toujours, et personne ne s'en allait. On attendait le leader, on voulait tenir de sa bouche les détails de la séance,
comment d'un coup d'épaule il les avait tous
bousculés. Déjà, parmi les nouveaux venus, quelques-uns rapportaient des échos de la Chambre,
des bribes de discours. Des mouvements se faisaient autour d'eux, un frémissement d'aise. Les
femmes surtout se montraient curieuses, passionnées; sous les grands chapeaux qui entraient en
scène cet hiver-là, leurs jolis visages avaient aux
pommettes ce léger feu rose, cette fièvre que l'on
voit aux joueuses de Monte-Carlo autour du trente-

et-quarante. Était-ce les modes de la Fronde, les
feutres à longue plume, qui les disposaient ainsi
à la politique ; mais toutes ces dames y semblaient
très fortes, et dans le plus pur langage parlementaire, agitant leurs petits manchons pour interrompre, toutes célébraient la gloire du leader. Du
reste, ce n'était qu'un cri partout : « Quel homme !
quel homme ! »

Dans un coin, le vieux Béchut, professeur au
Collège de France, très laid, tout en nez, un gros
nez de savant allongé sur les livres, prenait texte
du succès de Roumestan pour discuter une de ses
thèses favorites : la faiblesse du monde moderne
vient de la place qu'y prennent la femme et l'enfant. Ignorance et chiffons, caprice et légèreté.
« Eh bien ! monsieur, la force de Roumestan est
là. Il n'a pas eu d'enfant, il a su échapper à l'influence féminine... Aussi quelle ligne droite et
ferme ! Pas un écart, pas une brisure. » Le grave
personnage auquel il s'adressait, maître des requé-
tes à la Cour des Comptes, regard ingénu, petit
crâne rond et ras où la pensée faisait un bruit de
graine sèche dans une courge vide, se rengorgeait
magistralement, approuvait avec un air de dire :
« Et moi aussi, monsieur, je suis un homme
supérieur... moi aussi, j'échappe à l'influence dont
vous parlez. »

Voyant qu'on s'approchait pour écouter, le
savant haussa le ton, cita des exemples historiques,
César, Richelieu, Frédéric, Napoléon, prouva scien-
tifiquement que la femme, sur l'étiage des êtres
pensants, était à plusieurs échelons au-dessous de

l'homme. « En effet, si nous examinons les tissus cellulaires... »

Quelque chose de plus curieux à examiner, c'était la physionomie des deux femmes de ces messieurs, qui les écoutaient assises l'une à côté de l'autre et buvant une tasse de thé ; car on venait de servir ce petit lunch de cinq heures qui mêle à l'excitation des causeries le cliquetis des cuillères fines sur des porcelaines du Japon, la chaude vapeur du samovar et des pâtisseries sortant du four. La plus jeune, Mme de Boë, par ses influences de famille avait fait de l'homme à la courge, son mari, noble décavé, perdu de dettes, un magistrat de la Cour des Comptes ; et l'on frémissait de savoir le contrôle des deniers publics dans les mains de ce gommeux qui avait si vite dévoré la fortune de sa femme et la sienne. Mme Béchut, ancienne belle personne gardant encore de grands yeux spirituels, un visage aux traits fins dont la bouche seule, par une sorte de détirement doulou- reux, racontait les combats contre la vie, l'acharne- ment d'une ambition sans relâche ni scrupules, s'était dévouée tout entière à pousser aux pre- mières places la médiocrité banale de son savant, avait forcé pour lui les portes de l'Institut, du Collège de France, par ses relations malheureuse- ment trop connues. Tout un poème parisien dans le sourire que les deux femmes échangeaient par- dessus leurs tasses. Et peut-être qu'en cherchant bien tout autour parmi ces messieurs, on en aurait trouvé beaucoup d'autres à qui l'influence fémi- nine n'avait pas nui.

Tout à coup Roumestan entra. Au milieu d'un brouhaha de bienvenue, il traversa le salon vivement, alla droit à sa femme, l'embrassa sur les deux joues avant que Rosalie eût pu se défendre de cette manifestation un peu gênante mais qui était le meilleur démenti aux assertions du physiologiste. Toutes les dames crièrent : « Bravo ! » Il y eut encore un échange de poignées de mains, d'effusions, puis un silence attentif, lorsque le leader appuyé à la cheminée commença le bulletin rapide de la journée.

Le grand coup préparé depuis une semaine, les marches et contre-marches, la rage folle de la gauche au moment de la défaite, son triomphe à lui, son irruption foudroyante à la tribune, jusqu'aux intonations de sa jolie réponse au maréchal : « Ça dépend de vous, Monsieur le Président », il notait tout, précisait tout avec une gaieté, une chaleur communicatives. Ensuite Roumestan devenait grave, énumérait les lourdes responsabilités de son poste : l'Université à réformer, toute une jeunesse à préparer pour la réalisation des grandes espérances, — le mot fut compris, salué d'un hurrah, — mais il s'entourerait d'hommes éclairés, ferait appel à toutes les bonnes volontés, tous les dévouements. Et, l'œil ému, il les cherchait dans le cercle serré autour de lui : « Appel à mon ami Béchut... à vous aussi, mon cher de Boë... »

L'heure était si solennelle que personne ne se demanda en quoi l'hébêtement du jeune maître des requêtes pourrait servir les réformes de l'Université. Du reste, le nombre d'individus de cette force-

là, auxquels Roumestan avait demandé dans
l'après-midi leur collaboration aux terribles devoirs
de l'instruction publique, était vraiment incalcula-
ble. Pour les beaux-arts, il se sentait plus à l'aise,
et on ne lui refuserait pas sans doute... Un murmure flatteur de rires, d'interjections, l'empêcha de
continuer. Il n'y avait là-dessus qu'une voix dans
Paris, même chez les plus hostiles. Numa était
l'homme indiqué. Enfin on allait avoir un jury, des
théâtres lyriques, un art officiel. Mais le ministre
coupa court aux dithyrambes et fit remarquer · sur
un ton familier, plaisant, que le nouveau cabinet se
trouvait presque entièrement composé de méridionaux. Sur huit ministres, le Bordelais, le Périgord,
le Languedoc, la Provence, en avaient fourni six.
Et s'excitant : « Ah ! le Midi monte, le Midi monte...
Paris est à nous. Nous tenons tout. Il faut en prendre votre parti, messieurs. Pour la seconde fois,
les Latins ont conquis la Gaule ! »

Il était bien, lui, un Latin de la conquête avec sa
tête de médaille aux larges méplats sur les joues,
et son teint chaud, et ses brusques allures de sans-
gêne dépaysées dans ce salon si parisien. Sur les
rires et les applaudissements que soulevait son mot
final, il quitta la cheminée lestement en bon comédien qui sait se retirer juste après l'effet, fit signe à
Méjean de le suivre et disparut par une des portes
intérieures, laissant à Rosalie le soin de l'excuser.
Il dînait à Versailles, chez le maréchal ; il lui restait
à peine le temps de s'apprêter, de donner quelques
signatures.

— Venez m'habiller, dit-il au domestique en

9

train de mettre les trois couverts, monsieur, madame et Bompard, autour de la corbeille fleurie,
tous les jours renouvelée, que Rosalie voulait sur la
table à chaque repas. Il se sentait tout joyeux de ne
pas dîner là. Le tumulte d'enthousiasme qu'il avait
laissé sur ses talons s'entendait derrière la porte
fermée, l'excitait à chercher encore le monde, les
lumières. Et puis, le Méridional n'est pas homme
d'intérieur. Ce sont les gens du Nord, les climats
pénibles qui ont inventé le « home », l'intimité
du cercle de famille auquel la Provence et l'Italie
préfèrent les terrasses des glaciers, le bruit et l'agitation de la rue.

Entre la salle à manger et le cabinet de l'avocat,
il fallait traverser le petit salon d'attente, ordinai-
rement plein de monde à cette heure, de gens inquiets guettant la pendule, l'œil sur des journaux à
images, avec toutes les préoccupations d'un procès.
Ce soir Méjean les avait congédiés, pensant bien
que Numa ne pourrait donner de consultation.
Quelqu'un pourtant était resté, un grand garçon,
empaqueté dans des vêtements de confection,
gauche comme un sous-officier en bourgeois.

— Hé! adieu,... M. Roumestan.., comment ça
va?... En voilà du temps que je vous espère.

Cet accent, ce teint bistré, cet air vainqueur et
jeannot, Numa se souvenait bien d'avoir vu cela
quelque part, mais où donc?

— Vous mé connaissez plus? fit l'autre... Valmajour, le tambourinaire !

—Ah! oui, très bien... parfaitement.

Il voulait passer. Mais Valmajour lui barrait la

route, planté en arrêt, racontant qu'il était arrivé de l'avant-veille. « Seulement, vous savez, j'ai pas pu vénir plus tôt. Quand on débarque comme ça toute une famille dans un pays qu'on connaît pas, c'est difficile de *s'estaller*.

— Toute une famille? dit Roumestan, les yeux élargis.

— *Bé!* oui, le papa, la sœur... on a fait ce que vous disiez. »

Le prometteur eut un geste de gêne et de dépit, comme chaque fois qu'il se trouvait en face d'une de ces cartes à payer, de ces échéances, prises d'enthousiasme, dans un besoin de parler, de donner, d'être agréable... Mon Dieu! Il ne demandait pas mieux que de servir ce brave garçon... Il verrait, chercherait le moyen... Mais il était très pressé, ce soir... Des circonstances exceptionnelles... La faveur dont le chef de l'Etat... Voyant que le paysan ne s'en allait pas : « Entrez par ici... » dit-il vivement, et ils passèrent dans le cabinet.

Pendant qu'assis à son bureau, il lisait et signait en hâte plusieurs lettres, Valmajour regardait la vaste pièce somptueusement tapissée et meublée, la bibliothèque qui en faisait le tour, surmontée de bronzes, de bustes, d'objets d'art, souvenirs de causes glorieuses, le portrait du roi signé de quelques lignes, et il se sentait impressionné par la solennité de l'endroit, la raideur des sièges sculptés, cette quantité de livres, surtout par la présence du domestique, correct, habillé de noir, allant et venant, étalant avec précaution sur les fauteuils des vêtements et du linge frais. Mais là-bas, dans

la lumière chaude de la lampe, la bonne face large,
le profil connu de Roumestan le rassuraient un
peu. Son courrier prêt, le grand homme passa aux
mains du valet de chambre, et, la jambe tendue,
pour qu'on lui retirât pantalon et chaussures, il
interrogeait le tambourinaire, apprenait avec terreur qu'avant de venir, les Valmajour avaient tout
vendu, les mûriers, les vignes, la ferme.

« Vendu la ferme, malheureux!

— Ah! la sœur était bien un peu effrayée...
Mais le papa et moi, nous avons tenu bon... Comme
j'y disais : « Qu'est-ce que tu veux qu'on risque
puisque Numa est là-bas, puisque c'est lui qui nous
fait venir? »

Il fallait toute son innocence pour oser parler du
ministre, devant lui, avec ce sans-façon. Mais ce
n'est pas cela qui saisissait le plus Roumestan. Il
songeait aux nombreux ennemis que lui avaient
déjà causés cette incorrigible manie de promettre.
Quel besoin, je vous demande, d'aller troubler la
vie de ces pauvres diables? Et les moindres détails
de sa visite au mont de Cordoue lui revenaient, les
résistances de la paysanne, ses phrases pour la décider. Pourquoi? Quel démon avait-il en lui? Il était
affreux, ce paysan! Quant à son talent, Numa ne
s'en souvenait guère, ne voyant que la corvée de
toute cette tribu qui lui tombait sur les bras.
D'avance, il entendait les reproches de sa femme,
sentait le froid d'un regard sévère. « Les mots signifient quelque chose. » Et, dans sa nouvelle position, à la source de toutes les faveurs, que d'embarras il allait se créer avec sa fatale bienveillance!

Mais cette idée qu'il était ministre, la conscience de son pouvoir, le rassurèrent presque aussitôt. Est-ce qu'à des hauteurs pareilles ces niaiseries peuvent encore préoccuper? Souverain maître aux Beaux-Arts, tous les théâtres sous la main, ce ne serait rien pour lui d'être utile à ce malheureux. Remonté dans sa propre estime, il changea de ton avec le campagnard, et pour l'empêcher d'être familier, lui apprit solennellement, de très haut, à quelles dignités importantes il avait été élevé depuis le matin. Le malheur, c'est qu'en ce moment il était à demi vêtu, en chaussettes de soie sur le tapis, rapetissé, la bedaine proéminente dans la flanelle blanche d'un caleçon enrubanné de rose ; et Valmajour ne semblait pas autrement ému, le mot magique de « ministre » ne se liant pas dans son esprit avec ce gros homme en bras de chemise. Il continuait à l'appeler « moussu Numa », lui parlait de sa « musique », des airs nouveaux qu'il avait appris dessus. Ah! il n'en craignait pas un des tambourinaires de Paris maintenant!

« Attendez... vous allez voir. »

Il s'élançait pour prendre son tambourin dans l'antichambre. Mais Roumestan le retint :

— Puisque je vous dis que je suis pressé, *qué* diable !

— Va bien... va bien... Ça sera pour un autre jour... fit le paysan de son air bonasse.

Et, voyant Méjean qui s'approchait, il crut devoir à son admiration l'histoire du flûtet à trois trous :

— Ce m'est vénu dé nuit, en écoutant çanter lé

9.

rossignoou. Dans moi-même, je me pensais : Comment ! Valmajour... »

C'était le même petit récit qu'il faisait là-bas, sur l'estrade des arènes. Devant le succès obtenu, il l'avait retenu ingénûment et mot pour mot. Mais, cette fois, il le débitait avec une certaine hésitation timide, une émotion augmentant de minute en minute, à mesure qu'il voyait Roumestan se transformer devant lui sous le large plastron de linge fin aux boutons de perles, l'habit noir d'une coupe sévère que le valet de chambre lui passait.

A présent, Moussu Numa lui semblait grandi. La tête, que la préoccupation de ne pas chiffonner le nœud de mousseline blanche faisait raide et solennelle, s'éclairait des reflets pâles du grand cordon de Saint-Anne autour du cou et de la large plaque d'Isabelle la Catholique en soleil sur le drap mat. Et tout à coup le paysan, saisi d'un grand respect effaré, comprenait enfin qu'il avait en face de lui un des privilégiés de la terre, cet être mystérieux, presque chimérique, le puissant manitou vers qui les vœux, les désirs, les suppliques, les prières, ne s'élèvent que sur du papier grand format, tellement haut, que les humbles ne le voient jamais, tellement superbe, qu'ils ne prononcent son nom qu'à demi-voix, avec une sorte de crainte recueillie et d'emphase ignorante : Le Ministre !

Il en fut si troublé, le pauvre Valmajour, que c'est à peine s'il entendit les paroles bienveillantes dont Roumestan le congédiait, l'engageant à revenir le voir, mais seulement dans une quinzaine, quand il serait installé au ministère.

« Va bien... va bien, M. le Ministre... »

Il gagnait la porte à reculons, ébloui par l'éclat
des ordres officiels et l'extraordinaire expression
de Numa transfiguré. Celui-ci resta très flatté de
cette timidité subite qui lui donnait une haute
opinion de ce qu'il appela désormais « son air ministre », la lippe majestueuse, le geste contenu, le
grave froncement des sourcils.

Quelques instants après, son Excellence roulait
vers la gare, oubliant cet incident ridicule dans le
mouvement berceur du coupé aux lanternes claires
qui l'emportait rapidement vers de hautes et nouvelles destinées. Il préparait déjà les effets de son
premier discours, combinait des plans, sa fameuse
circulaire aux recteurs, pensait à ce qu'allait dire
le pays, l'Europe, le lendemain, en apprenant sa
nomination, lorsqu'à un tournant du boulevard,
dans le rayon lumineux du gaz sur l'asphalte
mouillée, la silhoutte du tambourinaire lui apparut, plantée au bord du trottoir, sa longue caisse
battant aux jambes. Assourdi, ahuri, il attendait,
pour traverser, un arrêt dans le va-et-vient des
voitures, innombrables à cette heure où tout Paris
se hâte de rentrer, les petites charrettes à bras
filant entre les roues des fiacres, et les omnibus
pleins oscillant de l'impériale, pendant que sonnent les cornets à bouquin des tramways. Dans la
nuit qui venait, la buée que l'humidité de la
pluie dégageait de cette fièvre, dans cette vapeur
de foule en activité, le malheureux paraissait si
perdu, si dépaysé, aplati sous l'écrasement des
hautes parois de ces maisons à cinq étages, il res-

semblait si peu au superbe Valmajour donnant
avec son tambourin le branle aux cigales sur la
porte de son *mas*, que Roumestan détourna les
yeux, se sentit pris d'un remords qui, pendant
quelques minutes, jeta comme une ombre attristée
sur l'éblouissement de son triomphe.

VII

PASSAGE DU SAUMON

En attendant une installation plus complète qui
ne pourrait se faire qu'après l'arrivée de leurs meubles en route par la petite vitesse, les Valmajour
s'étaient logés dans ce fameux passage du Saumon,
où descendaient de tout temps les voyageurs d'Aps
et de sa banlieue, et dont la tante Portal avait
gardé un si étonnant souvenir. Ils occupaient là
sous les toits une chambre et un cabinet, le cabinet
sans jour ni air, une sorte de serre-bois dans le
quel couchaient les deux hommes, la chambre
guère plus grande, mais qui leur semblait superbe
avec son acajou attaqué par les tarets, sa carpette
miteuse, fripée, sur le carreau dérougi, et la fenêtre mansardée découpant un morceau du ciel,
aussi jaune, aussi brouillé que la longue vitrine en
dos d'âne du passage. Dans cette niche ils entrete-
naient le souvenir du pays par une forte odeur d'ail
et d'oignon roussi, cuisinant eux-mêmes sur un

petit poêle leur nourriture exotique. Le père Valmajour, très gourmand, aimant la compagnie, aurait bien préféré descendre à la table d'hôte, dont
le linge blanc, les huiliers et les salières de plaqué
l'enthousiasmaient, se mêler à la conversation
bruyante de MM. les représentants de commerce
qu'ils entendaient rire, aux heures des repas, jusqu'à leur cinquième étage. Mais la petite Provençale s'y opposait formellement.

Très étonnée de ne pas trouver en arrivant la
réalisation des belles promesses de Numa, les deux
cents francs par soirée qui, depuis la visite des Parisiens, faisaient dans sa petite tête imaginative un
écroulement de piles d'écus, épouvantée du prix
exorbitant de toutes choses, elle avait été prise, dès
le premier jour, de cet affolement que le peuple de
Paris appelle « la peur de manquer ». Toute seule,
avec des anchois et des olives, elle s'en serait tirée,
— comme en carême, té ! pardi, — mais ses hommes
avaient des dents de loup, bien plus longues ici
qu'au pays parce qu'il faisait moins chaud, et il lui
fallait à tout instant entr'ouvrir la *saquette*, grande
poche d'indienne cousue par elle-même, dans laquelle sonnaient les trois mille francs, produit de
la vente de leur bien. A chaque louis qu'elle changeait, c'était un effort, un arrachement, comme si
elle donnait les pierres de son *mas*, les ceps de la
dernière vigne, — sa rapacité paysanne et mé-
fiante, cette crainte d'être volée qui l'avait décidée
à vendre la ferme au lieu de la mettre en location,
se doublant de l'inconnu, du noir de Paris, ce grand
Paris que de sa chambre là-haut elle entendait

gronder sans le voir et dont la rumeur, à ce coin tumultueux des halles, ne s'arrêtait ni jour ni nuit, faisait s'entrechoquer continuellement sur un vieux plateau de laque les pièces de son verre d'eau d'hôtel garni.

Jamais voyageur perdu dans un bois mal hanté ne se cramponna à sa valise plus énergiquement que la Provençale ne serrait contre elle la *saquette,* quand elle traversait la rue avec sa jupe verte, sa coiffe arlésienne, sur lesquelles se retournaient les passants, quand elle entrait chez les marchands où sa démarche de cane, sa façon de donner aux objets des tas de noms baroques, d'appeler les céleris des *àpi,* les aubergines des *mérinjanes,* la faisaient, elle, Française du Midi, aussi égarée, aussi étrangère, dans la capitale de la France, que si elle fût arrivée de Stockholm ou de Nijnii-Nowgorod.

Très humble d'abord, mielleuse, elle avait tout à coup, devant le sourire d'un fournisseur ou la brutalité d'un autre à son marchandage effréné, des accès de fureur qui sortaient en convulsions sur sa jolie figure de vierge brune, en gestes de possédée, en vanité bavarde et tapageuse. Et alors, l'histoire du cousin Puyfourcat et de son héritage, les deux cents francs par soirée, leur protecteur Roumestan dont elle parlait, disposait comme d'une chose absolument à elle, l'appelant tantôt Numa, tantôt le *menistre,* avec une emphase plus grotesque encore que sa familiarité, tout roulait, se mêlait dans des flots de charabia, de langue d'oïl francisée, jusqu'au moment où, la méfiance reprenant le dessus, la paysanne s'arrêtait, saisie d'une crainte supersti-

tieuse ae son bavardage, muette brusquement, les
lèvres serrées comme les cordons de la *saquette*.

Au bout de huit jours, elle était légendaire à
cette entrée de la rue Montmartre, tout en boutiques, répandant par les portes des fournisseurs
toujours ouvertes, avec des odeurs d'herbages, de
viande fraîche ou de denrées coloniales, la vie et
les secrets. des maisons du quartier. Et c'est cela,
les questions qu'on lui adressait gouailleusement
le matin en lui rendant la monnaie de ses maigres
achats, les allusions au début constamment retardé de son frère, à l'héritage du Bédouin, ces
blessures d'amour-propre plus encore que la crainte
de la misère, qui excitait Audiberte contre Numa,
contre ses promesses dont elle s'était d'abord justement méfiée, en vraie fille de ce Midi où les paroles volent plus vite qu'ailleurs, à cause de la légèreté de l'air.

— Ah! si on lui avait fait faire un papier.

C'était devenu son idée fixe, et, tous les matins,
quand Valmajour partait pour le ministère, elle
avait bien soin de tâter la feuille timbrée dans la
poche de son paletot.

Mais Roumestan avait d'autres papiers à signer
que celui-là, d'autres préoccupations en tête que le
tambourin. Il s'installait au ministère avec les tra-
cas, la fièvre de bouleversement, les ardeurs généreuses des prises de possession. Tout lui était nouveau, les vastes pièces de l'hôtel administratif autant que les vues élargies de sa haute situation.
Arriver au premier rang, « conquérir la Gaule »,
comme il disait, ce n'était pas là le difficile ; mais

se maintenir, justifier sa chance par d'intelligentes
réformes, des tentatives de progrès !... Plein de
zèle, il s'informait, consultait, conférait, s'entourait littéralement de lumières. Avec Béchut, l'émi-
nent professeur, il étudiait les vices de l'éducation
universitaire, les moyens d'extirper l'esprit voltairien des lycées ; s'aidait de l'expérience de son
chargé des Beaux-Arts, M. de la Calmette, vingt-
neuf ans de bureau, de Cardaillac, le directeur de
l'Opéra, debout sur ses trois faillites, pour refon-
dre le Conservatoire, le Salon, l'Académie de musique, d'après de nouveaux plans.

Le malheur, c'est qu'il n'écoutait pas ces messieurs, parlait pendant des heures, et, tout à coup,
regardant sa montre, se levait, les congédiait en
hâte :

— Coquin de sort ! Et le Conseil que j'oubliais..
Quelle existence, pas une minute à soi... Entendu,
cher ami... Envoyez-moi vite votre rapport.

Les rapports s'empilaient sur le bureau de Méjean, qui, malgré son intelligence et sa bonne volonté, n'avait pas trop de tout son temps pour la
besogne courante, et laissait dormir les grandes réformes.

Comme tous les ministres arrivants, Roumestan
avait amené son monde, le brillant personnel de la
rue Scribe : le baron de Lappara, le vicomte de
Rochemaure, qui donnaient un bouquet aristocratique au nouveau cabinet, absolument ahuris, du
reste, et ignorants de toutes les questions. La première fois que Valmajour se présenta rue de Grenelle, il fut reçu par Lappara, qui s'occupait plus

10

spécialement des Beaux-Arts, envoyant à toute
heure des estafettes, dragons, cuirassiers, porter
aux demoiselles des petits théâtres des invitations
à souper sous de grandes enveloppes ministérielles;
quelquefois même l'enveloppe ne contenait rien,
n'était qu'un prétexte à montrer, au lendemain
d'un terme impayé, le rassurant cuirassier du ministère. M. le baron fit au joueur de tambourin
l'accueil bon enfant, un peu hautain, d'un grand
seigneur recevant un de ses tenanciers. Les jambes
allongées de peur des cassures à son pantalon bleu
de France, il lui parla du bout des lèvres, sans cesser de polir, de limer ses ongles.

— Bien difficile en ce moment... le ministre si
occupé... Bientôt, dans quelques jours... On vous
préviendra, mon brave homme.

Et comme le musicien avouait naïvement que
ça pressait un peu, que leurs ressources ne dure-
raient pas toujours, M. le baron, de son air le
plus sérieux, en posant sa lime au bord du bureau, l'engagea à mettre un tourniquet à son tambourin...

— Un tourniquet au tambourin ? Pourquoi
faire ?

— Parbleu, mon bon, pour l'utiliser comme boîte
à *plaisirs* pendant la morte-saison !...

A la visite suivante, Valmajour eut affaire au
vicomte de Rochemaure. Celui-ci leva d'un dossier
poudreux où elle disparaissait tout entière, sa tête
frisée au petit fer, se fit expliquer consciencieuse-
ment le mécanisme du flûtet, prit des notes, essaya
de comprendre, et déclara, pour finir, qu'il était

plus spécialement pour les cultes. Puis le malheureux paysan ne trouva plus jamais personne, tout le cabinet étant allé rejoindre le ministre dans les régions inaccessibles où Son Excellence s'abritait. Pourtant il ne perdit son calme ni son courage, ouvrit toujours devant les réponses évasives des huissiers et leurs haussements d'épaules les mêmes yeux étonnés et clairs où luisait tout au fond cette pointe demi-railleuse qui est l'esprit des regards provençaux :

— Va bien... va bien... je reviendrai.

Et il revenait. Sans ses guêtres montantes et son instrument en sautoir, on eût pu le prendre pour un employé de la maison, tellement son arrivée y était régulière, quoique plus difficile chaque matin.

Rien que la vue de la haute porte cintrée lui faisait maintenant battre le cœur. Au fond de la voûte, c'était l'ancien hôtel Augereau, avec sa vaste cour où l'on entassait déjà du bois pour l'hiver, ses deux perrons si laborieux à monter sous les regards railleurs de la valetaille. Tout augmentait son émoi, les chaînes d'argent des huissiers, les casquettes galonnées, les accessoires infinis de ce majestueux appareil qui le séparait de son protecteur. Mais il redoutait plus encore les scènes au logis, le terrible froncement de sourcils d'Audiberte, et voilà pourquoi il revenait désespérément. Enfin le concierge eut pitié de lui, lui donna le conseil, s'il voulait voir le ministre, de l'attendre à la gare Saint-Lazare, au moment du départ pour Versailles.

Il y alla, se mit en faction dans la grande salle du premier étage animée, à l'heure des trains parlementaires, d'une physionomie bien à part. Députés, sénateurs, ministres, journalistes, la gauche, la droite, tous les partis se coudoyaient là, aussi bariolés, aussi nombreux que les placards, bleus, verts, rouges, couvrant les murs, et criaient, chuchotaient, se surveillaient de groupe à groupe, l'un s'écartant pour ruminer son prochain discours, un autre, orateur de couloirs, ébranlant les vitres des éclats d'une voix que la Chambre ne devait jamais entendre. Accents du nord et du midi, opinions et tempéraments divers, fourmillement d'ambitions et d'intrigues, piétinante rumeur de foule fiévreuse, la politique était bien à sa place dans cette incertitude de l'attente, ce tumulte du voyage à heure fixe, qu'un coup de sifflet précipitait sur des perspectives de rails, de disques, de locomotives, sur un sol mouvant, plein d'accidents et de surprises.

Au bout de cinq minutes, Valmajour voyait arriver, appuyé au bras d'un secrétaire chargé de son portefeuille, Numa Roumestan, le pardessus large ouvert, la face épanouie, tel qu'il lui était apparu le premier jour sur l'estrade des arènes, et, de loin, il reconnaissait sa voix, ses bonnes paroles, ses protestations d'amitié... « Comptez-y... fiez-vous à moi... C'est comme si vous l'aviez... »

Le ministre était alors dans la lune de miel du pouvoir. En dehors des hostilités politiques, souvent moins violentes dans le parlement qu'on pourrait le croire, rivalité de beaux parleurs, querelles

d'avocats défendant des causes adverses ; il ne se
connaissait pas d'ennemis, n'ayant pas eu le temps,
en trois semaines de portefeuille, de lasser les solliciteurs. On lui faisait crédit encore. Deux ou trois
à peine commençaient à s'impatienter, à le guetter
au passage. A ceux-là, il jetait très haut, en hâtant
le pas, un « bonjour, ami » qui allait au-devant des
reproches et les réfutait en même temps, tenait
familièrement les réclamations à distance, laissait
les quémandeurs déçus et flattés. Une trouvaille,
ce « bonjour, ami », et d'une duplicité tout instinc-
tive.

A la vue du musicien qui venait à lui en se dan-
dinant, son sourire écarté sur ses dents blanches,
Numa eut bien envie de lancer son bonjour de
défaite ; mais comment traiter d'ami ce rustre en
petit chapeau de feutre, en jaquette grise d'où ses
mains ressortaient brunes comme sur des photographies de village ? Il aima mieux prendre « son
air ministre » et passer raide en laissant le pauvre
diable stupéfait, anéanti, bousculé par la foule qui
se pressait derrière le grand homme. Valmajour
reparut pourtant le lendemain et les jours sui-
vants, mais sans oser s'approcher, assis au bord
d'un banc, une de ces silhouettes résignées et tristes, comme on en voit dans les gares, à têtes de
soldats ou d'émigrants prêts pour tous les hasards
d'un destin mauvais. Roumestan ne pouvait éviter
cette muette apparition toujours en travers de son
chemin. Il avait beau feindre de l'ignorer, détour-
ner son regard, causer plus fort en passant ; le sourire de sa victime était là et y restait jusqu'au

10.

départ du train. Certes, il eût préféré une réclama-
tion brutale, une scène de cris où fussent interve-
nus les sergents de ville et qui l'eût débarrassé. Il
en vint, lui, le ministre, à changer de gare, à
prendre quelquefois la rive gauche pour dérouter
ce remords vivant. Il y a comme cela, dans les
plus hautes existences de ces riens qui comptent, la gêne d'un gravier dans une botte de sept
lieues.

L'autre ne se décourageait pas.

« C'est qu'il est malade... » se disait-il, ces
jours-là ; et il revenait à son poste obstinément.
Au logis, la sœur l'attendait fiévreuse, guettait sa
rentrée.

« Eh ! bé, tu l'as vu, le menistre ?... Il l'a signé,
le papier ? »

Et ce qui l'exaspérait plus que l'éternel : « Non...
n'encore !... » c'était le flegme de son frère laissant
tomber dans un coin la caisse dont la courroie lui
marquait l'épaule, un flegme d'indolence et d'in-
souciance aussi fréquent chez les natures méridionales que la vivacité. Alors l'étrange petite créature entrait dans ses fureurs. Qu'est-ce qu'il avait
donc dans les veines ?... Est-ce que ça n'allait pas
finir, allons ?... « Gare, si un coup je m'en mêle !.. »
Lui, très calme, laissait passer le grain, tirait de
leur étui le flûtet, la baguette à bout d'ivoire, les
frottait d'un morceau de laine, par crainte de l'humide, et, tout en astiquant, promettait de s'y prendre mieux le lendemain, d'essayer encore au ministère, et si Roumestan n'était pas là, de demander à
voir sa dame.

— Ah ! *vaï*, sa dame... tu sais bien qu'elle n'aime pas ta musique... Si c'était la demoiselle... celle-là, oui, par *ézemple !*...

Et elle remuait la tête.

— La dame ou la demoiselle, tout ça se moque bien de vous..., » disait le père Valmajour blotti devant un feu de mottes que sa fille couvrait de cendres économiquement et qui mettait entre eux un éternel sujet de querelle.

Au fond, par jalousie de métier, le vieux n'était pas fâché de l'insuccès de son fils. Comme toutes ces complications, ce grand désarroi de leur vie allait à ses goûts bohêmes de ménétrier, il s'était d'abord réjoui du voyage, de l'idée de voir Paris, « le paradis des femmes et l'enfer des *chivaux* » ainsi que disent les charretiers de là-bas, avec des imaginations de houris en légers voiles, et de chevaux tordus, cabrés au milieu des flammes. En arrivant, il avait trouvé le froid, les privations, la pluie. Par crainte d'Audiberte, par respect pour le ministre, il s'était contenté de grogner en grelottant dans son coin, de glisser des mots en dessous, des clignements d'yeux ; mais la défection de Roumestan, les colères de sa fille, ouvraient pour lui aussi la voie aux récriminations. Il se vengeait de toutes les blessures d'amour-propre dont les succès du garçon le torturaient depuis dix ans, haussait les épaules en écoutant le flûtet.

« Musique, musique bien, va... Ça ne te servira pas à grand'chose. »

Et, tout haut, il demandait si ça ne faisait pas pitié, un homme de son âge, l'avoir emmené si loin.

dans cette *Sibérille*, pour le laisser crever de froid
et de misère ; il invoquait le souvenir de sa pauvre
sainte femme, qu'il avait d'ailleurs tuée de chagrin, « fait devenir chèvre, allons ! » selon l'expression d'Audiberte, restait des heures à geindre, la
tête au foyer, rouge et grimaçant, jusqu'à ce que
sa fille, fatiguée de ces lamentations, se débarrassât
de lui avec deux ou trois sous pour aller boire un
verre de doux chez le marchand de vin. Là, son désespoir s'apaisait tout de suite. Il faisait bon, le
poêle ronflait. Le vieux pitre, réchauffé, retrouvait
sa verve falotte de personnage de la comédie italienne, au grand nez, à la bouche mince, sur un
petit corps sec, tout de guingois. Il amusait la galerie de ses gasconnades, blaguait le tambourin de
son fils qui leur valait toutes sortes d'ennuis dans
l'hôtel ; car Valmajour, tenu en haleine par l'attente de son début, piochait son instrument jusqu'au milieu de la nuit, et les voisins se plaignaient
des trilles suraigus de la petite flûte, du bourdonnement continuel dont le tambourin faisait frémir
l'escalier, comme s'il y avait eu un tour en mouvement au cinquième étage.

« Va toujours... » disait Audiberte à son frère,
quand la propriétaire de l'hôtel réclamait. Il n'aurait plus manqué que dans ce Paris qui menait un
tintamarre à ne pas fermer l'œil de la nuit, on
n'eût pas le droit de travailler sa musique ! Et il la
travaillait. Mais on leur donna congé ; et de quitter
ce passage du Saumon, célèbre en Aps et leur rappelant la patrie, il leur sembla que l'exil s'aggra-
vait, qu'ils remontaient un peu plus dans le Nord.

La veille de partir, Audiberte, après la course
quotidienne et infructueuse du tambourinaire, fit
manger ses hommes à la hâte, sans parler de tout
le déjeuner, mais avec les yeux brillants, l'air dé-
terminé d'une résolution prise. Le repas fini, elle
leur laissa le soin de débarrasser la table, jeta sur
ses épaules sa longue mante couleur de rouille.

« Deux mois, deux mois bientôt que nous
sommes à Paris ! .. dit-elle les dents serrées... Il y
en a assez... Je m'en vais lui parler, moi, à ce menistre !... »

Elle ajusta le ruban de sa terrible petite coiffe
qui, sur le haut de ses cheveux en larges ondes,
prenait des mouvements de casque de guerre, et
violemment quitta la chambre, ses talons bien
cirés retroussant à chaque pas la bure épaisse de sa
robe. Le père et le fils se regardèrent avec épouvante, sans essayer de la retenir, sachant bien qu'ils
ne feraient qu'exaspérer sa colère ; et ils passèrent
l'après-midi en tête-à-tête, échangeant à peine
trois paroles, pendant que la pluie ruisselait en
bas sur le vitrage, l'un astiquant baguette et flûtet,
l'autre cuisinant le fricot du dîner sur un feu qu'il
faisait aussi ardent que possible, pour se chauffer
tout son soûl une bonne fois, pendant la longue
absence d'Audiberte. Enfin, son pas pressé de
nabote sonna dans le corridor. Elle entra, elle
rayonnait.

— Dommage que la fenêtre ne donne pas sur la
rue, dit-elle en se débarrassant de son manteau qui
n'avait pas une goutte de pluie... Vous auriez pu
voir en bas le bel équipage qui m'amène.

— Un équipage !... tu badines ?

— Et des domestiques, et des galons... C'est ça qui en fait un ramage dans l'hôtel.

Alors, au milieu de leur silence admirant, elle raconta, mima son expédition. D'abord et d'une, au lieu de demander après le ministre, qui ne l'aurait jamais reçue, elle s'était fait donner l'adresse, — on a tout ce qu'on veut en parlant poliment, — l'adresse de la sœur, cette grande demoiselle qui était venue avec lui à Valmajour. Elle ne demeurait pas au ministère, mais chez ses parents, dans un quartier de petites rues mal pavées, avec des odeurs de droguerie, rappelant à Audiberte sa province. Et c'était loin, et il fallait marcher. Enfin elle trouvait la maison, sur une place où il y avait des arcades, comme autour de la placette, en Aps. Ah ! la brave demoiselle, qu'elle l'avait bien reçue, sans fierté, quoique ça eût l'air très riche chez elle, des belles dorures plein l'appartement et des rideaux de soie rattachés comme ci comme ça de tous les côtés :

« Eh ! adieu... vous êtes donc à Paris ?... D'où vient?... Depuis quand ? »

Puis, lorsqu'elle avait su comme Numa les faisait aller, tout de suite elle sonnait sa dame gouvernante, — une dame à chapeau, elle aussi, — et toutes trois partaient pour le ministère. Il fallait voir l'empressement et les révérences jusqu'à terre de tous ces vieux bedeaux qui couraient devant elles pour leur ouvrir les portes.

— Alors, tu l'as vu, le menistre ? demanda timidement Valmajour, pendant qu'elle reprenait son souffle.

— Si je l'ai vu !... Et poli, je t'en réponds !... Ah !
pauvre *bédigas*, quand je te disais qu'il fallait mettre la demoiselle dans ton jeu... C'est elle qui a eu
vite rangé les affaires, et sans réplique... Dans huit
jours, il y aura grande fête en musique au menistère pour te montrer aux directeurs... Et tout de
suite après, *cra-cra*, le papier et la signature.

Le plus beau, c'est que la demoiselle venait de la
reconduire jusqu'en bas, dans la voiture du ministre.

— Et qu'elle avait bien envie de monter ici....
ajouta la Provençale en clignant de l'œil vers son
père et tordant son joli visage d'une grimace signi-
ficative. Toute la face du vieux, sa peau craquée de
figue sèche, se resserra pour dire : « Compris...
motus !... » Il ne blaguait plus le tambourin. Valmajour, lui, très calme, ne saisissait pas l'allusion
perfide de sa sœur. Il ne songeait qu'à ses prochains
débuts, et décrochant la caisse, il se mit à repasser
tous ses airs, à envoyer en adieu d'un bout à l'autre
du passage des trilles en bouquets sur des mesures
redondantes.

VIII

REGAIN DE JEUNESSE

Le ministre et sa femme achevaient de déjeuner dans leur salle à manger du premier étage, pompeuse et trop vaste, que ne parvenaient pas à dégeler l'épaisseur des tentures, les calorifères chauffant tout l'hôtel, ni le fumet d'un copieux repas. Ce matin-là, par hasard, ils étaient seuls. Sur la nappe, parmi la desserte toujours très fournie à la table du méridional, il y avait sa boîte à cigares, la tasse de verveine qui est le thé des Provençaux, et de grands casiers alignant les fiches multicolores où étaient inscrits les sénateurs, députés, recteurs, professeurs, académiciens, gens du monde, la clientèle ordinaire et extraordinaire des soirées ministérielles, — quelques cartons plus hauts que les autres, pour les invités privilégiés, imposés à la première série des « petits concerts ». Madame Roumestan les feuilletait, s'arrêtait à certains noms, surveillée du coin de l'œil par Numa qui, tout en choisissant son cigare d'après déjeuner, guettait sur cette calme physionomie une désapprobation, un contrôle à la manière un peu hasardée dont ces premières invitations avaient été faites.

Mais Rosalie ne demandait rien. Tous ces apprêts lui étaient bien indifférents. Depuis leur installation au ministère, elle se sentait encore plus loin de son mari, séparée par des obligations incessantes, un personnel trop nombreux, une largeur d'existence qui détruisait l'intimité. A cela venait s'ajouter le regret toujours navré de n'avoir pas d'enfant, de ne pas entendre autour d'elle ces petits pas infatigables, ces bons rires craquants et sonores qui auraient enlevé à leur salle à manger ce glacial aspect d'une table d'hôtel où ils semblaient ne s'asseoir qu'en passant, avec l'impersonnalité du linge, mobilier, argenterie, tout le garni somptueux des situations publiques.

Dans le silence embarrassé de cette fin de repas arrivaient des sons étouffés, des bouffées d'harmonie scandées par des bruits de marteaux, les tentures, l'estrade que l'on clouait en bas pour le concert, pendant que les musiciens répétaient leurs morceaux. La porte s'ouvrit. Le chef de cabinet entra, des papiers à la main :

— Encore des demandes !...

Roumestan s'emporta. Ça, non, par exemple ! ce serait le pape, il n'y avait plus une place à donner. Méjean, sans s'émouvoir, posa devant lui un paquet de lettres, cartes, billets parfumés :

— Il est bien difficile de refuser... vous avez promis...

11

— Moi?... mais je n'ai parlé à personne...

— Voyez... *Mon cher ministre, je viens vous rappe ler votre bonne parole... Et celle-ci... Le général m'a dit que vous aviez bien voulu lui offrir... et encore.. Rappelle à M. le ministre sa promesse.*

— Je suis somnambule, allons! dit Roumestan stupéfait.

La vérité, c'est que, la fête à peine décidée, aux gens qu'il rencontrait à la Chambre, au Sénat, il avait dit : « Vous savez, je compte sur vous pour le 10... » Et comme il ajoutait « tout à fait intime... » on n'aurait eu garde d'oublier la flatteuse invitation.

Gêné de ce flagrant délit devant sa femme, il s'en prit à elle comme toujours en pareil cas :

— C'est ta sœur aussi, avec son tambourinaire... J'avais bien besoin de tout ce tintoin... je ne comptais inaugurer nos concerts que plus tard... mais cette petite fille était d'une impatience : « Non, non... tout de suite, tout de suite... » Et tu étais aussi pressée qu'elle... *L'azé me fiche*, si ce tambourin ne vous a pas tourné la tête!

— Oh! non, pas à moi, dit Rosalie gaîment..., Et même j'ai bien peur que cette musique exotique ne soit pas comprise des Parisiens... Il faudrait nous apporter avec elle les horizons de Provence, les costumes, les farandoles... mais avant tout... » Sa voix se fit sérieuse... « il s'agissait de tenir un engagement pris.

— Un engagement... Un engagement, répétait Numa, on ne pourra bientôt plus dire un mot.

Et, se tournant vers son secrétaire qui souriait :

— Pardi ! mon cher, tous les méridionaux ne sont pas comme vous, refroidis et mesurés, avares de leurs paroles... Vous êtes un faux du Midi, vous, un rénégat, un *Franciot*, comme on dit chez nous... Méridional, ça !... Un homme qui n'a jamais menti... et qui n'aime pas la verveine ! ajouta-t-il avec une indignation comique.

— Pas si *franciot* que j'en ai l'air, M. le ministre, répliqua Méjean, toujours très calme... A mon arrivée à Paris, il y a vingt ans, je sentais terriblement mon pays... De l'aplomb, de l'accent, des gestes... bavard et inventif comme...

— Comme Bompard... souffla Roumestan qui n'aimait pas qu'on raillât l'ami de son cœur, mais ne s'en faisait pas faute.

— Oui, ma foi, presque autant que Bompard... un instinct me poussait à ne jamais dire un mot de vrai... Un matin, la honte m'a pris, j'ai travaillé à me corriger... L'exagération extérieure, on en vient encore à bout, en baissant la voix, en serrant les coudes. Mais le dedans, ce qui bouillonne, ce qui veut sortir... Alors j'ai pris un parti héroïque. Chaque fois que je me surprenais à côté du vrai, c'était une condamnation à ne plus parler le reste du jour... voilà comment j'ai pu réformer ma nature... Tout de même l'instinct est là, au fond de ma froideur... Quelquefois il m'arrive de m'arrêter net au milieu d'une phrase. Ce n'est pas le mot qui me manque, au contraire !... je me retiens, parce que je sens que je vais mentir.

— Terrible Midi ! Pas moyen de lui échapper... fit le bon Numa envoyant la fumée de son cigare

au plafond avec une résignation philosophique...
Moi, c'est par la manie de promettre qu'il me tient
surtout, cette rage que j'ai de me précipiter à
la tête des gens, de vouloir leur bonheur malgré
eux...

L'huissier de service l'interrompit, en jetant du
seuil, d'un air entendu et confidentiel : « M. Béchut
est arrivé...

Le ministre eut un élan de mauvaise humeur :

— Je déjeune... qu'on me laisse tranquille !

L'huissier s'excusa. M. Béchut prétendait que
c'était Son Excellence... Roumestan se radoucit :

— Bien, bien, j'y vais... Qu'on attende dans mon
cabinet.

— Ah ! mais non, dit Méjean... Votre cabinet est
occupé... Le Conseil supérieur, vous savez bien...
C'est vous qui avez fixé l'heure.

— Alors, chez M. de Lappara...

— J'y ai mis l'évêque de Tulle, observa l'huissier
timidement, M. le ministre m'avait dit...

C'était plein de monde partout.. Des solliciteurs
qu'il avait avertis en confidence de venir à cette
heure-là pour être sûrs de ne pas le manquer ; et
la plupart, des personnes de marque à qui l'on ne
fait pas faire antichambre avec le fretin.

— Prends mon petit salon... Je vais sortir... dit
Rosalie en se levant.

Et pendant que l'huissier et le secrétaire allaient
installer ou faire patienter les gens, le ministre ava-
lait bien vite sa verveine, se brûlait en répétant :
« Je suis débordé... débordé... »

— Qu'est-ce qu'il veut donc encore, ce triste

Béchut ? demanda Rosalie, baissant la voix d'instinct, dans cette maison pleine, où il y avait un étranger derrière chaque porte.

— Ce qu'il veut?... Sa direction, té!... C'est le requin de Dansaert... Il attend qu'on le lui jette par-dessus bord pour le dévorer.

Elle se rapprocha de lui vivement :

— M. Dansaert quitte le ministère?

— Tu le connais ?

— Mon père m'a souvent parlé de lui... Un compatriote, un ami d'enfance... Il le tient pour un honnête homme et un grand esprit.

Roumestan balbutia quelques raisons... « Mauvaises tendances... voltairien... » Cela rentrait dans un plan de réformes. Et puis il était bien vieux.

— Et c'est par Béchut que tu le remplaces ?

— Oh ! je sais que le pauvre homme n'a pas le don de plaire aux dames...

Elle eut un beau sourire de dédain :

— Pour ses impertinences, je m'en soucie autant que de ses hommages... Ce que je ne lui pardonne pas, ce sont ses grimaces cléricales, cet étalage bien pensant... je respecte toutes les croyances... Mais s'il y a au monde une chose laide et qu'il faut haïr, Numa, c'est le mensonge, c'est l'hypocrisie.

Malgré elle, sa voix s'élevait, chaude, éloquente ; et son visage un peu froid prenait un resplendissement d'honnêteté, de droiture, un rose éclat d'indignation généreuse.

— Chut ! chut ! fit Roumestan, montrant la

11.

porte. Sans doute, il convenait que ce n'était pas
très juste. Ce vieux Dansaert rendait de grands services. Seulement, que faire ? Il avait donné sa parole.

— Reprends-la, dit Rosalie... voyons, Numa...
pour moi... je t'en prie.

C'était un tendre commandement, appuyé par la
pression d'une petite main sur son épaule. Il se
sentit ému. Depuis longtemps, sa femme semblait
désintéressée de sa vie, avec une muette indulgence quand il lui confiait ses projets toujours
changeants. Cette prière le flattait.

— Est-ce qu'on peut vous résister, ma chère ?

Et le baiser qu'il lui mit au bout des doigts remonta en frémissant jusque sous l'étroite manche
de dentelle. Elle avait de si jolis bras... Il souffrait
cependant de cette obligation de dire en face à
quelqu'un une chose désagréable, et se leva avec
effort.

— Je suis là !... j'écoute... dit-elle, en le mena-
çant d'un gentil geste.

Il passa dans le petit salon voisin, laissant la
porte entr'ouverte pour se donner du courage et
qu'elle pût l'entendre. Oh ! le début fut net, énergique.

— Je suis au désespoir, mon cher Béchut...
Ce que je voulais faire pour vous n'est pas possible...

Des réponses du savant, on ne saisissait que l'intonation pleurarde, coupée des bruyantes aspira-
tions de son groin de tapir. Mais, au grand étonnement de Rosalie, Roumestan ne céda pas et continua

à défendre Dansaert avec une conviction surprenante chez un homme à qui les arguments venaient d'être suggérés. Certes il lui en coûtait de reprendre une parole donnée; mais tout ne valait-il pas mieux que de commettre une injustice? C'était la pensée de sa femme, modulée, mise en musique, avec de grands gestes émus qui faisaient du vent dans la tenture.

— Du reste, ajouta-t-il en changeant de ton brusquement, j'entends bien vous dédommager de ce petit mécompte...

— Ah! mon Dieu... dit Rosalie, tout bas. Ce fut aussitôt une grêle de promesses étonnantes, la croix de commandeur pour le 1ᵉʳ janvier prochain, la première place vacante au Conseil supérieur, la... le... L'autre essayait de protester, pour la forme. Mais Numa :

— Laissez donc, laissez donc... C'est un acte de justice... Les hommes tels que vous sont trop rares...

Ivre de bienveillance, balbultiant d'affectuosité, si Béchut n'était pas parti, le ministre allait positivement lui proposer son portefeuille. Sur la porte, il le rappela encore :

— Je compte sur vous dimanche, mon cher maître... J'inaugure une série de petits concerts... Entre intimes, vous savez... Le dessus du panier...

Et revenant vers Rosalie :

— Eh bien! qu'en dis-tu?... J'espère que je ne lui ai rien cédé.

C'était si drôle qu'elle l'accueillit d'un grand éclat de rire. Quand il en sut la raison et tous les nouveaux engagements qu'il venait de prendre, il parut épouvanté.

« Allons, allons... On vous sait gré tout de même. »

Elle le quitta avec le sourire des anciens jours, toute légère de sa bonne action, heureuse aussi peut-être de sentir s'agiter en son cœur quelque chose qu'elle croyait mort depuis longtemps.

« Ange, va! » fit Roumestan qui la regardait s'en aller, ému, les yeux tendres; et comme Méjean rentrait l'avertir pour le Conseil :

« Voyez-vous, mon ami, quand on a le bonheur de posséder une femme pareille... le mariage, c'est le paradis sur la terre... Dépêchez-vous vite de vous marier. »

Méjean secoua la tête, sans répondre.

« Comment! Vos affaires ne vont donc pas?

— Je le crains bien. Madame Roumestan m'avait promis d'interroger sa sœur, et comme elle ne me parle plus de rien...

— Voulez-vous que je m'en charge? Je m'entends à merveille, moi, avec ma petite belle-sœur. Je parie que je la décide... »

Il restait un peu de verveine dans la théière. Tout en se versant une nouvelle tasse, Roumestan s'épanchait en protestations pour son chef de cabinet. Ah! les grandeurs ne l'avaient pas changé. Méjean était toujours son excellent, son meilleur ami. Entre Méjean et Rosalie il se sentait plus solide, plus complet...

« Ah! mon cher, cette femme, cette femme !... Si vous saviez ce qu'elle a été bonne, pardonnante !... Quand je pense que j'ai pu... »

Il lui en coûta positivement pour retenir la confidence qui lui venait aux lèvres avec un gros soupir. « Si je ne l'aimais pas, je serais bien coupable... »

Le baron de Lappara entra très vite, l'air mystérieux :

« Mademoiselle Bachellery est là. »

Aussitôt le visage de Numa se colora vivement. Un éclair sécha dans ses yeux l'attendrissement qui montait.

« Où est-elle?... Chez vous ?

— J'avais déjà monseigneur Lipmann... dit Lappara un peu railleur à l'idée d'une rencontre possible. Je l'ai mise en bas... dans le grand salon... La répétition est finie.

— Bien... J'y vais.

— N'oubliez pas le Conseil... » essaya de dire Méjean. Mais Roumestan sans l'entendre s'élançait dans le petit escalier en casse-cou qui mène des appartements particuliers du ministre au rez-de-chaussée de réception.

Depuis l'histoire de madame d'Escarbès, il s'était toujours gardé des liaisons sérieuses, affaires de cœur ou de vanité qui auraient pu détruire à jamais son ménage. Ce n'était certes pas un mari modèle ; mais le contrat criblé d'accrocs tenait encore. Rosalie, bien qu'avertie une première fois, était trop droite, trop honnête pour de jalouses surveillances, et toujours inquiète, n'arrivait jamais aux preuves. A cette heure encore, s'il eût pu se douter de la place que ce nouveau caprice allait tenir dans son existence, il se fût dépêché de remonter l'escalier

encore plus vite qu'il ne le descendait ; mais notre
destin s'amuse toujours à nous intriguer, à venir
vers nous enveloppé et masqué, doublant de mystère le charme des premières rencontres. Comment
Numa se serait-il méfié de cette fillette, que de sa
voiture il avait aperçue quelques jours auparavant,
traversant la cour de l'hôtel, sautillant pour franchir les flaques, la jupe chiffonnée dans une main,
et dressant son en-cas de l'autre avec une crânerie
toute parisienne? De grands cils recourbés au-dessus d'un nez fripon, une chevelure blonde nouée
dans le dos à l'Américaine et que l'humidité de l'air
frisait au bout, une jambe pleine et fine, d'aplomb
sur de hauts talons qui tournaient, c'est tout ce
qu'il avait vu d'elle, et le soir il demandait à Lappara sans y attacher plus d'importance :

— Parions que ça venait chez vous ce petit mu-
seau que j'ai rencontré, ce matin, dans la cour.

— Oui, Monsieur le ministre, ça venait chez moi ;
mais ça venait pour vous... »

Et il nomma la petite Bachellery.

— Comment ! la débutante des Bouffes... Quel
âge a-t-elle donc ?... Mais c'est une enfant !...»

Les journaux en parlaient beaucoup cet hiver-là
de cette Alice Bachellery que le caprice d'un maës-
tro à la mode était allé chercher dans un petit
théâtre de province, et que tout Paris voulait entendre chanter la chanson du *Petit Mitron* dont elle
détaillait le refrain avec une gaminerie canaille
irrésistible : « *Chaud ! Chaud ! Les p'tits pains
d'gruau !...* » Une de ces divas comme le boulevard
en consomme à la demi-douzaine chaque saison,

gloires de papier, gonflées de gaz et de réclame, faisant songer aux petits ballons roses qui n'ont qu'un jour dans le soleil et la poussière des jardins publics. Et sait-on ce que celle-là venait solliciter au ministère : la grâce de figurer sur le programme du premier concert. La petite Bachellery à l'Instruction Publique !... C'était si gai, si fou, que Numa voulut le lui entendre demander à elle-même ; et par lettre ministérielle sentant le buffle et les gants de cuirassier, lui fit savoir qu'il la recevrait le lendemain. Le lendemain, mademoiselle Bachellery ne vint pas.

— Elle aura changé d'idée, dit Lappara... Elle est si enfant !

Le ministre se piqua, n'en parla plus de deux jours, et le troisième l'envoya chercher.

Maintenant elle attendait dans le salon des fêtes, rouge et or, si imposant avec ses hautes fenêtres de plain-pied sur le jardin dépouillé, ses tentures des Gobelins et le grand Molière de marbre assis et rêvant tout au fond. Un Pleyel, quelques pupitres pour les répétitions tenaient à peine un coin de la vaste salle, dont l'aspect froid de musée désert eût impressionné toute autre que la petite Bachel·lery ; mais elle était si enfant ! Tentée par le grand parquet luisant et ciré, ne s'amusait-elle pas à faire des glissades d'un bout à l'autre, serrée dans ses fourrures, les bras dans son manchon trop petit, le nez en l'air sous sa toque, avec des allures de coryphée dansant le « ballet sur la glace » du *Prophète*.

Roumestan la surprit à cet exercice.

— Ah ! monsieur le Ministre...

Elle restait interdite, les cils battants, un peu
essoufflée. Lui, était entré, la tête haute, la démarche grave, pour relever ce que l'entrevue pouvait
avoir d'anormal, et donner une leçon à ce trottin
qui faisait poser les Excellences. Mais il fut tout de
suite désarmé. Comment voulez-vous ?... Elle expliquait si bien sa petite affaire, le désir ambitieux qui lui était venu tout à coup de figurer à ce
concert dont on parlait tant, une occasion pour
elle de se faire entendre autrement que dans l'o-
pérette et la gaudriole qui l'excédaient. Puis, à la
réflexion, le trac l'avait prise.

— Oh ! mais, un de ces tracs... Pas vrai, maman ?

Roumestan aperçut alors une grosse dame en
mantelet de velours, chapeau à plumes, qui du
bout du salon s'avançait sur des révérences en
trois temps. Madame Bachellery la mère, une ancienne Dugazon de cafés-concerts, à l'accent bordelais, au petit nez de sa fille noyé dans une large
face d'écaillère, une de ces mamans terribles qui
se montrent à côté de leurs demoiselles comme
l'avenir désastreux de leur beauté. Mais Numa n'é-
tait pas en train d'études philosophiques, tout à
cette grâce de jeunesse étourdie, sur un corps fait,
et adorablement fait, cet argot de théâtre dans un
rire ingénu, — du rire de seize ans, disaient ces
dames.

— Seize ans !... Mais à quel âge est-elle donc entrée au théâtre ?

— Elle y est née, monsieur le Ministre... Le père,

aujourd'hui retiré, était directeur des *Folies-Bordelaises...*

— Une enfant de la balle, quoi ! dit Alice avec mutinerie, en montrant trente-deux dents étincelantes qui s'alignèrent serrées et droites, comme à la parade.

— Alice, Alice !... tu manques à son Excellence...

— Laissez donc.... C'est une enfant.

Il la fit asseoir près de lui sur le canapé, d'un geste bienveillant, presque paternel, la complimenta sur son ambition, ses goûts de grand art, son désir d'échapper aux faciles et désastreux succès de l'opérette ; seulement il fallait du travail, beaucoup de travail, des études sérieuses.

— Oh ! pour ça, dit la fillette brandissant un rouleau de musique... Tous les jours deux heures avec la Vauters !...

— La Vauters ?... Parfait... Excellente méthode... » Il ouvrit le rouleau en connaisseur.

— Et qu'est-ce que nous chantons ?... Ah ! ah ! la valse de *Mireille...* la chanson de Magali... Mais c'est de mon pays, ça.

En balançant la tête, les paupières allongées, il se mit à fredonner :

> O Magali, ma bien-aimée,
> Fuyons tous deux sous la ramée,
> Au fond du bois silencieux...

Elle continua :

> La nuit sur nous étend ses voiles
> Et tes beaux yeux

12

Et Roumestan à pleine voix :

Vont faire pâlir les étoiles...

Elle l'interrompit :

— Attendez-donc... Maman va nous l'accompagner.

Et les pupitres bousculés, le piano ouvert, elle installait sa mère de force. Ah ! une petite personne décidée... Le ministre hésita une seconde, le doigt sur la page du duo. Si quelqu'un les entendait !... Bah ! depuis trois jours on répétait tous les matins dans le grand salon... Ils commencèrent.

Tous deux suivaient, debout, sur la même page de musique que madame Bachellery accompagnait de mémoire. Leurs deux fronts rapprochés se touchaient presque, leurs souffles se frôlaient avec les caresses modulantes du rythme. Et Numa se passionnait, donnait de l'expression, tendait les bras, aux notes hautes, pour les mieux porter. Depuis quelques années, depuis son grand rôle politique, il avait plus souvent parlé que solfié ; sa voix s'était alourdie comme sa personne, mais il prenait encore un grand plaisir à chanter, surtout avec cette enfant.

Par exemple, il avait complètement oublié l'évêque de Tulle, et le Conseil supérieur se morfondant en rond autour de la grande table verte. Une ou deux fois la tête blafarde de l'huissier de service était apparue dans le cliquetis de sa chaîne d'argent, pour reculer aussitôt, effarée d'avoir vu le ministre de l'Instruction publique et des Cultes chantant un duo avec une actrice des petits théâ-

tres. Ministre, Numa ne l'était plus, mais Vincent
le vannier poursuivant l'imprenable Magali dans
ses transformations coquettes. Et comme elle
fuyait bien, comme elle se dérobait avec sa malice
enfantine, l'éclat perlé de son rire aux dents
aiguës, jusqu'au moment où vaincue elle s'abandonnait, sa petite tête folle toute étourdie de la
course, sur l'épaule de son ami!...

Ce fut la maman Bachellery qui rompit le
charme en se retournant, sitôt le morceau fini :

— Quelle voix, Monsieur le Ministre, quelle
voix!

— Oui... j'ai chanté dans ma jeunesse..., dit-il
avec une certaine fatuité.

— Mais vous chantez encore *maguenifiquement*...
Hein, Bébé, quelle différence avec M. de Lappara?

Bébé, qui roulait son morceau, haussa légèrement les épaules comme si une vérité aussi indis-
cutable ne méritait pas d'autre réponse. Roumestan demanda, un peu inquiet :

— Ah! M. de Lappara...?

— Oui, il vient quelquefois manger la bouillabaisse ; puis, après dîner, Bébé et lui chantent leur
duo.

A ce moment, l'huissier n'entendant plus de musique se décida à rentrer, avec des précautions
de dompteur dans la cage d'un fauve.

— J'y vais... j'y vais..., dit Roumestan, et s'a-
dressant à la fillette, de son air le plus ministre,
pour bien lui faire sentir la distance hiérarchique
qui le séparait de son attaché :

— Je vous fais mon compliment, Mademoiselle.

Vous avez beaucoup de talent, beaucoup, et s'il vous plaît de chanter ici dimanche, je vous accorde bien volontiers cette faveur.

Elle eut un cri d'enfant : « Vrai?... oh! que c'est gentil... » et d'un bond lui sauta au cou.

— Alice !... Alice !... Eh bien?...

Mais elle était déjà loin, courant à travers les salons, où elle semblait si petite dans la haute enfilade, une enfant, tout à fait une enfant.

Il resta tout ému de cette caresse, attendit une minute avant de remonter. Devant lui, dans le jardin rouillé, un rayon courait sur la pelouse, tiédissait et vivifiait l'hiver. Il se sentait pénétré jusqu'au cœur d'une douceur pareille, comme si ce corps si vif, si souple, en l'effleurant, lui avait communiqué un peu de sa chaleur printanière. « Ah! c'est joli, la jeunesse. » Machinalement, il se regarda dans une glace : une préoccupation lui venait qu'il n'avait plus depuis des années... Quels changements, *boun Diou!*... Très gros à cause du métier sédentaire, des voitures dont il abusait, le teint brouillé de veilles, les tempes déjà éclaircies et grises, il s'épouvanta encore de la largeur de ses joues, de cette plate distance entre le nez et l'oreille. « Si je laissais pousser ma barbe pour cacher ça... » Oui, mais elle pousserait blanche... Et il n'avait pas quarante-cinq ans. Ah! la politique vieillit.

Il connut là, pendant une minute, l'affreuse tristesse de la femme qui se voit finie, incapable d'inspirer l'amour, quand elle peut le ressentir encore. Ses paupières rougies se gonflèrent ; et,

dans ce palais de puissant, cette amertume, profondément humaine, où l'ambition n'était pour
rien, avait quelque chose de plus cuisant. Mais,
avec sa mobilité d'impressions, il se consola vite,
en songeant à la gloire, à son talent, à sa haute
situation. Est-ce que cela ne valait pas la beauté,
la jeunesse, pour se faire aimer?

— Allons donc !...

Il se trouva très bête, chassa son chagrin d'un
coup d'épaule, et monta congédier le Conseil,
car il ne lui restait plus le temps de le présider.

— Qu'est-ce que vous avez donc aujourd'hui,
mon cher ministre?... vous paraissez tout rajeuni.

Plus de dix fois dans la journée, on adressa ce
compliment à sa bonne humeur très remarquée
dans les couloirs de la Chambre, où il se surpre-
nait fredonnant : *O Magali, ma bien-aimée.* Assis au
banc des ministres, il écoutait avec une attention
très flatteuse pour l'orateur un interminable discours sur le tarif douanier, souriait béatement, les
paupières rabattues. Et les Gauches, qu'effrayait sa
réputation d'astuce, se disaient toutes frémis-
santes : « Tenons-nous bien... Roumestan prépare
quelque chose. » Simplement la silhouette de la
petite Bachellery que son imagination s'amusait
à évoquer dans le vide du discours bourdonnant,
à faire trotter devant le banc ministériel, détaillant
toutes ses attractions, ses cheveux coupant le
front d'une blonde effilochure, son teint d'aubépine
rose, son allure fringante de fillette déjà femme.

Pourtant, vers le soir, il eut encore un accès de

12.

tristesse en revenant de Versailles avec quelques-
uns de ses collègues du cabinet. Dans l'étouffement d'un wagon plein de fumeurs, on causait,
sur ce ton de gaîté familière que Roumestan
apportait partout avec lui, d'un certain chapeau
de velours nacarat encadrant une pâleur créole à
la tribune diplomatique où il avait fait une heureuse diversion aux tarifs douaniers et mis tous les
nez des honorables en l'air, comme dans une classe
d'écoliers quand palpite un papillon perdu au milieu d'un thème grec. Qui était-ce? Personne ne la
connaissait.

— Il faut demander ça au général, dit Numa
gaiement en se tournant vers le marquis d'Espaillon d'Aubord, ministre de la guerre, vieux ro-
quentin acharné à l'amour... Bon... bon... Ne
vous défendez pas, elle n'a regardé que vous.

Le général fit une grimace qui lui remonta,
comme avec un ressort, sa barbiche jaune de
vieux bouc jusque dans le nez.

— Il y a beau temps que les femmes ne me regardent plus... Elles n'ont d'yeux que pour ces
b....là.

Celui qu'il désignait dans ce langage débraillé,
particulièrement cher à tous les soldats gentilshommes, était le jeune de Lappara, assis dans un
coin du wagon, le portefeuille ministériel sur ses
genoux, et gardant un silence respectueux en cette
compagnie de gros bonnets. Roumestan se sentit
mordu, sans savoir où précisément, et riposta avec
vivacité. Selon lui il y avait bien d'autres choses que
les femmes préféraient à la jeunesse d'un homme.

— Elles vous disent ça.

— J'en appelle à ces messieurs.

Tous bedonnants, avec des redingotes qui bridaient sur l'estomac, ou desséchés et maigres, chauves ou tout blancs, édentés, la bouche en désordre, atteints de quelque inconvénient de santé, ces messieurs, ministres, sous-secrétaires d'État, étaient de l'avis de Roumestan. La discussion s'anima dans le vacarme des roues, les vociférations du train parlementaire.

— Nos ministres se chamaillent, disaient les compartiments voisins.

Et les journalistes essayaient de saisir quelques mots à travers les cloisons.

— L'homme connu, l'homme au pouvoir, tonnait Numa, voilà ce qu'elles aiment. Se dire que celui qui est là devant elles, roulant sa tête sur leurs genoux, est un illustre, un puissant, un des leviers du monde, c'est ça qui les remue !

— Hé ! justement.

— Très bien... très bien...

— Je pense comme vous, mon cher collègue.

— Eh bien ! je vous dis, moi, que, lorsque j'étais à l'État-major, simple petit lieutenant, et que je m'en allais, les dimanches de sortie, en grande tenue, avec mes vingt-cinq ans, des aiguillettes neuves, je ramassais en passant de ces regards de femme qui vous enveloppent en coup de fouet de la nuque au talon, de ces regards qu'on n'a pas pour une grosse épaulette de mon âge... Aussi, maintenant, quand je veux sentir la chaleur, la sincérité d'un de ces coups d'œil-là, une

déclaration muette en pleine rue, savez-vous ce
que je fais ?... Je prends un de mes aides de camp,
jeune, de la dent, du plastron, et je me paie de
sortir à son bras, s... n... d... D... !

Roumestan se tut jusqu'à Paris. Sa mélancolie
du matin le reprenait, mais avec de la colère en
plus, une indignation contre la sottise aveugle des
femmes qui peuvent se toquer pour des niais et
des bellâtres. Qu'est-ce qu'il avait de rare, ce Lappara, voyons ? Sans se mêler au débat, il caressait
sa barbe blonde d'un air fat, les vêtements précis,
l'encolure très ouverte. On l'aurait claqué. C'est
cet air-là qu'il devait prendre pour chanter le duo
de *Mireille* avec cette petite Bachellery... sa maîtresse, bien sûr... Cette idée le révoltait ; mais, en
même temps, il aurait voulu savoir, se convaincre.

A peine seuls, pendant que son coupé roulait
vers le ministère, il demanda brutalement, sans
regarder Lappara.

— Il y a longtemps que vous connaissez ces
femmes ?

— Quelles femmes, Monsieur le Ministre

— Mais ces dames Bachellery, allons !

Sa pensée en était pleine. Il croyait que tous y
songeaient comme lui. Lappara se mit à rire.

Oh ! oui, il y avait longtemps ; c'étaient des
payses à lui. La famille Bachellery, les Folies-Bordelaises, tous les bons souvenirs de ses dix-huit
ans. Son cœur de lycéen avait battu pour la maman, à faire sauter tous les boutons de sa tunique.

« Et aujourd'hui il bat pour la fille ? » demanda
Roumestan d'un ton léger en essuyant la vitre

du bout de son gant pour regarder la rue mouillée et noire.

— Oh ! la fille, c'est une autre paire de manches... Avec son petit air comme ça, c'est une demoiselle très froide, très sérieuse... Je ne sais pas ce qu'elle vise, mais elle vise quelque chose, que je ne dois pas être en situation de lui donner. »

Numa se sentit soulagé :

« Ah ! vraiment ?... Et pourtant vous y retournez ?...

— Mais oui... c'est si amusant, cet intérieur des Bachellery... Le père, l'ancien directeur, fait des couplets comiques pour les cafés-concerts. La maman les chante et les mime en fricassant des cèpes à l'huile et de la bouillabaisse comme Roubion lui-même n'en a pas. Cris, désordre, musiquette, ripaille, les Folies-Bordelaises en famille. La petite Bachellery mène le branle, tourbillonne, soupe, roulade, mais ne perd pas la tête un instant.

— Eh ! mon gaillard, vous comptez bien qu'elle la perdra un jour ou l'autre, et à votre profit encore. » Devenu subitement très grave, le ministre ajouta : « Mauvais milieu pour vous, jeune homme. Il faut être plus sérieux que cela, que diable !... La folie bordelaise ne peut pas durer toute la vie. »

Il lui prit la main :

« Vous ne songez donc pas à vous marier, voyons ?

— Ma foi, non, Monsieur le Ministre... je suis très bien comme je suis... à moins d'une aubaine étonnante...

— On vous la trouvera, l'aubaine... Avec votre nom, vos relations... » Et tout à coup, s'emballant : « Que diriez-vous de mademoiselle Le Quesnoy ? »

Le Bordelais, malgré son audace, pâlit de joie, de saisissement.

« Oh ! Monsieur le Ministre, je n'aurais jamais osé...

— Pourquoi pas ?... mais si, mais si... vous savez combien je vous aime, mon cher enfant... je serais heureux de vous voir dans ma famille... je me sentirais plus complet, plus... »

Il s'arrêta net au milieu de sa phrase, qu'il reconnaissait pour l'avoir déjà dite à Méjean le matin.

« Ah ! tant pis !... c'est fait. »

Il eut son coup d'épaule et se rencoigna dans la voiture. « Après tout, Hortense est libre, elle choisira... J'aurai toujours tiré ce garçon d'un mauvais milieu. » En conscience, Roumestan était sûr que ce sentiment seul l'avait fait agir.

IX

UNE SOIRÉE AU MINISTÈRE

Le faubourg Saint-Germain avait, ce soir-là, une physionomie inaccoutumée. Des petites rues, paisibles d'ordinaire et couchées de bonne heure, s'éveillaient au roulement saccadé des omnibus déroutés de leur itinéraire ; d'autres, au contraire, faites au bruit de flot, à la rumeur ininterrompue des grandes artères parisiennes, s'ouvraient comme le lit d'un fleuve détourné, silencieuses, vides, agrandies, surveillées à leur entrée par la haute silhouette d'un garde de Paris à cheval ou l'ombre morne — en travers de l'asphalte — d'un cordon de sergents de ville, le capuchon baissé, les mains en manchon dans le caban, faisant signe aux voitures : « On ne passe pas. »

— Est-ce qu'il y a le feu ? demandait une tête effarée se penchant à la portière.

— Non, monsieur, c'est la soirée de l'Instruction publique.

Et l'homme reprenait sa faction, tandis que le cocher s'éloignait, en jurant d'être obligé de faire un long circuit sur cette rive gauche où les rues percées au hasard ont encore un peu de la confusion du vieux Paris.

A distance, en effet, l'illumination du ministère sur ses deux façades, les feux allumés pour le froid au milieu de la chaussée, la lueur lentement circulante des files de lanternes concentrées sur un même point, enveloppaient le quartier d'un halo d'incendie avivé par la limpidité bleue, la glaciale sécheresse de l'air. Mais en approchant on se rassurait vite devant la belle ordonnance de la fête, la nappe de lumière égale et blanche remontant jusqu'en haut des maisons voisines, dont les inscriptions en lettres d'or « MAIRIE DU VIIe ARRONDISSEMENT... MINISTÈRE DES POSTES ET TÉLÉGRAPHES » se lisaient comme en plein jour, et se vaporisaient en feux de bengale, en féerique éclairage de scène dans quelques grands arbres dépouillés et immobiles.

Parmi les passants qui s'attardaient malgré le froid et formaient à la porte de l'hôtel une haie curieuse, s'agitait une petite ombre falotte à démarche de cane, serrée de la tête aux pieds dans une longue mante paysanne, qui ne laissait voir d'elle que deux yeux aigus. Elle allait, venait, courbée en deux, claquant des dents, mais ne sentant pas la gelée, dans une excitation de fièvre et d'ivresse. Tantôt elle se précipitait vers les voitures en station le long de la rue de Grenelle, qu'on voyait avancer imperceptiblement avec un bruit luxueux de gourmettes, des ébrouements de bêtes

impatientes, des blancheurs nuancées aux portières
derrière la buée des vitres. Tantôt elle revenait
vers la porte où le privilège d'un coupe-file faisait
entrer librement quelque carrosse de haut fonction-
naire. Elle écartait les gens : « Pardon... laissez-
moi un peu que je regarde. » Sous le feu des ifs,
sous la toile rayée des marquises, les marche-pieds
ouverts avec fracas laissaient se développer sur les
tapis des flots de satin cassant, des légèretés de tulle
et de fleurs. La petite ombre se penchait avide-
ment, se retirant à peine assez vite pour ne pas être
écrasée par d'autres voitures qui entraient.

Audiberte avait voulu se rendre compte par elle-
même, voir un peu comment tout cela se passerait.
Avec quel orgueil elle regardait cette foule, ces lumières, les soldats à pied et à cheval, tout ce coin
de Paris sens dessus dessous pour le tambourin de
Valmajour. Car c'est en son honneur que la fête se
donnait ; et elle se persuadait que ces beaux messieurs, ces belles dames n'avaient que le nom de
Valmajour sur les lèvres. De la porte de la rue de
Grenelle, elle courait à la rue Bellechasse, par où
sortaient les voitures, s'approchait d'un groupe de
gardes de Paris, de cochers en grandes houppelan-
des, autour d'un *brasero* flambant au milieu de la
chaussée, s'étonnait d'entendre ces gens-là parler
du froid, bien vif cet hiver, des pommes de terre
qui gelaient dans les caves, de choses absolument
indifférentes à la fête et à son frère. Surtout elle
s'irritait de la lenteur de cette file indéfiniment déroulée ; elle aurait voulu voir entrer la dernière voiture, se dire : « Ça y est.. On commence... Cette

13

fois, c'est pour tout de bon. » Mais la nuit s'avançait, le froid devenait plus pénétrant, ses pieds gelaient à la faire pleurer de souffrance, — c'est un
peu fort de pleurer quand on a le cœur si content!
Enfin elle se décida à rentrer chez elle non sans
avoir ramassé, d'un dernier regard, toutes ces
splendeurs, qu'elle emporta, par les rues désertes,
la nuit glaciale, dans sa pauvre tête sauvage où la
fièvre d'ambition battait aux tempes, toute conges-
tionnée de rêves, d'espérances, les yeux à jamais
éblouis et comme aveuglés de cette illumination à
la gloire des Valmajour.

Qu'aurait-elle dit, si elle était entrée, si elle avait
vu tous ces salons blanc et or se succédant sous
leurs portes en arcades, agrandis par les glaces où
tombait le feu des lustres, des appliques, l'éblouissement des diamants, des aiguillettes, des ordres
de toutes sortes, en palmes, en aigrettes, en bro-
chettes, grands comme des soleils d'artifice, ou
menus comme des breloques, ou retenus au cou
par ces larges rubans rouges qui font penser à de
sanglantes décollations !

Il y avait là, pêle-mêle avec les grands noms du
Faubourg, des ministres, généraux, ambassadeurs,
membres de l'Institut et du Conseil supérieur de
l'Université. Jamais, aux arènes d'Aps, même au
grand concours des tambourinaires à Marseille,
Valmajour n'avait eu un auditoire pareil. Son nom,
à vrai dire, ne tenait pas beaucoup de place dans
cette fête dont il était l'occasion. Le programme,
enjolivé de merveilleux encadrements à la plume
de Dalys, annonçait bien : « airs variés sur le tam-

bourin », avec le nom de Valmajour mêlé à celui de
plusieurs illustrations lyriques ; mais on ne regardait pas le programme. Seuls, des gens de l'intimité, de ces gens qui sont au courant de tout, disaient au ministre, debout à l'entrée du premier
salon :

— Vous avez donc un tambourinaire ?

Et lui, distraitement :

— Oui, c'est une fantaisie de ces dames.

Le pauvre Valmajour ne le préoccupait guère.
Il y avait un autre début, bien plus sérieux pour
lui, ce soir-là. Qu'allait-on dire ? Aurait-elle du succès ? L'intérêt qu'il portait à cette enfant ne l'avait-
il pas illusionné sur son talent de chanteuse ? Et
très pris, quoiqu'il ne voulût pas encore se l'a-
vouer, mordu jusqu'aux os d'une passion d'homme
de quarante ans, il sentait cette angoisse du père,
du mari, de l'amant, du tapissier de la débutante,
une de ces anxiétés douloureuses, comme on en
voit rôder derrière la toile des portants, les soirs de
première représentation. Cela ne l'empêchait pas
d'être aimable, empressé, d'accueillir son monde à
deux mains, — et que de monde, *boun Diou !* —
d'avoir des mines, des sourires, des hennissements,
des piaffements, des renversements de corps, des
courbettes, une effusion un peu uniforme, mais
avec des nuances, cependant.

Quittant tout à coup, repoussant presque le cher
invité auquel il était en train de promettre tout
bas une foule de faveurs inappréciables, le ministre
s'élançait au-devant d'une dame haute en couleur,
à démarche autoritaire : « Ah ! madame la maré-

chale ! » prenait sous son bras un bras auguste étranglé dans un gant à vingt boutons, et conduisait la noble visiteuse de salon en salon, entre une double haie d'habits noirs respectueusement inclinés, jusqu'à la salle de concert, dont les honneurs étaient faits par madame Roumestan et sa sœur. En revenant, il distribuait encore des poignées de mains, de cordiales paroles : « Comptez-y... C'est fait... » ou lançait très vite son « bonjour, ami », ou bien encore, pour réchauffer la réception, mettre un courant de sympathie dans toute cette solennité mondaine, il présentait les gens entre eux, les jetait, sans les avertir, dans les bras les uns des autres : « Comment ! vous ne vous connaissez pas?... M. le prince d'Anhalt... M. Bos, sénateur... » et ne s'apercevait pas que, leurs noms à peine prononcés, les deux hommes, après un brusque et profond coup de tête, « Monsieur, Monsieur », n'attendaient que son départ pour se tourner le dos d'un air féroce.

Comme la plupart des combattants politiques, une fois vainqueur, au pouvoir, le bon Numa s'était détendu. Sans cesser d'appartenir à l'ordre moral, le Vendéen du Midi avait perdu son beau feu pour la Cause, laissait les grandes espérances dormir, commençait à trouver que les choses n'allaient point trop mal. Pourquoi ces haines farouches entre honnêtes gens ? Il souhaitait l'apaisement, l'indulgence générale, et comptait sur la musique pour opérer une fusion entre les partis, ses « petits concerts » de quinzaine devenant un terrain neutre de jouissance artistique et de courtoisie où les plus

opposés pourraient se rencontrer, s'apprécier à
l'écart des passions et des tourmentes politiques. De
là un singulier mélange dans les invitations ; et
aussi le malaise, la gêne des invités, les colloques à
voix basse vivement interrompus, ce va-et-vient silencieux d'habits noirs, la fausse attention des regards levés au plafond, considérant les cannelures
dorées des panneaux, ces ornementations du Directoire, moitié Louis XVI et Empire, avec des têtes
de cuivre en appliques sur le marbre à lignes droites des cheminées. On avait chaud et froid tout ensemble, à croire que la terrible gelée du dehors
tamisée par les murs épais et la ouate des tentures
se fût changée en froid moral. Par moment, la ga-
lopade effrénée de Rochemaure ou de Lappara en
commissaires, chargés d'installer les dames, rom-
pait cette monotonie ambulante de gens debout
qui s'ennuient ; ou encore le passage à sensation de
la belle madame Hubler coiffée en plumes, son
profil sec de poupée incassable, son sourire en coin,
retroussé jusqu'au sourcil comme à une vitrine de
coiffeur. Mais le froid reprenait bien vite.

« C'est le diable à dégourdir ces salons de l'Instruction publique... L'ombre de Frayssinous revient certainement la nuit. »

Cette réflexion à haute voix partait d'un groupe
de jeunes musiciens empressés autour du directeur
de l'Opéra, Cardaillac, philosophiquement assis sur
une banquette en velours, le dos au socle de Molière. Très gros, à moitié sourd, avec sa moustache
en brosse toute blanche, on ne retrouvait guère le
souple et fringant impresario des fêtes du Nabab

13.

dans cette majestueuse idole au masque bouffi et
impénétrable, dont l'œil seul racontait le Parisien
blagueur, sa science féroce de la vie, son esprit en
bâton d'épine ferré au bout, durci au feu de la
rampe. Mais, satisfait, repu, craignant sur toute
chose d'être délogé de sa direction à fin de bail, il
rentrait ses ongles, parlait peu, surtout ici, se contentait de souligner ses observations sur la comédie officielle et mondaine du rire silencieux de
Bas-de-Cuir.

« Boissaric, mon enfant, demandait-il tout bas à
un jeune et intrigant Toulousain qui venait de
faire jouer un ballet à l'Opéra après seulement dix
ans de carton, ce que personne ne voulait croire,
— Boissaric, toi qui sais tout, dis-moi le nom de
ce solennel personnage à moustaches qui cause familièrement avec tout le monde et marche derrière
son nez d'un air recueilli comme s'il allait à l'en-
terrement de cet accessoire... Il doit être du bâti-
ment, car il m'a parlé théâtre avec une certaine autorité.

— Je ne pense pas, patron... Plutôt un diplo-
mate. Je l'entendais dire tout à l'heure au ministre
de Belgique qu'ils avaient été longtemps collègues.

— Vous vous trompez, Boissaric... Ce doit être
un général étranger. Il pérorait, il n'y a qu'un
instant, dans un groupe de grosses épaulettes et
disait très haut : « Il faut n'avoir jamais eu un
grand commandement militaire... »

— Étrange !

Lappara, consulté au passage, se mit à rire :

— Mais c'est Bompard.

— Quès aco Bompard?

— L'ami du ministre... Comment ne le connais-sez-vous pas?

— Du Midi?

— Té! parbleu...

Bompard, en effet, qui, sanglé d'un superbe ha-bit neuf à parements de velours, les gants dans l'entrebâillure du gilet, essayait d'animer la soirée de son ami par une conversation variée et sou-tenue. Inconnu dans le monde officiel, où il se pro-duisait pour la première fois, on peut dire qu'il faisait sensation en promenant d'un groupe à l'autre ses facultés inventives, ses visions fulgu-rantes, récits d'amours royales, aventures et com-bats, triomphes aux tirs fédéraux, qui donnaient à tous les visages autour de lui la même expression d'étonnement, de gêne et d'inquiétude. Il y avait là certes un élément de gaieté, mais compris seule-ment de quelques intimes, impuissant à distraire l'ennui qui pénétrait jusque dans la salle du con-cert, une pièce immense et très pittoresque avec ses deux étages de galeries et son plafond en vitragé qu'on pouvait croire à ciel ouvert.

Une décoration verte de palmiers, de bananiers à longues feuilles immobiles sous les lustres, faisait un fond de fraîcheur aux toilettes des femmes ali-gnées et serrées sur d'innombrables rangs de chai-ses. C'était une houle de nuques penchées et ondu-lantes, d'épaules et de bras sortis des corsages comme du chiffonnage d'une fleur entr'ouverte, de coiffures piquées d'étoiles, les diamants mêlés à l'éclair bleu des cheveux noirs, à l'or filé des cré-

pelures blondes ; et des profils perdus, de santé
pleine, en lignes arrondies de la taille au chignon,
ou de fine maigreur, élancés de la ceinture serrée
d'une petite boucle brillante au cou long, noué
d'un velours. Les éventails, l'aile dépliée, nuancée,
pailletée, voltigeaient, papillonnaient sur tout cela,
mêlaient des parfums de white rose ou d'opoponax
à la faible exhalaison des lilas blancs et des violettes
naturelles.

Le malaise des visages se compliquait ici de la
perspective de deux heures d'immobilité devant
cette estrade où s'étalaient en demi-cercle les choristes en habit noir, en toilettes de mousseline
blanche, impassibles comme sous l'appareil photo-
graphique, et cet orchestre dissimulé dans les buis-
sons de verdure et de roses que dépassaient les
manches des contrebasses pareils à des instruments
de torture. Oh ! le supplice de la cangue à musique, elles le connaissaient toutes, il comptait
parmi les fatigues de leur hiver et les cruelles cor-
vées mondaines. C'est pourquoi, en cherchant bien,
on n'aurait trouvé dans l'immense salle qu'un seul
visage satisfait, souriant, celui de madame Roumestan, et non pas ce sourire de danseuse des
maîtresses de maison si facilement changé en
expression de haineuse fatigue quand il ne se sent
plus regardé, mais un visage de femme heureuse,
de femme aimée, en train de recommencer la vie.
O tendresse inépuisable d'un cœur honnête qui
n'a battu qu'une fois ! Voilà qu'elle se reprenait à
croire en son Numa, si bon, si tendre, depuis quelque temps. C'etait comme un retour, l'étreinte de

deux cœurs réunis après une longue absence. Sans chercher d'où pouvait venir ce regain de tendresse, elle le revoyait aimant et jeune comme un soir devant le panneau des chasses, et elle était toujours la Diane désirable, souple et fine dans sa robe de brocart blanc, ses cheveux châtains en bandeaux sur le front pur sans une pensée mauvaise, où ses trente ans en paraissaient vingt-cinq.

Hortense était bien jolie aussi, toute en bleu; un tulle bleu qui entourait d'une nuée sa longue taille un peu penchée en avant, ombrait son visage d'une douceur brune. Mais le début de son musicien la préoccupait. Elle se demandait comment ce public raffiné goûterait cette musique locale, s'il n'aurait pas fallu, comme disait Rosalie, encadrer le tambourin d'un horizon gris d'oliviers et de collines en dentelles; et, silencieuse, tout émue, elle comptait sur le programme les morceaux avant Valmajour, dans un demi-bruit d'éventails, de conversations à voix basse, auquel se mêlait l'accord successif des instruments.

Un battement d'archet aux pupitres, un froissement de papier sur l'estrade où les choristes se sont levés, leur partie à la main, un long regard des victimes, comme une envie de fuir, du côté de la haute porte obstruée d'habits noirs; et le chœur de Glück envoie ses premières notes vers le vitrage là-haut, où la nuit d'hiver superpose ses nappes bleues:

Ah! dans ce bois funeste et sombre...

C'est commencé..

Le goût de la musique s'est beaucoup répandu en
France depuis quelques années. A Paris surtout, les
concerts du dimanche et de la semaine sainte, une
foule de sociétés particulières ont surexcité le sentiment public, vulgarisé les œuvres classiques des
grands maîtres, fait une mode de l'érudition musicale. Mais, au fond, Paris est trop vivant, trop cé-
rébral, pour bien aimer la musique, cette grande
absorbeuse qui vous tient immobile, sans voix et
sans pensée, dans un réseau flottant d'harmonie,
vous berce, vous hypnotise comme la mer ; et les
folies qu'il fait pour elle sont celles d'un gommeux
pour une fille à la mode, une passion de chic, de
galerie, banale et vide jusqu'à l'ennui.

L'ennui !

C'était bien la note dominante dans ce concert
de l'Instruction publique. Sous l'admiration de
commande, les physionomies extasiées qui font
partie de la mondanité des femmes les plus sincères,
il remontait peu à peu, figeait le sourire et l'éclair
des yeux, affaissait ces jolies poses languissantes
d'oiseaux branchés ou buvant goutte à goutte. Une
après l'autre, sur les longues files de chaises en-
chaînées, elles se débattaient, avec des « bravo...
divin... délicieux... » pour se ranimer elles-mêmes,
et succombaient à la torpeur envahissante qui se
dégageait comme une brume de cette marée sonore,
reculant dans un lointain d'indifférence tous les
artistes qui défilaient tour à tour.

On avait là pourtant les plus fameux, les plus
illustres de Paris, interprétant la musique classique
avec toute la science qu'elle exige et qui ne s'ac-

quiert, hélas! qu'au prix des années. Voilà trente
ans que la Vauters la chante, cette belle romance
de Beethoven, l'*Apaisement*, et jamais avec plus de
passion que ce soir; mais il manque des cordes à
l'instrument, on entend l'archet racler sur le bois,
et de la grande chanteuse de jadis, de la beauté
célèbre il ne reste que des attitudes savantes, une
méthode irréprochable, et cette longue main blanche qui à la dernière strophe écrase une larme au
coin de l'œil élargi de kohl, une larme traduisant
le sanglot que la voix ne peut plus donner.

Quel autre que Mayol, le beau Mayol, a jamais
soupiré la sérénade de *Don Juan* avec cette délicatesse aérienne, cette passion qui semble d'une libel-
lule amoureuse? Malheureusement on ne l'entend
plus; il a beau se dresser sur la pointe des pieds, le
cou tendu, filer le son jusqu'au bout en l'accompagnant d'un geste délié de fileuse qui pince sa laine
entre deux doigts, rien ne sort, rien. Paris, qui a
la reconnaissance de ses plaisirs passés, applaudit
quand même; mais ces voix usées, ces figures flé-
tries et trop connues, médailles dont la circulation
constante a mangé l'effigie, ne dissiperont pas le
brouillard qui plane sur la fête du ministère, malgré
les efforts que fait Roumestan pour la ranimer, les
bravos d'enthousiasme qu'il jette à haute voix du
milieu des habits noirs, les « chut! » dont il terrifie
à deux salons de distance les gens qui essayent de
causer et qui circulent alors, muets comme des
spectres sous le splendide éclairage, changent de
place avec précaution pour se distraire, le dos rond,
les bras en balancier, ou tombent anéantis sur des

sièges bas, le claque ballant entre les jambes, hébétés, la figure vide.

A un moment, l'entrée en scène d'Alice Bachellery réveille et remue tout le monde. Aux deux portes de la salle il se fait une poussée curieuse pour apercevoir la petite diva en jupe courte sur l'estrade, la bouche entr'ouverte, ses longs cils battant comme de la surprise de voir toute cette foule. « *Chaud! chaud! les p'tits pains d'gruau!* » fredonnent les jeunes gens des clubs avec le geste canaille de sa fin de couplet. De vieux messieurs de l'Université s'approchent tout frétillants, tendant la tête du côté de leur bonne oreille pour ne pas perdre une intention de la gaudriole à la mode. Et c'est un désappointement, quand le petit mitron de sa voix aigrelette et courte entonne un grand air d'*Alceste* seriné par la Vauters qui l'encourage de la coulisse. Les figures s'allongent, les habits noirs désertent, recommencent à errer, d'autant plus librement que le ministre ne les surveille plus, parti au fond du dernier salon au bras de M. de Boë tout étourdi d'un tel honneur.

Eternel enfantin de l'Amour! Ayez donc vingt ans de Palais, quinze ans de tribune, soyez assez maître de vous pour garder au milieu des séances les plus secouées et des interruptions sauvages l'idée fixe et le sang-froid du goëland qui pêche en pleine tempête; et si une fois la passion s'en mêle, vous vous trouverez faible parmi les faibles, tremblant et lâche au point de vous accrocher désespérément au bras d'un imbécile plutôt que d'entendre la moindre critique de votre idole.

« — Pardon, je vous quitte... voici l'entr'acte... »,
et le ministre se précipite, rendant à son obscurité
le jeune maître des requêtes qui désormais n'en
sortira plus. On se pousse vers le buffet; et les mines
soulagées de tous ces malheureux à qui l'on a
rendu le mouvement et la parole, peuvent faire
croire à Numa que sa protégée vient d'avoir un
très grand succès. On le presse, on le félicite « divin... délicieux... » mais personne ne lui parle positivement de ce qui l'intéresse, et il saisit enfin
Cardaillac qui passe près de lui, marchant de côté,
refoulant le flot humain de son énorme épaule en
levier.

— Eh bien !... Comment l'avez-vous trouvée ?

— Qui donc ?

— La petite... fait Numa d'un ton qu'il essaie de
rendre indifférent. L'autre, bonne lame, comprend,
et, sans broncher :

— Une révélation...

L'amoureux rougit comme à vingt ans, chez
Malmus, quand *l'ancienne à tous* lui faisait du pied
sous la table.

— Alors, vous croyez qu'à l'Opéra...?

— Sans doute... Mais il faut un bon montreur, »
dit Cardaillac avec son rire muet; et, pendant que
le ministre court féliciter mademoiselle Alice, le
bon montreur continue dans la direction du buffet
qu'on aperçoit encadré par une large glace sans
tain au fond d'une salle aux boiseries brun et or.
Malgré la sévérité des tentures, l'air rogue et majestueux des maîtres d'hôtel, choisis certainement
parmi les ratés universitaires, la mauvaise humeur

14

et l'ennui se dissipent ici, devant l'immense comptoir chargé de cristaux fins, de fruits, de sandwichs
en pyramides, font place — l'humanité reprenant
ses droits — à des attitudes convoitantes et voraces.
Au moindre espace libre entre deux corsages, entre
deux têtes penchées vers le morceau de saumon ou
l'aile de volaille de leur petite assiette, un bras
s'avance quêtant un verre, une fourchette, un petit
pain, frôlant la poudre de riz des épaules, d'une
manche noire ou d'un brillant et rude uniforme.
On cause, on s'anime, les yeux étincellent, les rires
sonnent sous l'influence des vins mousseux. Mille
propos se croisent, propos interrompus, réponses à
des demandes déjà oubliées. Dans un coin, des
petits cris indignés : « Quelle horreur !... C'est affreux !... » autour du savant Béchut, l'ennemi des
femmes, continuant à invectiver le sexe faible. Une
querelle de musiciens :

— Ah ! mon cher, prenez garde... vous niez la
quinte augmentée.

— C'est vrai qu'elle n'a que seize ans ?

— Seize ans de fût et quelques années de bouteille.

— Mayol !.... Allons donc, Mayol !.... fini, vidé.
Et dire que l'Opéra donne tous les soirs deux mille
francs à ça !

— Oui, mais il prend mille francs de billets
pour chauffer sa salle, et Cardaillac lui rattrape le
reste à l'écarté.

— Bordeaux... Chocolat... Champagne...

— ... à venir s'expliquer dans le sein de la Commission.

— ... en remontant un peu la ruche avec des coques de satin blanc.

Ailleurs, mademoiselle Le Quesnoy, très entourée, recommande son tambourinaire à un correspondant étranger, tête impudente et plate de *chou-macre*, le supplie de ne pas partir avant la fin, gronde Méjean qui ne la soutient pas, le traite de faux méridional. de franciot, de renégat. Dans le groupe à côté, une discussion politique. Une bouche haineuse s'avance, l'écume aux dents, mâchant les mots comme des balles, pour les empoisonner :
« Tout ce que la démagogie la plus subversive...
— Marat conservateur ! ».dit une voix, mais le propos se perd dans cette confuse rumeur de conversations mêlées de chocs d'assiettes, de verres, que le timbre cuivré de Roumestan domine tout à coup : « Mesdames, vite, mesdames... Vous allez manquer la sonate en *fa !* »
Silence de mort. La longue procession des traînes déployées recommence à travers les salons, se froisse entre les chaises alignées. Les femmes ont la figure désespérée de captives qu'on réintègre après une promenade d'une heure dans le préau. Et les concertos, les symphonies se succèdent, à force de notes. Le beau Mayol recommence à filer le son insaisissable, la Vauters à tâter les cordes détendues de sa voix. Soudain un sursaut de vie,

de curiosité, comme tout à l'heure à l'entrée de la
petite Bachellery. C'est le tambourin de Valmajour,
l'apparition du superbe paysan, son feutre mou sur
l'oreille, la ceinture rouge aux reins, la veste con-
tadine à l'épaule. Une idée d'Audiberte, un instinct
de son goût de femme, de l'habiller ainsi pour plus
d'effet au milieu des habits noirs. A la bonne
heure, tout ceci est neuf, imprévu, ce long tambour qui se balance au bras du musicien, la petite
flûte sur laquelle ses doigts s'escriment, et les jolis
airs à double sonnerie dont le mouvement, enle-
vant et vif, moire d'un frisson de réveil le satin des
belles épaules. Le public blasé s'amuse de ces aubades toutes fraîches, embaumées de romarin, de
ces refrains de vieille France.

« Bravo !.... Bravo !.... Encore !.... »

Et quand il attaque la *Marche de Turenne* sur un
rythme large et vainqueur que l'orchestre accompagne en sourdine, enflant, soutenant l'instrument
un peu grêle, c'est du délire. Il faut qu'il revienne
deux fois, dix fois, réclamé en première ligne par
Numa dont ce succès a réchauffé le zèle et qui maintenant prend à son compte « la fantaisie de ces
dames ». Il raconte comment il a découvert ce génie,
explique la merveille de la flûte à trois trous, donne
des détails sur le vieux castel des Valmajour.

« Il s'appelle vraiment Valmajour ?

— Certainement... des princes des Baux... c'est
le dernier. »

Et la légende court, se répand, s'enjolive, un
vrai roman de George Sand.

« J'ai les *parcheméïns* chez moi ! » affirme Bom-

pard d'un ton qui ne souffre pas de réplique. Mais,
au milieu de cet enthousiasme mondain, plus ou
moins factice, un pauvre petit cœur s'émeut, une
jeune tête se grise éperdument, prend au sérieux
les bravos, les légendes. Sans dire un mot, sans
même applaudir, les yeux fixes, perdus, sa longue
taille souple suivant d'un balancement de rêve les
mesures de la marche héroïque, Hortense se retrouve là-bas, en Provence, sur la plate-forme
haute dominant la campagne ensoleillée, pendant
que son musicien lui sonne l'aubade comme à une
dame des cours d'amour et met la fleur de grenade
à son tambourin avec une grâce sauvage. Ce souvenir la remue délicieusement, et tout bas, appuyant la tête sur l'épaule de sa sœur : « Oh ! que
je suis bien... » murmure-t-elle d'un accent profond et vrai que Rosalie ne remarque pas tout de
suite, mais qui plus tard se précisera, la hantera
comme l'annonce balbutiée d'un malheur.

— Eh ! bé ! mon brave Valmajour, quand je vous
le disais.... Quel succès !.... hein ? » criait Roumestan dans le petit salon où l'on avait servi un
souper debout pour les artistes. Ce succès, les
autres étoiles du concert le trouvaient bien un peu
exagéré. La Vauters, assise, prête à partir, attendant sa voiture, voilait son dépit d'un grand capuchon de dentelle aux pénétrants parfums, tandis
que le beau Mayol debout devant le buffet, avec une
mimique de dos énervée et lasse, déchiquetait une
mauviette férocement, s'imaginant tenir le tambourinaire sous sa lame. La petite Bachellery n'a-

14.

vait pas de ces colères. Elle jouait à l'enfant au milieu d'un groupe de jeunes gommeux, riant, papillonnant, mordant à pleines dents blanches, comme un écolier tourmenté d'une faim de croissance, dans un petit pain au jambon. Elle essayait le flûtet de Valmajour.

— Voyez donc, m'sieu le ministre ! »

Puis, apercevant Cardaillac derrière Son Excellence, elle lui tendit avec une pirouette son front de petite fille à baiser.

— B'jou, m'noncle...

C'était une parenté de fantaisie, une adoption de coulisse.

— La fausse étourdie ! » grogna le bon montreur sous sa moustache blanche, mais pas trop haut, car elle allait probablement devenir sa pensionnaire, et une pensionnaire influente.

Valmajour, l'air fat, très entouré de femmes, de journalistes, se tenait debout devant la cheminée. Le correspondant étranger l'interrogeait brutalement, non plus de ce ton patelin dont il scrutait les ministres dans les audiences particulières ; mais sans se troubler, le paysan lui répondait par le récit stéréotypé sur ses lèvres : « Ce m'est vénu de nuit, en écoutant çanter le rossignoou.. ». Il fut interrompu par mademoiselle Le Quesnoy, qui lui tendait un verre et une assiette remplis à son intention.

— Bonjour, monsieur... Et moi aussi, je vous apporte le *grand-boire*. » Elle avait coupé son effet. Il lui répondit d'un léger mouvement de tête, en lui montrant la cheminée : « Va bien... va bien...

posez ça là-dessus », et continua son histoire. « Ce
que l'oiso du bon Dieu fait avec un trou... » Sans
se décourager, Hortense attendit la fin, puis lui
parla de son père, de sa sœur...

— Elle va être bien contente ?....

— Oui, ça n'a pas trop mal marché.

Le sourire fat, il effilait sa moustache en promenant autour de lui un regard inquiet. On lui avait
dit que le directeur de l'Opéra voulait lui faire des
propositions. Il le guettait de loin, ayant déjà des
jalousies d'acteur, s'étonnait qu'on pût s'occuper
si longtemps de cette petite chanteuse de rien du
tout ; et, plein de sa pensée, il ne prenait pas la
peine de répondre à la belle jeune fille arrêtée devant lui, son éventail aux mains, dans cette jolie
attitude demi-audacieuse que donne l'habitude du
monde. Mais elle l'aimait mieux ainsi, dédaigneux
et froid pour tout ce qui n'était pas son art. Elle
l'admirait recevant de haut les compliments dont
le bombardait Cardaillac avec sa rondeur brusque :

« Mais si... mais si... je vous le dis comme je le
pense... Beaucoup de talent... très original, très
neuf... Je ne veux pas qu'un autre théâtre que
l'Opéra en ait l'étrenne... je vais chercher une
occasion de vous produire. A partir d'aujourd'hui,
considérez-vous comme de la maison. »

Valmajour pensait au papier timbré qu'il avait
dans la poche de sa veste ; mais l'autre, comme
s'il devinait cette préoccupation, lui tendait sa
main souple. « Voilà qui nous engage tous deux,
mon cher... » Et montrant Mayol, la Vauters, heureusement occupés d'autre chose, car ils auraient

trop ri : « Demandez à vos camarades ce que vaut
la parole de Cardaillac. »

Il tourna les talons là-dessus, et revint dans le
bal. Maintenant c'était un bal qui s'agitait dans les
salles moins pleines, mais plus animées; et l'admirable orchestre se vengeait de trois heures de musique classique par des suites de valses du plus pur
Viennois. Les hauts personnages, les gens graves
partis, la place restait à la jeunesse, à ces enragés
de plaisir qui dansent pour danser, pour l'étour-
dissement des cheveux fous, des regards noyés, des
traînes enroulées autour de leurs pas. Alors même,
la politique ne pouvait perdre ses droits, la fusion
rêvée par Roumestan ne s'opérait guère. Des deux
salons où l'on dansait, l'un était centre gauche,
l'autre d'un blanc de lis sans tache, malgré les efforts d'Hortense pour lier les deux camps. Très
recherchée, belle-sœur du ministre, fille du premier président, elle voyait un vol de gilets à cœur
autour de sa grosse dot et de ses influences.

Lappara, fort excité, lui déclarait en dansant
que Son Excellence lui avait permis... Mais la valse
finissait, elle le quitta sans attendre la suite et vint
vers Méjean qui ne dansait pas, lui, et ne pouvait
pourtant se décider à partir :

« Quelle figure vous avez, homme grave, homme
raisonnable! »

Il la prit par la main : « Mettez-vous là, j'ai
quelque chose à vous dire... Autorisé par mon ministre... » Il souriait, très ému, et, au tremblement
de ses lèvres, Hortense, comprenant, se leva bien
vite : « Non, non... pas ce soir... je ne peux rien
écouter, je danse... »

Elle se sauva au bras de Rochemaure qui venait la prendre pour le cotillon. Très épris lui aussi; toujours pour imiter Lappara, le bon jeune homme se risquait à prononcer un mot qui la faisait partir d'un éclat de gaîté tourbillonnant avec elle tout autour du salon; et la figure des écharpes terminée, elle venait vers sa sœur, lui disait tout bas : « Nous voilà bien... Numa qui m'a promise à ses trois secrétaires! »

— Lequel prends-tu? »

Sa réponse fut arrêtée net par un roulement de tambourin.

« La farandole!... La farandole!... »

Une surprise du ministre à ses invités. La farandole pour finir le cotillon, le Midi a outrance, et *zou!*... Mais comment cela se danse-t-il?... Les mains s'attirent et se joignent, les salons se mêlent, cette fois. Bompard indique gravement « comme ceci, mesdemoiselles » en battant un entrechat; et, Hortense en tête, la farandole se déroule à travers la longue enfilade des salons, suivie de Valmajour jouant avec une gravité superbe, fier de son succès et des regards que lui vaut sa mâle et robuste tournure dans un costume original.

— Est-il beau! dit Roumestan, est-il beau!... Un pâtre grec! »

De salle en salle, la danse rustique, plus nombreuse et plus entraînée, poursuit et chasse l'ombre de Frayssinous. Sur les grandes tapisseries d'après Boucher et Lancret, les personnages s'agitent réveillés par des airs du vieux temps; et les culs-nus d'amours, qui se roulent aux frises, prennent aux

yeux des danseurs un mouvement de course effrénée et folle comme la leur.

Là-bas, tout au fond, Cardaillac qui s'accote au
buffet, une assiette et un verre dans les mains,
écoute, mange et boit, pénétré de cette chaleur de
plaisir jusqu'au fond de son scepticisme :

« Rappelle-toi ceci, petit, dit-il à Boissaric... Il
faut toujours rester jusqu'à la fin des bals... Les
femmes sont plus jolies dans cette pâleur moite,
qui n'est pas encore de la fatigue, pas plus que ce
petit filet blanc aux fenêtres n'est encore le jour...
Il y a dans l'air un peu de musique, de la poussière
qui sent bon, une demi-ivresse qui affine les sensations et qu'il faut savourer en mangeant un chaud-
froid de volaille arrosé de vin frappé... Tiens! re-
garde-moi ça... »

Derrière la glace sans tain, la farandole défilait,
les bras étendus, un cordon alterné de noir et de
clair, assoupli par l'affaissement des toilettes et
des coiffures, le froissement de deux heures de
danse.

« Est-ce joli, hein?... Et le gaillard de la fin, quel
galbe!... »

Il ajouta froidement, en posant son verre : « Du
reste, il ne fera pas le sou!... »

X

NORD ET MIDI

Entre le président Le Quesnoy et son gendre, il n'y avait jamais eu grande sympathie. Le temps, les rapports fréquents, les liens de parenté n'étaient pas parvenus à diminuer l'écart de ces deux natures, à vaincre le froid intimidant qu'éprouvait le méridional devant ce grand silencieux à tête hautaine et pâle dont le regard bleu-gris, le regard de Rosalie moins la tendresse et l'indulgence, s'abaissait sur sa verve pour la geler. Numa, flottant et mobile, toujours débordé par sa parole, à la fois ardent et compliqué, se révoltait contre la logique, la droiture, la rigidité de son beau-père; et tout en lui enviant ses qualités, les mettait sur le compte de la froideur de l'homme du Nord, de l'extrême Nord que lui représentait le président.

— Après, il y a l'ours blanc... Puis, plus rien, le pôle et la mort. »

Il le flattait cependant, cherchait à le séduire

avec des chatteries adroites, ses amorces à prendre
le Gaulois; mais le Gaulois, plus subtil que lui-
même, ne se laissait pas envelopper. Et lorsqu'on
causait politique, le dimanche, dans la salle à manger de la place Royale, lorsque Numa, attendri par
la bonne chère, essayait de faire croire au vieux
Le Quesnoy qu'en réalité ils étaient bien près de
s'entendre, voulant tous deux la même chose — la
liberté; il fallait voir le coup de tête révolté dont le
président lui secouait toutes ses mailles.

— Ah! mais non, pas la même!

En quatre arguments précis et durs, il rétablis-
sait les distances, démasquait les mots, montrait
qu'il ne se laissait pas prendre à leur tartufferie.
L'avocat s'en tirait en plaisantant, très vexé au
fond, surtout à cause de sa femme qui, sans se mêler jamais de politique, écoutait et regardait. Alors
en revenant, le soir, dans leur voiture, il s'efforçait
de lui prouver que son père manquait de bon sens.
Ah! si ça n'avait pas été pour elle, il l'aurait joliment rembarré. Rosalie, pour ne pas l'irriter, évi-
tait de prendre parti:

— Oui, c'est malheureux... vous ne vous enten-
dez pas...; » mais tout bas elle donnait raison au
président.

Avec l'arrivée de Roumestan au ministère, le
froid entre les deux hommes s'était accentué. M. Le
Quesnoy refusait de se montrer aux réceptions de
la rue de Grenelle, et s'en expliqua très nettement
avec sa fille:

— Dis-le bien à ton mari... qu'il continue à venir chez moi et le plus souvent possible, j'en sera

très heureux ; mais, on ne me verra jamais au ministère. Je sais ce que ces gens-là nous préparent :
je ne veux pas avoir l'apparence d'un complice. »

Du reste, la situation était sauvegardée aux yeux
du monde par ce deuil de cœur qui murait les Le
Quesnoy chez eux depuis si longtemps. Le ministre
de l'Instruction publique eût été probablement très
gêné de sentir dans ses salons ce vigoureux con-
tradicteur devant lequel il restait un petit garçon ;
il affecta cependant de paraître blessé de cette
décision, s'en fit une attitude, chose toujours très
précieuse à un comédien, et un prétexte pour ne
plus venir que fort inexactement aux dîners du
dimanche, invoquant une de ces mille excuses,
commissions, réunions, banquets obligatoires, qui
donnent aux maris de la politique une si vaste liberté.

Rosalie, au contraire, ne manquait pas un dimanche, arrivait de bonne heure l'après-midi, heureuse
de retremper dans l'intérieur de ses parents ce
goût de la famille que l'existence officielle ne lui
laissait guère le loisir de satisfaire. Madame Le
Quesnoy encore à vêpres, Hortense à l'église, avec
sa mère, ou menée par des amis à quelque matinée
musicale, elle était sûre de trouver son père dans
sa bibliothèque, une longue pièce tapissée de livres
du haut au bas, enfermé avec ces amis muets, ces
confidents intellectuels, les seuls dont sa douleur
n'eût jamais pris ombrage. Le président ne s'installait pas à lire, inspectait les rayons, s'arrêtait à
une belle reliure, et, debout, sans s'en douter, lisait
pendant une heure, ne s'apercevant ni du temps ni

15

de la fatigue. Il avait un pâle sourire en voyant entrer sa fille aînée. Quelques mots échangés, car ils
n'étaient bavards ni l'un ni l'autre, elle passait,
elle aussi, la revue de ses auteurs aimés, choisis-
sait, feuilletait près de lui sous le jour un peu as-
sombri d'une grande cour du Marais où tombaient
en lourdes notes, dans la tranquillité du dimanche
aux quartiers commerçants, les sonneries des vêpres
voisines. Parfois il lui donnait un livre entr'ouvert :

— Lis ça... » en soulignant avec l'ongle ; et,
quand elle avait lu :

— C'est beau, n'est-ce pas ?...

Pas de plus grand plaisir pour cette jeune femme,
à qui la vie offrait ce qu'elle peut donner de brillant et de luxueux, que cette heure auprès de ce
père âgé et triste, envers lequel son adoration filiale
se doublait d'attaches intimes tout intellectuelles.

Elle lui devait sa rectitude de pensée, ce sentiment de justice qui la faisait si vaillante, aussi son
goût artistique, l'amour de la peinture et des beaux
vers ; car chez Le Quesnoy le tripotage continu du
code n'avait pas ossifié l'homme. Sa mère, Rosalie
l'aimait, la vénérait, non sans un peu de révolte
contre une nature trop simple, trop molle, annihilée dans sa propre maison et que la douleur, qui
élève certaines âmes, avait courbée à terre aux plus
vulgaires préoccupations féminines, la piété prati-
quante, le ménage en petits détails. Plus jeune que
son mari, elle paraissait l'aînée avec sa conversation bonne femme, qui, vieillie et attristée comme
elle, cherchait des coins chauds de souvenir, des
rappels de son enfance dans un domaine ensoleillé

du Midi. Mais l'église la possédait surtout, et, depuis la mort de son fils, elle allait endormir son
chagrin dans la fraîcheur silencieuse, le demi-jour,
le demi-bruit des hautes nefs, comme dans une
paix de cloître défendue du grouillement de la vie
par les lourdes portes rembourrées, avec cet
égoïsme dévot et lâche des désespoirs accoudés aux
prie-Dieu, déliés des soucis et des devoirs.

Rosalie, déjà jeune fille au moment de leur malheur, avait été frappée de la façon différente dont
ses parents le subissaient : elle, renonçant à tout,
abîmée dans une religion larmoyante, lui, demandant des forces à la tâche accomplie ; et sa tendre
préférence pour son père lui était venue d'un choix
de sa raison. Le mariage, la vie commune avec les
exagérations, les mensonges, les démences de son
méridional, lui faisaient trouver encore plus doux
l'abri de la bibliothèque silencieuse qui la changeait
du garni grandiose, officiel et froid, des ministères.
Au milieu de la calme causerie, on entendait un
bruit de porte, un frou-frou de soie, Hortense qui
rentrait.

— Ah! je savais te trouver là...

Elle n'aimait pas à lire, celle-là. Même les romans l'ennuyaient, jamais assez romanesques pour
son exaltation. Au bout de cinq minutes qu'elle
était à piétiner, son chapeau sur la tête :

« Ça sent le renfermé toutes ces paperasses... tu
ne trouves pas, Rosalie?... Allons, viens un peu
avec moi... Père t'a assez eue. Maintenant, c'est
mon tour. »

Et elle l'entraînait dans sa chambre, leur cham-

bre, car Rosalie y avait aussi vécu jusqu'à l'âge de
vingt ans.

Elle voyait là, dans une heure charmante de causeries, tous les objets qui avaient fait partie d'elle-
même, son lit aux rideaux de cretonne, son pupitre,
l'étagère, la bibliothèque où il restait un peu de
son enfance aux titres des volumes, à la puérilité
de mille riens conservés avec amour. Elle retrouvait ses pensées dans tous les coins de cette chambre de jeune fille, plus coquette et ornée que de son
temps : un tapis par terre, une veilleuse en corolle
au plafond, et de petites tables fragiles, à coudre,
à écrire, que l'on rencontrait à chaque pas. Plus
d'élégance et moins d'ordre, deux ou trois ouvrages
commencés, au dos des chaises, le pupitre resté
ouvert avec un envolement de papier à devise.
Quand on entrait, il y avait toujours une petite
minute de déroute.

— C'est le vent, disait Hortense en éclatant de
rire, il sait que je l'adore, il sera venu voir si j'y étais.

— On aura laissé la fenêtre ouverte, répondait
Rosalie tranquillement... Comment peux-tu vivre
là dedans ?... Je suis incapable de penser, moi,
quand rien n'est en place.

Elle se levait pour remettre droit un cadre accroché au mur, qui gênait son œil aussi juste que
son esprit.

— Eh bien ! moi, tout le contraire, ça me monte...
Il me semble que je suis en voyage.

Cette différence de natures se retrouvait sur le
visage des deux sœurs. Rosalie, régulière, une
grande pureté de lignes, des yeux calmes et de

couleur changeante comme un flot dont la source
est profonde; l'autre, des traits en désordre, d'expression spirituelle, sur un teint mat de créole. Le
nord et le midi du père et de la mère, deux tempéraments très divers qui s'étaient unis sans se fondre, perpétuant chacun sa race. Et cela malgré la
vie commune, l'éducation pareille dans un grand
pensionnat où Hortense reprenait, sous les mêmes
maîtres, à quelques années de distance, la tradition scolaire qui avait fait de sa sœur une femme
sérieuse, attentive, tout à la minute présente,
s'absorbant dans ses moindres actes, et la laissait,
elle, tourmentée, chimérique, l'esprit inquiet, toujours en rumeur. Quelquefois, la voyant si agitée,
Rosalie s'écriait :

— Je suis bien heureuse, moi... Je n'ai pas d'i-
magination.

— Moi, je n'ai que ça ! » disait Hortense ; et elle
lui rappelait que, au cours de M. Baudouy chargé
de leur apprendre le style et le développement de
la pensée, ce qu'il appelait pompeusement « sa
classe d'imagination », Rosalie n'avait aucun succès, exprimant toutes choses en quelques mots
concis, tandis que, avec gros comme ça d'idée, elle
même noircissait des volumes.

« C'est le seul prix que j'aie jamais eu, le prix
d'imagination. »

Elles étaient, malgré tout, tendrement unies,
d'une de ces affections de grande à petite sœur,
où il entre du filial et du maternel. Rosalie l'emmenait partout avec elle, au bal, chez ses amies, dans
ces courses de magasins qui affinent le goût des

15.

Parisiennes. Même après leur sortie du pensionnat,
elle restait sa petite mère. Et maintenant elle s'occupait de la marier, de lui trouver le compagnon
tranquille et sûr, indispensable à cette tête folle,
le bras solide dont il fallait équilibrer ses élans.
Méjean était tout indiqué ; mais Hortense, qui d'a-
bord n'avait pas dit non, montrait subitement une
antipathie évidente. Elles s'en expliquèrent au lendemain de cette soirée ministérielle où Rosalie
avait surpris l'émotion, le trouble de sa sœur.

— Oh ! il est bon, je l'aime bien, disait Hortense... C'est un ami loyal comme on voudrait en
sentir auprès de soi toute sa vie... Mais ce n'est pas
le mari qu'il me faut.

— Pourquoi ?

— Tu vas rire... Il ne parle pas assez à mon imagination, voilà !... Le mariage avec lui, ça me fait
l'effet d'une maison bourgeoise et rectangulaire au
bout d'une allée droite comme un i. Et tu sais que
j'aime autre chose, l'imprévu, les surprises...

— Qui alors ? M. de Lappara ?...

— Merci ! pour qu'il me préfère son tailleur.

— M. de Rochemaure ?

— Le paperassier modèle.. moi qui ai le papier
en horreur.

Et l'inquiétude de Rosalie la pressant, voulant
savoir, l'interrogeant de tout près : « Ce que je
voudrais, dit la jeune fille, pendant que montait
une flamme légère, comme d'un feu de paille, à la
pâleur de son teint, ce que je voudrais... » puis, la
voix changée, avec une expression comique :

— Je voudrais épouser Bompard ; oui, Bompard,

voilà le mari de mes rêves... Au moins, il a de l'imagination, celui-là, des ressources contre la monotonie. »

Elle se leva, arpenta la chambre, de cette démarche un peu penchée qui la faisait paraître encore plus grande que sa taille. On ne connaissait pas Bompard. Quelle fierté, quelle dignité d'existence, et logique avec sa folie. « Numa voulait lui donner une place près de lui, il n'a pas voulu. Il a préféré vivre de sa chimère. Et l'on accuse le Midi d'être pratique, industrieux... En voilà un qui fait mentir la légende... tiens ! en ce moment, — il me racontait cela, au bal, l'autre soir, — il fait éclore des œufs d'autruche... Une couveuse artificielle... Il est sûr de gagner des millions... Il est bien plus heureux que s'il les avait... Mais c'est une féerie perpétuelle que cet homme-là ! Qu'on me donne Bompard, je ne veux que Bompard.

— Allons, je ne saurai rien encore aujourd'hui... » pensait la grande sœur qui devinait quelque chose de profond sous ces badinages.

Un dimanche, Rosalie trouva en arrivant madame Le Quesnoy qui l'attendait dans l'antichambre et lui dit d'un ton de mystère :

— Il y a quelqu'un au salon... une dame du Midi.

— Tante Portal ?

— Tu vas voir...

Ce n'était pas madame Portal, mais une pimpante Provençale dont la révérence rustique s'acheva dans un éclat de rire.

— Hortense !

La jupe au ras des souliers plats, le corsage

élargi par les plis de tulle du grand fichu, le visage encadré des ondes tombantes de la chevelure que retenait la petite coiffe ornée d'un velours ciselé, brodé de papillons de jais, Hortense ressemblait bien aux « chato » qu'on voit le dimanche coqueter sur la Lice d'Arles ou cheminer deux par deux, les cils baissés, entre les colonnettes du cloître de Saint-Trophyme dont la dentelure va bien à ces carnations sarrasines, de l'ivoire d'église où tremble la clarté d'un cierge en plein jour.

— Crois-tu qu'elle est jolie ! disait la mère, ravie devant cette personnification vivante du pays de sa jeunesse. Rosalie, au contraire, tressaillit d'une tristesse inconsciente comme si ce costume lui emportait sa sœur au loin, bien loin.

— En voilà une fantaisie !... Ça te va bien, mais je t'aime encore mieux en Parisienne... Et qui t'a si bien habillée ?

— Audiberte Valmajour. Elle sort d'ici

— Comme elle vient souvent, dit Rosalie en passant dans leur chambre pour ôter son chapeau, quelle amitié !... Je vais être jalouse. »

Hortense se défendait, un peu gênée. Ça faisait plaisir à leur mère, cette coiffe du Midi dans la maison.

— N'est-ce pas vrai, mère ? cria-t-elle d'une pièce à l'autre. Puis cette pauvre fille était si dépaysée dans Paris et si intéressante avec ce dévouement aveugle au génie de son frère.

« Oh ! du génie... » dit la grande sœur en secouant la tête.

— Dam ! tu as vu, l'autre soir chez vous, quel effet... partout c'est la même chose. »

Et comme Rosalie répondait qu'il fallait comprendre à leur vraie valeur ces succès mondains faits d'obligeance, de chic, du caprice d'une soirée :

— « Enfin, il est à l'Opéra. »

La bande de velours s'agitait sur la petite coiffe en révolte, comme si elle eût recouvert vraiment une de ces têtes exaltées dont elle accompagne là-bas le fier profil. D'ailleurs, ces Valmajour n'étaient pas des paysans comme d'autres, mais les derniers représentants d'une noble famille déchue !...

Rosalie, debout devant la haute psyché, se retourna en riant :

— Comment ! tu crois à cette légende ?

— Mais certes ! Ils viennent directement des princes des Baux... les parchemins sont là, comme les armes à leur porte rustique. Le jour où ils voudront... »

Rosalie frémit. Derrière le paysan joueur de flûtet, il y avait le prince. Avec un prix d'imagination, cela pouvait devenir dangereux.

« Rien de tout cela n'est vrai, — et elle ne riait plus cette fois, — il existe dans la banlieue d'Aps dix familles de ce nom soi-disant princier. Ceux qui t'ont dit autre chose ont menti par vanité, par...

— Mais c'est Numa, c'est ton mari... L'autre soir, au ministère, il donnait toutes sortes de détails.

— Oh ! avec lui, tu sais... Il faut mettre au point, comme il dit. »

Hortense n'écoutait plus. Elle était rentrée dans le salon, et assise au piano elle entonnait d'une voix éclatante :

Mount' as passa ta matinado
Mourbieù, Marioun...

C'était, sur un air grave comme du plain-chant, une ancienne chanson populaire de Provence que Numa avait apprise à sa belle-sœur et qu'il s'amusait à lui entendre chanter avec son accent parisien qui, glissant sur les articulations méridionales, faisait penser à de l'italien prononcé par une Anglaise.

— Où as-tu passé ta matinée, morbleu, Marion?
— A la fontaine chercher de l'eau, mon Dieu, mon ami.
— Quel est celui qui te parlait, morbleu, Marion?
— C'est une de mes camarades, mon Dieu, mon ami.
— Les femmes ne portent pas les brayes, morbleu, Marion.
— C'était sa robe entortillée, mon Dieu, mon ami.
— Les femmes ne portent pas l'épée, morbleu, Marion.
— C'est sa quenouille qui pendait, mon Dieu, mon ami.
— Les femmes ne portent pas moustaches, morbleu, Marion.
— C'était des mûres qu'elle mangeait, mon Dieu, mon ami.
— Le mois de mai ne porte pas de mûres, morbleu, Marion.
— C'était une branche de l'automne, mon Dieu, mon ami.
— Va m'en chercher une assiettée, morbleu, Marion.
— Les petits oiseaux les ont toutes mangées, mon Dieu, mon ami.
— Marion!.. je te couperai la tête, morbleu, Marion...
— Et puis que ferez-vous du reste, mon Dieu, mon ami?
— Je le jetterai par la fenêtre, morbleu, Marion,
    Les chiens, les chats en feront fête...

Elle s'interrompit pour lancer avec le geste et l'intonation de Numa, quand il se montait: « Ça, voyez-vous, mes *infants*... C'est *bo* comme du Shakspeare !...

— Oui, un tableau de mœurs, fit Rosalie en s'approchant... Le mari grossier, brutal, la femme féline et menteuse... un vrai ménage du Midi.

— Oh! ma fille... » dit madame Le Quesnoy sur un ton de doux reproche, le ton des anciennes querelles passées en habitude. Le tabouret de piano

tourna brusquement sur sa vis et mit en face de
Rosalie le bonnet de la Provençale indignée :

« C'est trop fort... qu'est-ce qu'il t'a fait, le
Midi?... Moi, je l'adore. Je ne le connaissais pas,
mais ce voyage que vous m'avez fait faire m'a ré-
vélé ma vraie patrie... J'ai beau avoir été baptisée
à Saint-Paul ; je suis de là-bas, moi... Une enfant
de la placette... Tu sais, maman, un de ces jours
nous planterons là ces froids septentrionaux et
nous irons demeurer toutes deux dans notre beau
Midi où l'on chante, où l'on danse, le Midi du vent,
du soleil, du mirage, de tout ce qui poétise et
élargit la vie... *C'est là que je voudrais vi-i-vre...* »
Ses deux mains agiles retombèrent sur le piano,
dispersant la fin de son rêve dans un brouhaha de
notes retentissantes.

« Et pas un mot du tambourin, pensait Rosalie,
c'est grave ! »

Plus grave encore qu'elle ne l'imaginait.

Du jour où Audiberte avait vu la demoiselle accrocher une fleur au tambourin de son frère, à
cette minute même s'était levée dans son esprit
ambitieux une vision splendide d'avenir, qui n'a-
vait pas été étrangère à leur transplantement. L'accueil que lui fit Hortense lorsqu'elle vint se plain-
dre à elle, son empressement à courir vers Numa,
l'affermissaient dans son espoir encore vague. Et
depuis, lentement, sans s'en ouvrir à ses hommes
autrement que par des demi-mots, avec sa duplicité de paysanne presque italienne, en se glissant,
en rampant, elle préparait les voies. De la cuisine
de la place Royale où elle commençait par atten-

dre timidement dans un coin, au bord d'une chaise,
elle se faufilait au salon, s'installait, toujours nette
et bien coiffée, à une place de parente pauvre.
Hortense en raffolait, la montrait à ses amis comme
un joli bibelot rapporté de cette Provence dont
elle parlait avec passion. Et l'autre, se faisant
plus simple que nature, exagérait ses effarements
de sauvage, ses colères à poings fermés contre le
ciel boueux de Paris, s'exclamait d'un « *Boudiou* »
très gentil dont elle soignait l'effet comme une in-
génue de théâtre. Le président lui-même en souriait de ce *boudiou*. Et faire sourire le président !...

Mais c'est chez la jeune fille, seule avec elle,
qu'elle mettait en jeu toutes ses câlineries. Tout
à coup elle s'agenouillait à ses pieds, lui prenait
les mains, s'extasiait sur les moindres grâces de
sa toilette, la façon de nouer un ruban, de se
coiffer, laissant échapper de ces lourds compliments en plein visage qui font plaisir quand même,
tellement ils paraissent naïfs et spontanés. Oh !
quand la demoiselle était descendue de voiture
devant le *mas*, elle avait cru voir la reine des
anges en personne, qu'elle n'en pouvait plus
parler de saisissement. Et son frère, pécaïré, en entendant le carrosse qui remmenait la Parisienne
crier sur les pierres de la descente, il disait que
c'était comme si ces pierres lui tombaient une à
une sur le cœur. Elle en jouait de ce frère, et de
ses fiertés, de ses inquiétudes... Des inquiétudes,
pourquoi ? je vous demande un peu... Depuis la
soirée du *menistre* on parlait de lui sur tous les
journaux, on mettait son portrait partout. Et des

invitations dans le faubourg de *Saint-Germéin*, qu'il
n'y pouvait pas suffire. Des duchesses, des com-
tesses qui lui écrivaient sur des billets à odeur,
avec des couronnes à leur papier comme sur les
voitures qu'elles envoyaient pour le prendre... Eh
bien! non, il n'était pas content, le *povre!*

Tout cela, chuchotté près d'Hortense, lui com-
muniquait un peu de la fièvre et du magnétique
voùloir de la paysanne. Alors, sans la regarder,
elle demandait si Valmajour n'aurait pas, peut-être,
une promise qui l'attendait là-bas, au pays.

— Lui, une promise!... *Avaï*, vous le connaissez
pas... Il s'en croit trop pour vouloir d'une paysanne. Les plus riches se sont mises après lui,
celle des Combette, une autre encore, et des ga-
lantes, vous savez bien!... Il les a pas seulement
regardées... Qui sait ce qu'il roule dans sa tête!...
Oh! ces artistes... »

Et ce mot, nouveau pour elle, prenait sur ses
lèvres ignorantes une indéfinissable expression,
comme du latin de la messe ou quelque formule
cabalistique ramassée dans le Grand-Albert. L'héritage du cousin Puyfourcat revenait très souvent
aussi dans cet adroit bavardage.

Il est peu de familles du Midi, artisanes ou bour-
geoises, qui n'aient leur cousin Puyfourcat, le
chercheur d'aventures parti dès sa jeunesse et qui
n'a plus écrit, qu'on aime à se figurer richissime.
C'est le billet de loterie à longue échéance, l'é-
chappée chimérique sur un lointain de fortune et
d'espoir, auquel on finit par croire fermement.
Audiberte y croyait à l'héritage du cousin, et elle

16

en parlait à la jeune fille, moins pour l'éblouir que
pour diminuer les distances sociales qui les sépa-
raient. A la mort de Puyfourcat, le frère rachète-
rait Valmajour, ferait reconstruire le château et
valoir ses titres de noblesse, puisqu'ils disaient
tous que les papiers existaient.

A la fin de ces causeries, prolongées quelquefois
jusqu'au crépuscule, Hortense restait longtemps
silencieuse, le front appuyé à la vitre, à regarder
monter dans un rose couchant d'hiver les hautes
tours du château reconstruit, la plate-forme toute
ruisselante de lumières et d'aubades en l'honneur
de la châtelaine.

— *Boudiou*, qu'il est tard !.., s'écriait la paysanne
la voyant au point où elle voulait... Et le dîner de
mes hommes qui n'est pas prêt ! Je me sauve. »

Souvent Valmajour venait l'attendre en bas ;
mais elle ne le laissait jamais monter. Elle le sentait si gauche et grossier, indifférent d'ailleurs à
toute idée de séduction. Elle n'avait pas encore
besoin de lui.

Quelqu'un qui la gênait bien aussi, mais difficile à éviter, c'était Rosalie, auprès de qui les
chatteries, les fausses naïvetés ne prenaient pas. En
sa présence, Audiberte, ses terribles sourcils noirs
plissés au front, ne disait plus un mot ; et dans ce
mutisme montait, avec une haine de race, une
colère de faible, sournoise et vindicative, contre
l'obstacle le plus sérieux à ses projets. Son vrai
grief était celui-là ; mais elle en avouait d'autres
à la petite sœur. Rosalie n'aimait pas le tambourin, puis « elle ne faisait pas sa religion...

Et une femme qui ne fait pas sa religion, voyez-vous... » Audiberte la faisait, elle, et furieusement ; elle ne manquait pas un office et communiait aux jours convenus. Cela ne l'entravait en rien, rouée, menteuse, hypocrite, violente jusqu'au crime, ne puisant dans les textes que des préceptes de vengeance et de haine. Seulement elle restait honnête, au sens féminin du mot. Avec ses vingt-huit ans, sa jolie figure, elle gardait, dans les milieux bas où ils roulaient maintenant, la chasteté sévère de son épais fichu de paysanne, serré sur un cœur qui n'avait jamais battu que d'ambition fraternelle.

—Hortense m'inquiète... Regarde-la.

Rosalie, à qui sa mère faisait cette confidence dans un coin de salon au ministère, crut que madame Le Quesnoy partageait ses défiances. Mais l'observation de la mère s'adressait à l'état d'Hortense, qui ne parvenait pas à guérir un gros vilain rhume. Rosalie regarda sa sœur. Toujours son teint éblouissant, sa vivacité, sa gaîté. Elle toussait un peu, mais quoi ! comme toutes les Parisiennes après la saison des bals. Le beau temps allait la remettre bien vite.

« En as-tu parlé à Jarras ? »

Jarras était un ami de Roumestan, un ancien du café Malmus. Il assurait que ce n'était rien, conseillait les eaux d'Arvillard.

— Eh bien ! il faut y aller... dit vivement Rosalie, enchantée de ce prétexte d'éloigner Hortense.

— Oui, mais ton père qui va rester seul...

— J'irai le voir tous les jours...

Alors la pauvre mère avouait, en sanglotant, l'épouvante que lui causait ce voyage avec sa fille. Pendant toute une année, il lui avait fallu courir ainsi les villes d'eaux pour l'enfant qu'ils avaient déjà perdu. Est-ce qu'elle allait recommencer le même pèlerinage, avec le même but affreux en perspective? L'autre aussi, ça l'avait pris à vingt ans, en pleine santé, en pleine force...

— Oh! maman, maman... veux-tu te taire...

Et Rosalie la grondait doucement. Hortense n'était pas malade, voyons; le médecin le disait bien. Ce voyage serait une simple distraction. Arvillard, les Alpes Dauphinoises, un pays merveilleux. Elle aurait bien voulu accompagner Hortense à sa place. Malheureusement, elle ne pouvait pas. Des raisons sérieuses...

— Oui, je comprends... ton mari, le ministère...

— Oh! non, ce n'est pas cela.

Et contre sa mère, dans cette intimité de cœur où elles se trouvaient rarement ensemble : « écoute, mais pour toi seule, car personne ne le sait, pas même Numa, » elle avoua l'espoir encore bien fragile d'un grand bonheur dont elle avait désespéré, qui la rendait folle de joie et de crainte, l'espoir tout nouveau d'un enfant qui allait peut-être venir.

XI

UNE VILLE D'EAUX

Arvillard-les-Bains, 2 août 76.

« C'est bien curieux, va, l'endroit d'où je t'écris.
Imagine une salle carrée, très haute, dallée, stu-
quée, sonore, où le jour de deux grandes fenêtres
est voilé de rideaux bleus jusqu'aux derniers carreaux, obscurci encore par une sorte de buée flot-
tante, à goût de soufre, qui colle aux habits, ternit
les bijoux d'or ; là dedans, des gens assis contre
les murs sur des bancs, des chaises, des tabourets,
autour de petites tables, des gens qui regardent
leur montre à toute minute, se lèvent, sortent pour
céder la place à d'autres, laissant voir chaque fois
par la porte entr'ouverte la foule des baigneurs,
circulant dans le clair vestibule, et le tablier blanc
flottant des femmes de service qui se hâtent. Pas de
bruit, malgré tout ce mouvement, un continuel
murmure de conversations à voix basse, de jour-

16.

naux déployés, de mauvaises plumes oxydées
grinçant sur le papier, un recueillement d'église,
baigné, rafraîchi par le grand jet d'eau minérale
installé au milieu de la salle et dont l'élan se brise
contre un disque métallique, s'émiette, s'éparpille
en jaillissements, se pulvérise au-dessus de larges
vasques superposées et ruisselantes. C'est la salle
d'inhalation.

Je te dirai, ma chérie, que tout le monde n'inhale
pas de la même façon. Ainsi le vieux monsieur que
j'ai en face de moi en ce moment suit à la lettre les
prescriptions du médecin, je les reconnais toutes.
Les pieds sur un tabouret, la poitrine en avant, ef-
façons les coudes, et la bouche toujours ouverte
pour faciliter l'aspiration. Pauvre cher homme!
comme il aspire, avec quelle.confiance, quels petits
yeux ronds, dévots et crédules qui semblent dire à
la source :

« O source d'Arvillard, guéris-moi bien, vois
comme je t'aspire, comme j'ai foi en toi... »

Puis nous avons le sceptique qui inhale sans
inhaler, le dos tourné, en haussant les épaules et
considérant le plafond. Puis les découragés, les
vrais malades qui sentent l'inutilité et le néant de
tout ça ; une pauvre dame, ma voisine, que je vois
après chaque quinte porter vivement son doigt à la
bouche, regarder si le gant ne s'est pas piqué au
bout d'un point rouge. Et l'on trouve quand même
le moyen d'être gai.

Des dames du même hôtel rapprochent leurs
chaises, se groupent, brodent, potinent tout bas,
commentent le journal des baigneurs et la liste des

étrangers. Les jeunes personnes arborent des romans anglais à couverture rouge, des prêtres lisent
leur bréviaire, — il y a beaucoup de prêtres à Arvillard, surtout des missionnaires, avec de grandes
barbes, des figures jaunes, des voix éteintes d'avoir
longtemps prêché la parole de Dieu ; — quant à
moi, tu sais que les romans ne sont pas mon affaire,
surtout ces romans de maintenant où tout se passe
comme dans la vie. Alors je fais ma correspondance
à deux ou trois victimes désignées, Marie Tournier,
Aurélie Dansaert, et toi, ma grande sœur que j'adore.
Attendez-vous à de vrais journaux. Pense donc !
deux heures d'inhalation en quatre fois, tous les
jours ! Personne ici n'inhale autant que moi, c'est-
à-dire que je suis un vrai phénomène. On me regarde beaucoup à cause de cela et j'en ai quelque
fierté.

Pas d'autre traitement, du reste, à part le verre
d'eau minérale que je vais boire à la source matin
et soir et qui doit triompher du voile obstiné que
ce vilain rhume m'a laissé sur la voix. C'est la
spécialité des eaux d'Arvillard ; aussi les chanteuses
et les chanteurs se donnent-ils rendez vous ici. Le
beau Mayol vient de nous quitter avec des cordes
vocales toutes neuves. Mademoiselle Bachellery, tu
sais, la petite diva de votre fête, se trouve si bien du
traitement qu'après avoir fini les trois semaines
réglementaires, elle en recommence trois autres, ce
dont le journal des baigneurs la loue beaucoup.
Nous avons l'honneur d'habiter le même hôtel que
cette jeune et illustre personne, affublée d'une
tendre mère de Bordeaux qui à table d'hôte ré-

clame des « appétits » dans la salade et parle du
chapeau de cent *qrrante* francs que portait sa demoiselle au dernier Longchamps. Un couple délicieux et très admiré parmi nous. On se pâme aux
gentillesses de Bébé — comme dit sa mère, à ses
rires, à ses roulades, à ses envolements de jupe
courte. On se presse devant la cour sablée de
l'hôtel pour lui voir faire sa partie de crocket avec
les petites filles et les petits garçons, — elle ne joue
qu'avec les tout petits, — courir, sauter, envoyer
sa boule en vrai gamin : « Je vas vous roquer,
monsieur Paul. »

Tout le monde dit : « elle est si enfant! » Moi,
je crois que ces faux enfantillages font partie d'un
rôle, comme ses jupes à larges nœuds et son cato-
gan de postillon. Puis elle a une façon si extraordinaire d'embrasser cette grosse Bordelaise, de se
pendre à son cou, de se faire bercer, gironner devant tout le monde! Tu sais si je suis caressante,
eh! bien, vrai, ça me gêne pour embrasser maman.

Une famille bien curieuse aussi, mais moins gaie,
c'est le prince et la princesse d'Anhalt, mademoiselle leur fille, gouvernante, femmes de chambre et
suite, qui occupent tout le premier de l'hôtel dont
ils sont les personnages. Je rencontre souvent la
princesse dans l'escalier, montant marche à marche au bras de son mari, un beau gaillard, éblouissant de santé sous son chapeau gansé de bleu.
Elle ne va à l'établissement qu'en chaise à porteurs; et, c'est navrant, cette tête creusée et pâle
derrière la petite vitre, le père et l'enfant qui mar-

chent à côté, l'enfant bien chétive, avec tous les traits de sa mère et peut-être aussi tout son mal. Elle s'ennuie, cette petite de huit ans, à qui il est défendu de jouer avec les autres enfants, et qui regarde tristement, du balcon, les parties de crocket et les cavalcades de l'hôtel. On la trouve de sang trop bleu pour ces ébats roturiers, ils aiment mieux la garder dans l'atmosphère lugubre de cette mère expirante, près de ce père qui promène sa malade avec une tête rogue et excédée, ou l'abandonner aux domestiques. Mais, mon Dieu, c'est donc une peste, un mal qui se gagne, la noblesse! Ces gens-là mangent à part dans un petit salon, inhalent à part, — car il y a des salles pour famille, — et te figures-tu la tristesse de ce tête-à-tête, cette femme et cette enfant dans un grand caveau silencieux.

L'autre soir, nous étions très nombreux au grand salon du rez-de-chaussée où l'on se réunit pour jouer à des petits jeux, chanter, danser même quelquefois. La maman Bachellery venait d'accompagner à Bébé une cavatine d'opéra, — nous voulons entrer à l'Opéra, nous sommes même venues à Arvillard nous « récurer la voix pour ça », selon l'élégante expression de la mère. Tout à coup la porte s'ouvre, et la princesse paraît, avec ce grand air qu'elle a, expirante, élégante, serrée dans un manteau de dentelle qui dissimule le rétrécissement terrible et significatif des épaules. L'enfant et le mari suivaient.

— Continuez, je vous en prie... » toussotte la pauvre femme.

Et voilà cette bête de petite chanteuse qui va

choisir dans tout son répertoire la romance la plus
navrée, la plus sentimentale, *Vorrei morir*, quelque chose comme nos *Feuilles mortes* en italien,
une malade qui fixe sa date mortuaire en automne,
pour se faire l'illusion que toute la nature va expirer avec elle, enveloppée du premier brouillard
comme d'un suaire.

Vorrei morir ne la stagion dell' anno.

L'air est gracieux, d'une tristesse qui prolonge
la caresse des mots italiens; et au milieu de ce
grand salon, où pénétraient par les fenêtres ouvertes les odeurs, les vols légers, le rafraîchissement d'une belle nuit d'été, ce désir de vivre encore
jusqu'à l'automne, cette trêve, ce sursis demandé
au mal, prenaient quelque chose de poignant. Sans
rien dire, la princesse s'est levée, est sortie brusquement. Dans le noir du jardin, j'ai entendu un
sanglot, un long sanglot, puis une voix d'homme
qui grondait, et de ces plaintes pleurées d'un enfant qui voit du chagrin à sa mère.

C'est la tristesse des villes d'eaux, ces misères de
santé qu'on y rencontre, ces toux entêtées, mal
assourdies par les cloisons d'hôtel, ces précautions
de mouchoirs sur les bouches pour éviter l'air, ces
causeries, ces confidences dont on devine le sens
aux gestes douloureux montrant toujours la poitrine ou l'épaule vers la clavicule, et les démarches
somnolentes, les pas traînants, l'idée fixe du mal.
Maman qui connaît toutes les stations pour les
maladies de poitrine, pauvre mère, dit qu'aux

Eaux-Bonnes ou au Mont-Dore c'est bien autre
chose qu'ici. On n'envoie à Arvillard que les con-
valescents comme moi ou les cas désespérés pour
lesquels rien ne fait plus rien. Nous n'avons heureusement à notre hôtel des *Alpes Dauphinoises* que
trois malades de ce genre, la princesse, puis deux
jeunes Lyonnais, le frère et la sœur, orphelins,
très riches, dit-on, et qui semblent au pire; la sœur
surtout, avec ce teint blafard, resté sous l'eau, des
Lyonnaises, entortillée de peignoirs et de châles
tricotés, sans un bijou, un ruban, nul souci de co-
quetterie. Elle sent le pauvre, cette riche; elle est
perdue, le sait, se désespère et s'abandonne. Il y a
au contraire dans la taille voûtée du jeune homme,
étroitement pincé d'une jaquette à la mode, une
terrible volonté de vivre, une incroyable résistance
au mal.

« Ma sœur n'a pas de ressort... moi j'en ai ! »
disait-il à table d'hôte, l'autre jour, d'une voix toute
rongée qu'on n'entend pas plus que l'*ut* de la Vauters, quand elle chante. Et le fait est qu'il a furieusement du ressort. C'est le boute-en-train de l'hôtel,
l'organisateur des jeux, des parties, des excur-
sions; il monte à cheval, en traîneau, des espèces
de petits traîneaux chargés de branches sur lesquels les montagnards du pays vous font dégringoler
les pentes les plus raides, valse, fait des armes, secoué de quintes affreuses qui ne l'interrompent
pas un instant. Nous possédons encore une illustration médicale, le docteur Bouchereau, tu te rap-
pelles, celui que maman était allée consulter pour
notre pauvre André. Je ne sais s'il nous a rencon-

nues, mais il ne nous salue jamais. Un vieux loup...

... Je viens d'aller boire mon demi-verre à la
source. Cette source précieuse est à dix minutes
du pays, en montant du côté des hauts-fourneaux,
dans une gorge où roule et gronde un torrent, tout
mousseux d'écume, descendu du glacier qui ferme
la perspective, luisant et clair entre les Alpes
bleues, et qui semble, dans cette blancheur des
eaux battues, fondre et délayer sans cesse sa base
invisible et neigeuse. De grandes roches noires,
suintant goutte à goutte parmi les fougères et les
lichens, des plantations de sapins, de verdure
sombre, un sol où des fragments de mica étincellent dans la poussière de charbon, voilà l'endroit.
Mais ce que je ne puis te rendre, c'est le formidable bruit, le torrent jaillissant dans les pierres, le
marteau à vapeur d'une scierie qu'il active, et,
dans l'étroite gorge, sur une route unique, toujours
encombrée, des tombereaux de houille, des bestiaux en file, des cavalcades d'excursionnistes, des
buveurs qui vont ou reviennent; j'oubliais l'apparition, au seuil des maisons misérables, de quelque
horrible crétin mâle ou femelle étalant un goître
hideux, une grosse figure hébétée, la bouche ouverte et grognante. Le crétinisme est une des pro-
ductions du pays. Il semble que la nature soit trop
forte ici pour l'homme, que le minerai de fer, de
cuivre, de soufre, l'étreigne, le torde, l'étouffe, que
cette eau des cimes le glace, comme ces pauvres
arbres qu'on voit pousser tout rabougris entre deux
roches. Encore une de ces impressions d'arrivée

dont la tristesse et l'horreur s'effacent au bout de quelques jours.

Maintenant, au lieu de les fuir, j'ai mes goîtreux d'élection, un surtout, un affreux petit monstre, assis au bord de la route dans un fauteuil d'enfant de trois ans, et il en a seize, juste l'âge de mademoiselle Bachellery. Quand j'approche, il dodeline sa lourde tête de pierre d'où sort un cri rauque, écrasé, sans conscience et sans air, et sitôt sa pièce blanche reçue, la lève triomphalement vers une charbonnière qui le guette d'un coin de fenêtre. C'est une fortune enviée de bien des mères, ce disgracié qui rapporte plus à lui tout seul que ses trois frères travaillant aux fourneaux de La Debout. Le père ne fait rien ; malade de la poitrine, il passe l'hiver à son foyer de pauvre, et, l'été, s'installe avec d'autres malheureux sur un banc, dans la buée tiède que fait en arrivant la source bouillonnante. La nymphe de l'endroit, tablier blanc, les mains ruisselantes, remplit à la mesure voulue les verres qu'on lui tend, pendant que dans la cour à côté, séparée de la route par un mur bas, des têtes dont on ne voit pas les corps se renversent en arrière, contorsionnées d'efforts, grimaçant au soleil, la bouche toute grande. Une illustration de l'*Enfer* du Dante : les damnés du gargarisme.

Quelquefois, en sortant de là, nous faisons le grand tour pour revenir à l'établissement, et nous descendons par le pays. Maman, que le bruit de l'hôtel fatigue, qui a peur surtout que je ne danse trop au salon, avait rêvé de louer une petite maison bourgeoise dans Arvillard, où les occasions ne

17

manquent pas. Il y a des écriteaux à chaque porte,
à chaque étage, se balançant dans les glycines entre des rideaux clairs et tentateurs. A se demander
vraiment ce que les habitants deviennent pendant
la saison. Campent-ils en troupeaux sur les montagnes environnantes, ou bien vont-ils vivre à l'hôtel à cinquante francs par jour ? Cela m'étonne-
rait, car il me semble terriblement rapace cet aimant qu'ils ont dans l'œil quand ils regardent le
baigneur, — quelque chose qui luit et qui accroche.
Et ce luisant-là, l'éclair brusque sur le front de
mon petit goîtreux, le reflet de sa pièce blanche, je
le retrouve partout. Dans les lunettes du petit médecin frétillant qui m'ausculte tous les matins, dans
l'œil des bonnes dames doucereuses vous invitant
à visiter leurs maisons, leurs petits jardins bien
commodes, remplis de trous pleins d'eau et de cui-
sines au rez-de-chaussée pour des appartements
au troisième étage, dans l'œil des voituriers en
blouses courtes, chapeaux cirés à grands rubans,
qui vous font signe du haut de leurs corricolos de
louage, dans le regard du petit ânier debout devant l'écurie large ouverte où remuent de longues
oreilles, même dans celui des ânes, oui, dans ce
grand regard d'entêtement et de douceur, cette
dureté de métal que donne l'amour de l'argent, je
l'ai vue, elle existe.

Du reste, elles sont affreuses leurs maisons, en-
caissées, tristes, sans horizon, riches en inconvé-
nients de toute sorte qu'il n'est pas permis d'ignorer, puisqu'on vous les signale dans là maison
voisine. Nous nous en tiendrons décidément à no-

tre caravansérail des *Alpes Dauphinoises*, qui chauffe
au soleil sur la hauteur ses innombrables persiennes vertes dans la brique rouge, au milieu d'un
parc anglais encore en bas âge, taillis, labyrinthe,
allées sablées, dont il partage la jouissance avec
les cinq ou six autres hôtels cossus du pays, *La
Chevrette*, *La Laita*, *Le Bréda*, *La Planta*. Tous ces
hôtels à noms savoyards se font une concurrence
féroce, s'épient, se surveillent par-dessus les mas-
sifs, et c'est à qui mènera le plus de train avec ses
cloches, ses pianos, le fouet de ses postillons, les
fusées de ses feux d'artifice, à qui ouvrira le plus
largement ses fenêtres pour que l'animation, les
rires, les chants, les danses, fassent dire aux voyageurs de vis-à-vis :

— Comme ils s'amusent là-bas ! Comme il doit
y avoir du monde !

Mais c'est dans le journal des baigneurs que se
livre entre les auberges rivales la bataille la plus
chaude, autour de ces listes d'arrivants que la petite feuille donne très exactement deux fois par semaine.

Quelle rage envieuse à la Laita, à la Planta,
quand on voit par exemple : *Prince et princesse
d'Anhalt et leur suite....... Alpes Dauphinoises*. Tout
pâlit devant cette ligne écrasante. Comment répondre ? Et l'on cherche, on s'ingénie ; si vous avez un
de, un titre quelconque, on le prodigue, on l'étale.
Voici trois fois que la Chevrette nous sert le même
inspecteur des forêts sous des espèces différentes,
inspecteur, marquis, chevalier des saints Maurice
et Lazare. Mais les *Alpes Dauphinoises* ont encore le

pompon, sans que nous y soyons pour rien, dame !
Tu sais comme est maman, toujours modeste, effa-
rouchée ; elle a bien défendu à Fanny de dire qui
nous étions, parce que la position de notre père,
celle de ton mari, auraient attiré autour de nous
trop de curiosité et de poussière mondaine. Le
journal a dit simplement : *Mesdames Le Quesnoy (de
Paris)*...... *Alpes Dauphinoises*, et comme les Parisiens sont rares, notre incognito n'a pas été ré-
vélé.

Nous avons une installation très simple, assez
commode, deux chambres au second, toute la vallée devant nous, un cirque de montagnes noires de
sapins au pied, et qui se nuancent, s'éclaircissent
en montant avec des traînées de neige éternelle,
des pentes arides en regard de petites cultures qui
font comme des carrés de vert, de jaune, de rose,
au milieu desquels les meules de foin ne paraissent
pas plus grosses que des ruches d'abeilles. Mais ce
bel horizon ne nous tient guère chez nous.

Le soir, on a le salon, le jour on erre dans le
parc pour le traitement qui, joint à cette existence
si remplie et si vide, vous prend et vous absorbe.
L'heure amusante, c'est après déjeuner, quand on
se groupe par petites tables pour le café, sous les
grands tilleuls, à l'entrée du jardin. C'est l'heure
des arrivées et des départs ; autour de la voiture
qui emporte les baigneurs, on échange des adieux,
des poignées de mains, les gens de l'hôtel se pres-
sent, éclairés du luisant, du fameux luisant sa-
voyard. On embrasse des personnes qu'on connaît
à peine, les mouchoirs s'agitent, les grelots tintent,

puis la lourde voiture chargée et vacillante dispa-
raît par les routes étroites, à mi-côte, emportant
ces noms, ces visages qui ont fait un moment partie de la vie commune, ces inconnus d'hier, demain
oubliés.

D'autres arrivent, s'installent dans leurs habitudes. J'imagine que ce doit être la monotonie des
paquebots, avec un renouvellement de figures à
chaque escale. Tout ce mouvement m'amuse, mais
notre chère maman reste bien triste, bien absorbée, malgré le sourire qu'elle essaie quand je la
regarde. Je devine que chaque détail de notre vie
lui apporte un souvenir navrant, une évocation d'i-
mages lugubres. Elle en a tant vu de ces caravan-
sérails de malades, pendant l'année où elle a suivi
son agonisant de station en station, dans la plaine
ou sur la montagne, sous les pins au bord de la
mer, avec un espoir toujours trompé et l'éternelle
résignation qu'elle était obligée de mettre à son
martyre.

Vraiment, Jarras pouvait bien lui éviter ce rappel
de douleurs ; car je ne suis pas malade, je ne tousse
presque plus, et, en dehors de mon vilain enrouement qui me donne une voix à crier des pois verts,
je ne me suis jamais si bien portée. Un appétit
d'enfer, figure-toi, de ces faims terribles qui ne
peuvent attendre. Hier, après un déjeuner à trente
plats, au menu plus compliqué que l'alphabet chinois, je vois une femme éplucher des framboises
devant sa porte. Tout de suite une fringale me
prend. Deux bols, ma chère, deux bols de ces
grosses framboises si fraîches, « le fruit du pays »,

17.

comme dit notre garçon de table. Et voilà mon
estomac!

C'est égal, ma chérie, comme c'est heureux que
ni toi ni moi n'ayons pris le mal de ce pauvre
frère que je n'ai guère connu et dont je retrouve
ici sur d'autres visages les traits tirés, l'expression
découragée qu'il a sur son portrait dans la chambre
de nos parents ! Et quel original que ce médecin
qui l'a soigné jadis, ce fameux Bouchereau ! L'autre
jour, maman a voulu me présenter à lui, et, pour
obtenir une consultation, nous avons rôdé dans le
parc autour de ce grand vieux, à la physionomie
brutale et dure ; mais il était très entouré par les
médecins d'Arvillard, l'écoutant avec des humilités
d'écolier. Alors nous l'avons attendu à la sortie de
l'inhalation. Peine perdue. Notre homme s'est mis
à marcher d'un pas, comme s'il voulait nous
échapper. Avec maman, tu sais, on ne va guère
vite, et nous l'avons encore manqué cette fois.
Enfin hier matin Fanny est allée demander de notre
part à sa gouvernante, s'il pouvait nous recevoir.
Il a fait répondre qu'il était aux eaux pour se soigner et non pour donner des consultations. En
voilà un rustre ! C'est vrai que je n'ai jamais vu une
pâleur pareille, de la cire ; Père est un monsieur
très coloré à côté de lui. Il ne vit que de lait, ne
descend jamais à la salle à manger, encore moins
au salon. Notre petit docteur frétillant, celui que
j'appelle *M. C'est ce qui faut*, prétend qu'il a une
maladie de cœur très dangereuse, et que ce sont
les eaux d'Arvillard qui depuis trois ans le font
durer.

« C'est ce qui faut ! C'est ce qui faut ! »

On n'entend que cela dans le bredouillement de
ce drôle de petit homme, vaniteux, bavard, qui
tourbillonne le matin dans notre chambre. « Docteur, je ne dors pas... Je crois que le traitement
m'agite. — C'est ce qui faut ! — Docteur, j'ai toujours sommeil... Je crois que ce sont les eaux. —
C'est ce qui faut ! » Ce qu'il faut surtout, c'est que
sa tournée soit vite faite, pour qu'il puisse être
avant dix heures à son cabinet de consultation,
dans cette petite boîte à mouches où le monde
s'entasse jusque dans l'escalier, jusque sur le trottoir, en bas des marches. Aussi il ne flâne guère,
vous bâcle une ordonnance sans s'arrêter de sauter,
de cabrioler, comme un baigneur qui « fait sa
réaction ».

Oh ! la réaction. C'est ça encore une affaire. Moi
qui ne prends ni bains ni douches, je ne fais pas de
réaction ; mais je reste quelquefois un quart d'heure
sous les tilleuls du parc à regarder le va-et-vient
de tous ces gens marchant à grands pas réguliers,
l'air absorbé, se croisant sans se dire un mot. Mon
vieux monsieur de la salle d'inhalation, celui qui
fait de l'œil à la source, apporte à cet exercice la
même conscience ponctuelle. A l'entrée de l'allée
il s'arrête, ferme son ombrelle blanche, rabaisse son
collet d'habit, regarde sa montre, et en route, la
jambe raide, les coudes au corps, une deux ! une
deux ! jusqu'à une grande barre de lumière blonde
que le manque d'un arbre jette en clairière dans
l'allée. Il ne va pas plus loin, lève les bras trois fois
comme s'il tendait des haltères, puis revient de la

même allure, brandit de nouveaux haltères, et
comme cela quinze tours de suite. J'imagine que la
section des agités à Charenton doit avoir un peu
de la physionomie de mon allée vers onze heures.

6 août.

C'est donc vrai, Numa vient nous voir. Oh ! que
je suis contente, que je suis contente ! Ta lettre est
arrivée par le courrier d'une heure, dont la distri-
bution se fait dans le bureau de l'hôtel. Minute
solennelle, décisive pour la couleur de la journée.
Le bureau plein, on se range en demi-cercle autour
de la grosse madame Laugeron, très imposante
dans son peignoir de flanelle bleue, pendant que de
sa voix autoritaire, un peu maniérée, d'ancienne
dame de compagnie, elle annonce les adresses multicolores du courrier. Chacun s'avance à l'appel, et
je dois te dire qu'on met un certain amour-propre
à avoir un fort courrier. A quoi n'en met-on pas
du reste de l'amour-propre dans ce perpétuel frot-
tement de vanités et de sottises ? Quand je pense
que j'en arrive à être fière de mes deux heures
d'inhalation ! « M. le prince d'Anhalt... M. Vas-
seur... Mademoiselle Le Quesnoy... » Déception. Ce
n'est que mon journal de modes. « Mademoiselle
Le Quesnoy... » Je regarde s'il n'y a plus rien pour
moi et je me sauve avec ta chère lettre, jusqu'au
fond du jardin, sur un banc enfermé de grands
noisetiers.
    Ça, c'est mon banc, le coin où je m'isole pour
rêver, faire mes romans ; car, chose étonnante,

pour bien inventer, développer selon les règles de
M. Baudouy, il ne me faut pas de larges horizons.
Quand c'est trop grand, je me perds, je m'éparpille,
va te promener. Le seul ennui de mon banc, c'est
le voisinage d'une balançoire, où cette petite Bachellery passe la moitié de ses journées à se faire
lancer dans l'espace par le jeune homme au ressort. Je pense qu'il en a du ressort pour la pousser
ainsi pendant des heures. Et ce sont des cris de
bébé, des roulades envolées : « Plus haut! encore !.... » Dieu! que cette fille m'agace, je voudrais
que la balançoire l'envoyât dans la nue et qu'elle
n'en redescendît jamais.

On est si bien, si loin, sur mon banc, quand elle
n'est pas là. J'y ai savouré ta lettre, dont le post-
scriptum m'a fait pousser un cri de joie.

Oh! que béni soit Chambéry et son lycée neuf,
et cette première pierre à poser, qui amène dans
nos régions le ministre de l'Instruction publique.
Il sera très bien ici pour préparer son discours, soit
en se promenant dans l'allée de la réaction, —
allons, bon, un calembour maintenant, — ou sous
mes noisetiers quand mademoiselle Bachellery ne
les effarouche pas. Mon cher Numa! Je m'entends
si bien avec lui, si vivant, si gai. Comme nous allons
causer ensemble de notre Rosalie et du sérieux
motif qui l'empêche de voyager en ce moment...
Ah! mon Dieu, c'est un secret... Et maman qui m'a
tant fait jurer... c'est elle qui est contente aussi de
recevoir le cher Numa. Du coup, elle en perd toute
timidité, toute modestie, et vous avait une majesté en entrant dans le bureau de l'hôtel pour re-

tenir l'appartement de son gendre le ministre. Non, la tête de notre hôtesse oyant cette nouvelle.

— Comment ! mesdames, vous êtes... vous étiez ?....

— Nous le fûmes... nous le sommes...

Sa large face est devenue lilas, ponceau, une palette de peintre impressionniste. Et M. Laugeron, et tout le service. Depuis notre arrivée, nous réclamions en vain un bougeoir supplémentaire; tout à l'heure, il y en avait cinq sur la cheminée. Numa sera bien servi, je t'en réponds, et installé. On lui donne le premier étage du prince d'Anhalt, qui va se trouver libre dans trois jours. Il paraît que les eaux d'Arvillard sont funestes à la princesse ; et le petit docteur lui-même est d'avis qu'elle parte au plus vite. C'est ce qui faut, car s'il arrivait un malheur, les *Alpes Dauphinoises* ne s'en relèveraient pas.

C'est pitié, la hâte qui se fait autour du départ de ces malheureux, comme on les presse, comme on les pousse, à l'aide de cette hostilité magnétique que dégagent les endroits où l'on est importun. Pauvre princesse d'Anhalt dont l'arrivée fut si fêtée ici. Pour un peu, on la reconduirait à l'extrémité du département entre deux gendarmes... L'hospitalité des villes d'eaux !...

A propos, et Bompard ? tu ne me dis pas s'il sera du voyage. Dangereux Bompard ! s'il vient, je suis capable de m'envoler avec lui sur quelque glacier. Quels développements nous trouverions à nous deux, vers les cimes !... Je ris, je suis si heureuse... Et j'inhale, et j'inhale, un peu gênée par le voisi-

nage du terrible Bouchereau qui vient d'entrer et
de s'asseoir à deux places de moi.

Qu'il a donc l'air dur, cet homme-là. Les mains
sur la pomme de sa canne, son menton posé dessus, il parle tout haut, le regard droit, sans s'a-
dresser à personne. Est-ce que je dois prenlre
pour moi ce qu'il dit de l'imprudence des baigneuses, de leurs robes de batiste claire, de la sottise
des sorties après le dîner dans un pays où les soirées sont d'une fraîcheur mortelle? Méchant
homme! On croirait qu'il sait que je quête ce soir
à l'église d'Arvillard pour l'œuvre de la Propagation. Le père Olivieri doit raconter en chaire ses
missions dans le Thibet, sa captivité, son martyre,
mademoiselle Bachellery chanter l'*Ave Maria* de
Gounod. Et je me fais une fête du retour par toutes
les petites rues noires avec des lanternes, comme
une vraie retraite aux flambeaux.

Si c'est une consultation que M. Bouchereau me
donne là, je n'en veux pas, il est trop tard. D'a-
bord, monsieur, j'ai carte blanche de mon petit docteur, qui est bien plus aimable que vous et m'a
même permis un tour de valse au salon pour finir.
Oh! rien qu'un, par exemple. Du reste, quand je
danse un peu trop, tout le monde est après moi.
On ne sait pas comme je suis robuste avec ma
taille de grand fuseau, et qu'une Parisienne n'est
jamais malade de trop danser. « Prenez garde...
Ne vous fatiguez pas... » L'une m'apporte mon
châle; celui-là ferme les croisées dans mon dos de
peur que je m'enrhume. Mais le plus empressé
encore, c'est le jeune homme au ressort, parce

qu'il trouve que j'en ai diantrement plus que sa
sœur. Ce n'est pas difficile, pauvre fille. Entre
nous, je crois que ce jeune monsieur, désespéré
des froideurs d'Alice Bachellery, s'est rabattu sur
moi et me fait la cour... Mais, hélas ! il perd ses
peines, mon cœur est pris, tout à Bompard... Eh
bien ! non, ce n'est pas Bompard, et tu t'en doutes,
ce n'est pas Bompard le personnage de mon roman. C'est... c'est... Ah ! tant pis, mon heure est
passée. Je te le dirai un autre jour, mademoiselle
refréjon. »

XII

UNE VILLE D'EAUX

(Suite).

Le matin où le *Journal des Baigneurs* annonça que son Excellence M. le ministre de l'instruction publique, Bompard attaché, et leur suite, étaient descendus aux *Alpes Dauphinoises*, le désarroi fut grand dans les hôtels d'alentour.

Justement *La Laita* gardait depuis deux jours un évêque catholique de Genève pour le produire au bon moment, ainsi qu'un conseiller général de l'Isère, un lieutenant-juge à Tahiti, un architecte de Boston, une fournée enfin. *La Chevrette* attendait aussi un « député du Rhône et famille ». Mais le député, le lieutenant-juge, tout disparut emporté, perdu dans le sillon de flamme glorieuse qui suivait partout Numa Roumestan. On ne parlait, on ne s'occupait que de lui. Tous les prétextes servaient pour s'introduire aux *Alpes Dauphinoises*, passer devant le petit salon du rez-de-chaussée sur le jardin, où le ministre mangeait entre ses dames

18

et son attaché, le voir faire la partie de boule, chère aux méridionaux, avec le père Olivieri des Missions, saint homme terriblement velu, qui à force de vivre chez les sauvages avait pris de leurs façons d'être, poussait des cris formidables en pointant et pour tirer brandissait les boules au-dessus de sa tête en tomahawk.

La belle figure du ministre, la rondeur de ses manières lui gagnèrent les cœurs ; et surtout sa sympathie pour les humbles. Le lendemain de son arrivée, les deux garçons qui servaient le premier étage annoncèrent à l'office que le ministre les emmenait à Paris pour son service personnel. Comme c'était de bons serviteurs, madame Lauge- ron fit la grimace, mais n'en laissa rien voir à l'Excellence, dont le séjour valait tant d'honneur à son hôtel. Le préfet, le recteur, arrivaient de Gre- noble, en tenue, présenter leurs hommages à Roumestan. L'Abbé de la Grande-Chartreuse, — il avait plaidé pour eux contre les Prémontrés et leur élixir, — lui envoyait en grande pompe une caisse de liqueur extrafine. Enfin le préfet de Chambéry venait prendre ses ordres pour la cé- rémonie de la première pierre à poser au lycée neuf, l'occasion d'un discours-manifeste et d'une révolution dans les mœurs de l'Université. Mais le ministre demandait un peu de répit ; les travaux de la session l'avaient fatigué, il voulait reprendre haleine, s'apaiser au milieu des siens, préparer à loisir ce discours de Chambéry, d'une portée si considérable. Et M. le préfet comprenait bien cela, demandant seulement d'être prévenu quarante-

huit heures à l'avance, pour donner l'éclat nécessaire à la cérémonie. La pierre avait attendu deux
mois, elle attendrait bien encore le bon vouloir
de l'illustre orateur.

En réalité, ce qui retenait Roumestan à Arvillard, ce n'était ni le besoin de repos, ni le loisir
nécessaire à cet improvisateur merveilleux sur qui
le temps et la réflexion faisaient l'effet de l'humidité sur le phosphore, mais la présence d'Alice Bachellery. Après cinq mois d'un flirtage passionné,
Numa n'était pas plus avancé auprès de sa « petite » que le jour de leur premier rendez-vous.
Il fréquentait la maison, savourait la bouillabaisse
savante de madame Bachellery, les chansonnettes
de l'ancien directeur des Folies-Bordelaises, reconnaissait ces menues faveurs par une foule de cadeaux, bouquets, envois de loges ministérielles,
billets aux séances de l'Institut, de la Chambre,
même les palmes d'officier d'Académie pour le
chansonnier, tout cela sans avancer ses affaires. Ce
n'était pourtant pas un de ces novices qui vont à la
pêche à toute heure, sans avoir d'avance tâté l'eau
et solidement appâté. Seulement il avait affaire à
la plus subtile dorade, qui s'amusait de ses précautions, mordillait l'amorce, lui donnait parfois
l'illusion de la prise, et s'échappait tout à coup
d'une détente, lui laissant la bouche sèche de désir,
le cœur fouetté des commotions de sa souple
échine ondulée et tentante. Rien de plus énervant
que ce jeu. Il ne tenait qu'à Numa de le faire cesser, en donnant à la petite ce qu'elle demandait,
sa nomination de première chanteuse à l'Opéra,

un traité de cinq ans, de gros appointements, des feux, la vedette, le tout stipulé sur papier timbré, et non par la simple poignée de mains, le « topez là » de Cardaillac. Elle n'y croyait pas plus qu'aux « J'en réponds... c'est comme si vous l'aviez... » dont Roumestan depuis cinq mois essayait de la leurrer.

Celui-ci se trouvait entre deux exigences. « Oui, disait Cardaillac, si vous renouvelez mon bail. » Or le Cardaillac était brûlé, fini; sa présence à la tête du premier théâtre de musique, un scandale, une tare, un héritage véreux de l'administration impériale. La presse réclamerait sûrement contre le joueur, trois fois failli, qui ne pouvait porter sa croix d'officier, et le cynique montreur, dilapidant sans vergogne les deniers publics. Fatiguée à la fin de ne pouvoir se laisser prendre, Alice cassa la ligne et se sauva, traînant l'hameçon.

Un jour, le ministre arrivant chez les Bachellery trouva la maison vide et le père qui, pour le consoler, lui chantait son dernier refrain :

> Donne-moi d'quoi q't'as, t'auras d'quoi qu'j'ai.

Il s'efforça de patienter un mois, puis retourna voir le fécond chansonnier qui voulut bien lui chanter sa nouvelle :

> Quand le saucisson va, tout va...

et le prévenir que ces dames, se trouvant admirablement aux eaux, avaient l'intention de doubler leur séjour. C'est alors que Roumestan s'avisa

qu'on l'attendait pour cette première pierre du
lycée de Chambéry, une promesse faite en l'air et
qui y serait probablement restée, si Chambéry
n'eût été voisin d'Arvillard où, par un hasard providentiel, Jarras, le médecin et l'ami du ministre,
venait d'envoyer mademoiselle Le Quesnoy.

Ils se rencontrèrent, dès l'arrivée, dans le jardin
de l'hôtel. Elle, très surprise de le voir, comme si
le matin même elle n'avait lu l'annonce pompeuse
du journal des baigneurs, comme si depuis huit
jours toute la vallée par les mille voix de ses forêts,
de ses fontaines, ses innombrables échos, n'annonçait la venue de l'Excellence :

— Vous, ici?

Lui, son air ministre, imposant et gourmé

— Je viens voir ma belle-sœur.

Il s'étonna, du reste, de trouver encore mademoiselle Bachellery à Arvillard. Il la croyait partie
depuis longtemps.

— Dame ! il faut bien que je me soigne, puisque
Cardaillac prétend que j'ai la voix si malade.

Là-dessus un petit salut parisien du bout des cils,
et elle s'éloigna sur une roulade claire, un joli ga-
zouillis de fauvette, qu'on entend encore longtemps
après qu'on ne voit plus l'oiseau. Seulement, dès
ce jour, elle changea d'allure. Ce ne fut plus l'enfant précoce, toujours à gambader par l'hôtel, à
roquer M. Paul, à jouer à la balançoire, aux jeux
innocents, qui ne se plaisait qu'avec les petits, dé-
sarmait les mamans les plus sévères, les ecclésias-
tiques les plus moroses par l'ingénuité de son rire
et son exactitude aux offices. On vit paraître Alice

18.

Bachellery, la diva des Bouffes, le joli mitron déluré
et viveur, s'entourant de jeunes freluquets, impro-
visant des fêtes, des parties, des soupers que la
mère, toujours présente, ne défendait qu'à demi
des interprétations mauvaises.

Chaque matin, un panier au blanc tendelet bordé
d'un baldaquin de franges, se rangeait au perron
une heure avant que ces dames descendissent en
robe claire, pendant que piaffait autour d'elles une
joyeuse cavalcade, tout ce qu'il y avait de libre,
de garçon aux *Alpes Dauphinoises* et dans les hôtels
voisins, le lieutenant-juge, l'architecte américain,
et surtout le jeune homme au ressort, que la diva
ne semblait plus désespérer de ses innocents enfantillages. La voiture bourrée de manteaux pour
le retour, un gros panier de provisions sur le siège,
on traversait le pays au grand trot, en route pour
la Chartreuse de Saint-Hugon, trois heures dans la
montagne sur des lacets à pic, au ras des cimes
noires de sapins dégringolant vers des précipices,
vers des torrents tout blancs d'écume; ou bien
dans la direction de Brame-farine, où l'on déjeune
d'un fromage de montagne arrosé d'un petit clairet
très raide qui fait danser les Alpes, le mont Blanc,
tout le merveilleux horizon de giaces, de crêtes
bleues que l'on découvre de là-haut, avec de petits
lacs, fragments clairs au pied des roches comme
des morceaux de ciel cassé. On descendait, *à la
ramasse*, dans des traîneaux de feuillage, sans
dossier, où il faut se cramponner aux branches,
lancé à corps perdu sur les pentes, tiré par un
montagnard qui va droit devant lui sur le velours

des pâturages, le lit caillouteux des torrents secs, franchissant de la même vitesse les quartiers de roche ou le grand écart d'un ruisseau, vous laissant en bas à la fin, ébloui, moulu, suffoqué, tout le corps en branle et les yeux tourbillonnants avec la sensation de survivre au plus horrible tremblement de terre.

Et la journée n'était complète que lorsque toute la cavalcade se trempait en route d'un de ces orages de montagne, criblé d'éclairs et de grêle, qui effrayait les chevaux, dramatisait le paysage, préparait un retour à sensation, la petite Bachellery, sur le siège, en palelot d'homme, sa toque ornée d'une plume de gélinotte, tenant les guides, fouettant ferme pour se réchauffer et racontant, une fois descendue, le danger de l'excursion avec l'entrain, la voix mordante, les yeux brillants, la vive réaction de sa jeunesse contre la froide averse et un petit frisson de peur.

Si du moins elle avait éprouvé alors le besoin d'un bon sommeil, un de ces sommeils de pierre que procurent les courses en montagne. Non, c'était jusqu'au matin dans la chambre de ces femmes un train de rires, de chansons, de flacons débouchés, des consommations qu'on montait à ces heures indues, des tables qu'on roulait pour le baccarat, et sur la tête du ministre, dont l'appartement se trouvait juste au-dessous.

Plusieurs fois il s'en plaignit à madame Laugeron, très partagée entre son désir d'être agréable à l'Excellence et la crainte de mécontenter des clientes d'un tel rapport. Et puis, a-t-on le droit d'être bien

exigeant dans ces hôtels de bains toujours secoués
par des départs, des arrivées en pleine nuit, les
malles qu'on traîne, les grosses bottes, les bâtons
ferrés des ascensionnistes, en train de s'équiper
dès avant le jour, et les quintes de toux des malades,
ces horribles toux déchirantes, ininterrompues,
qui tiennent du râle, du sanglot, du chant d'un coq
enroué.

Ces nuits blanches, lourdes nuits de juillet que
Roumestan passait en insomnies fiévreuses à tourner et retourner dans son lit des pensées impor-
tunes, pendant que sonnait clair là-haut le rire
coupé de traits et d'apoggiatures de sa voisine, il
aurait pu les employer à son discours de Chambéry;
mais il était trop agité, trop furieux, se retenant de
monter à l'étage au-dessus pour chasser au bout de
ses bottes le jeune homme au ressort, l'Américain
et cet infâme lieutenant-juge, déshonneur de la
magistrature française aux colonies, pour saisir par
le cou, son cou de tourterelle gonflé de roulades,
cette méchante petite scélérate en lui disant une
bonne fois :

« Aurez-vous bientôt fini de me faire souffrir
comme ça? »

Pour s'apaiser, chasser ces visions, d'autres plus
vives, plus douloureuses encore, il rallumait sa
bougie, appelait Bompard couché dans la pièce à
côté, le confident, l'écho, toujours à l'ordre, et l'on
causait de la petite. C'est pour cela qu'il l'avait
amené, arraché non sans peine à l'installation de
sa couveuse artificielle. Bompard s'en consolait en
entretenant de son affaire le père Olivieri qui con-

naissait à fond l'élevage des autruches, ayant habité longtemps Cap-town. Et les récits du religieux, ses voyages, son martyre, les différentes façons dont il avait été torturé en des pays divers, ce corps robuste de boucanier, brûlé, scié, roué, carte d'échantillon des raffineries de la cruauté humaine, tout cela avec le frais éventail rêvé des plume soyeuses et chatoyantes, intéressait autrement l'imaginatif Bompard que l'histoire de la petite Bachellery ; mais il était si bien dressé à son métier de suiveur que, même à cette heure-là, Numa le trouvait prêt à s'attendrir, à s'indigner avec lui, donnant à sa noble tête, sous les pointes d'un foulard de nuit, des expressions de colère, d'ironie, de douleur, selon qu'il s'agissait des faux cils de l'artificieuse petite, de ses seize ans qui en valaient bien vingt-quatre, ou de l'immoralité de cette mère prenant sa part de scandaleuses orgies. Enfin quand Roumestan, ayant bien déclamé, gesticulé, montré à nu la faiblesse de son cœur amoureux, éteignait sa bougie : « Essayons de dormir... Allons... » Bompard profitait de l'obscurité pour lui dire avant d'aller se coucher :

— Moi, à ta place, je sais bien ce que je ferais...

— Quoi ?

— Je renouvellerais le traité de Cardaillac.

— Jamais !

Et violemment il s'enfonçait dans ses couvertures pour se garantir contre le tapage du dessus.

Une après-midi, à l'heure de la musique, l'heure coquette et bavarde de la vie de bains, pendant que tous les baigneurs, pressés devant l'établisse-

ment comme sur le tillac d'un navire, allaient et
venaient, tournaient en rond ou prenaient place
sur les chaises serrées en trois rangs, le ministre,
pour éviter mademoiselle Bachellery qu'il voyait
arriver en éblouissante toilette bleue et rouge,
escortée de son état-major, s'était jeté dans une
allée déserte, et seul, assis à l'angle d'un banc, pénétré dans ses préoccupations par la mélancolie
de l'heure et de cette musique lointaine, remuait
machinalement du bout de son parasol les écla-
boussures de feu dont le couchant jonchait l'allée,
quand une ombre lente passant sur son soleil lui
fit lever les yeux. C'était Bouchereau, le médecin
célèbre, très pâle, bouffi, traînant les pieds. Ils se
connaissaient comme à une certaine hauteur de
vie tous les Parisiens se connaissent. Par hasard,
Bouchereau qui n'était pas sorti depuis plusieurs
jours se sentait d'humeur sociable. Il s'assit, on
causa.

— Vous êtes donc malade, docteur?

— Très malade, dit l'autre avec ses façons de
sanglier... Un mal héréditaire... une hypertrophie
du cœur. Ma mère en est morte, mes sœurs aussi...
Seulement, moi, je durerai moins qu'elles, à cause
de mon affreux métier; j'en ai pour un an, deux
ans tout au plus. »

A ce grand savant, à ce diagnostiqueur infaillible parlant de sa mort avec cette assurance tranquille, il n'y avait rien à répondre que d'inutiles
banalités. Roumestan le comprit, et, silencieux, il
songeait que c'était là des tristesses autrement sérieuses que les siennes. Bouchereau continua, sans

le regarder, avec cet œil vague, cette suite implacable d'idées que donne au professeur l'habitude
de la chaire et du cours :

« Nous autres médecins, parce que nous avons
l'air comme ça, on croit que nous ne sentons rien,
que nous ne soignons dans le malade que la maladie, jamais l'être humain et souffrant. Grande erreur!... J'ai vu mon maître Dupuytren, qui passait
pourtant pour un dur à cuire, pleurer à chaudes
larmes devant un pauvre petit diphtéritique qui
disait doucement que ça l'ennuyait de mourir...
Et ces appels déchirants des angoisses maternélles,
ces mains passionnées qui vous pétrissent le bras :
« Mon enfant! Sauvez mon enfant! » Et les pères
qui se raidissent pour vous dire d'une voix bien
mâle, avec de grosses larmes le long des joues :
« Vous nous le tirerez de là, n'est-ce pas, docteur?... » On a beau s'aguerrir, ces désespoirs vous
poignent le cœur; et c'est ça qui est bon, quand
on a le cœur déjà atteint!... Quarante ans de pratique, à devenir chaque jour plus vibrant, plus
sensible... Ce sont mes malades qui m'ont tué. Je
meurs de la souffrance des autres.

— Mais je croyais que vous ne consultiez plus,
docteur, fit le ministre qui s'émouvait.

— Oh! non, plus jamais, pour personne. Je ver-
rais un homme tomber là devant moi, que je ne
me pencherais même pas... Vous comprenez, c'est
révoltant à la fin, ce mal que j'ai nourri de tous
les maux. Je veux vivre, moi... Il n'y a que la
vie. »

Il s'animait dans sa pâleur; et sa narine, pincée

d'un signe morbide, buvait l'air léger imprégné d'aromes tièdes, de fanfares vibrantes, de cris d'oiseaux. Il reprit avec un soupir navré :

— Je ne pratique plus, mais je reste toujours médecin, je conserve ce don fatal du diagnostic, cette horrible seconde vue du symptôme latent, de la souffrance qu'on veut taire, qui dans le passant à peine regardé, dans l'être qui marche, parle, agit en pleine force, me montre le moribond de demain, le cadavre inerte... Et cela aussi claire-ment que je vois s'avancer la syncope où je reste-rai, le dernier évanouissement dont rien ne me fera revenir.

— C'est effrayant, murmura Numa qui se sen-tait pâlir, et poltron devant la maladie et la mort comme tous les méridionaux, ces enragés de vie, se détournait du savant redoutable, n'osait plus le regarder en face, de peur de lui laisser lire sur sa figure rubiconde l'avertissement d'une fin pro-chaine.

— Ah! ce terrible diagnostic qu'ils m'envient tous, comme il m'attriste, comme il me gâte le peu de vie qui me reste... Tenez, je connais ici une pauvre femme dont le fils est mort, il y a dix, douze ans, d'une phthisie laryngée. Je l'avais vu deux fois, et seul entre tous, je signalai la gravité du mal. Aujourd'hui je retrouve cette mère avec sa jeune fille; et je peux dire que la présence de ces malheureuses me perd mon séjour aux eaux, me cause plus de mal que mon traitement ne me fera de bien. Elles me poursuivent, elles veulent me consulter, et moi, je m'y refuse absolument...

Pas besoin d'ausculter cette enfant pour la con-
damner. Il me suffit de l'avoir vue l'autre jour se
jeter voracement sur un bol de framboises, d'avoir
regardé à l'inhalation sa main posée sur ses genoux, une main maigre où les ongles bombent,
s'enlèvent au-dessus des doigts comme prêts à se
détacher. Elle a la phthisie de son frère, elle
mourra avant un an... Mais que d'autres le leur
apprennent. J'en ai assez donné de ces coups de
couteau qui se retournaient contre moi. Je ne veux
plus.

Roumestan s'était levé, très effrayé :

— Savez-vous le nom de ces dames, docteur?

— Non. Elles m'ont envoyé leur carte, je n'ai
pas même voulu la voir. Je sais seulement qu'elles
sont à notre hôtel.

Et tout à coup, regardant à l'extrémité de l'allée :
« Ah! mon Dieu, les voilà!... Je me sauve. »

Là-bas, sur le rond-point où la musique envoyait
son accord final, c'était un mouvement d'ombrelles,
de toilettes gaies s'agitant entre les branches aux premiers coups de cloche des dîners sonnant alentour.
D'un groupe animé, causant, les dames Le Quesnoy
se détachaient, Hortense grande et svelte dans la
lumière, une toilette de mousseline et de valen-
ciennes, un chapeau garni de roses, à la main un
bouquet de ces mêmes roses acheté dans le parc.

— Avec qui causiez-vous donc, Numa? On dirait
M. Bouchereau.

Elle était devant lui, éblouissante, dans un si bon
jour d'heureuse jeunesse, que la mère elle-même
commençait à perdre ses terreurs, laissant se re-

19

fléter sur son vieux visage un peu de cette gaieté entraînante.

« Oui, c'était Bouchereau qui me racontait ses misères... Il est bien bas, le pauvre!... »

Et Numa, la regardant, se rassurait :

« Cet homme est fou. Ce n'est pas possible, c'est sa mort qu'il promène et diagnostique partout. »

A ce moment, Bompard apparut, marchant très vite, brandissant un journal.

— Quoi donc? demanda le ministre.

— Grande nouvelle ! Le tambourinaire a débuté...

On entendit Hortense murmurer : « Enfin ! » et Numa qui rayonnait :

— Succès, n'est-ce pas?

— Tu penses !... je n'ai pas lu l'article... Mais trois colonnes en tête du *Messager !*...

— Encore un que j'ai inventé ! dit le ministre qui s'était rassis, les mains à l'entournure du gilet, voyons, lis-nous ça.

Madame Le Quesnoy observant que la cloche du dîner avait sonné, Hortense répliqua vivement que ce n'était que le premier coup; et la joue sur une main, dans une jolie pose d'attente sourieuse, elle écouta.

« Est-ce à M. le ministre des Beaux-Arts, est-ce au directeur de l'Opéra, que le public parisien doit la grotesque mystification dont il a été victime hier soir ?... »

Ils tressaillirent tous, excepté Bompard qui, dans son élan de beau diseur, bercé par le ron-ron de sa phrase, sans comprendre ce qu'il lisait, les regardait l'un après l'autre, très surpris de leur étonnement.

— Mais va donc, dit Numa, va donc !

« En tout cas, c'est M. Roumestan que nous en rendons responsable. C'est lui qui nous a rapporté de sa province ce bizarre et sauvage galoubet, ce mirliton des chèvres... »

— Il y a des gens bien méchants... » interrompit la jeune fille qui pâlissait sous ses roses. Le liseur continua, les yeux arrondis des énormités qu'il voyait venir.

«... des chèvres, à qui notre Académie de musique a dû de ressembler pour un soir à un retour de foire de Saint-Cloud. Et vraiment il en fallait un fameux, galoubet, pour croire que Paris... »

Le ministre lui arracha violemment le journal :

— Tu ne vas pas nous lire cette ineptie jusqu'au bout, je suppose... C'est bien assez de nous l'avoir apportée.

Il parcourut l'article, d'un de ces prompts regards d'homme public, habitué aux invectives de la presse. «... Ministre de province... joli batteur d'entrechats... le Roumestan de Valmajour... sifflé le ministère et crevé son tambourin... » Il en eut assez, cacha la méchante feuille dans la profondeur de ses poches, puis se leva en soufflant la colère qui lui gonflait le visage, et prenant le bras de madame Le Quesnoy :

« Allons dîner, maman... Ça m'apprendra à ne plus m'emballer pour un tas de non-valeurs. »

Ils allaient de front tous les quatre, Hortense les yeux à terre, consternée.

« Il s'agit d'un artiste de grand talent, dit-elle en essayant d'affermir son timbre un peu voilé, il ne faut pas le rendre responsable de l'injustice du public, de l'ironie des journaux. »

Roumestan s'arrêta :

« Du talent... du talent... *bé*, oui... Je ne dis pas... mais trop exotique... »

Et levant son ombrelle :

« Prenons garde au Midi, petite sœur, prenons garde au Midi... N'en abusons pas... Paris se fatiguerait. »

Il se remit en route à pas comptés, paisible et froid comme un habitant de Copenhague ; et le silence ne fut troublé que par ce craquement du gravier sous les pas, qui semble en certaines circonstances l'écrasement, l'émiettement d'une colère ou d'un rêve. Quand on fut devant l'hôtel dont l'immense salle envoyait par ses dix fenêtres le tapage affamé des cuillers au fond des assiettes, Hortense s'arrêta, et, relevant la tête :

« Alors, ce pauvre garçon... vous allez l'abandonner ?

— Que faire ?... Il n'y a pas à lutter... Puisque Paris n'en veut pas. »

Elle eut un regard d'indignation presque méprisante :

« Oh ! c'est affreux, ce que vous dites... Eh bien, moi, je suis plus fière que vous, et fidèle à mes enthousiasmes. »

Elle franchit en deux sauts le perron de l'hôtel.

— Hortense, le second coup est sonné.

— Oui, oui, je sais... je descends.

Elle monta dans sa chambre, s'enferma, la clef en dedans, pour ne pas être dérangée. Son pupitre ouvert, un de ces coquets bibelots à l'aide desquels la Parisienne personnifie même une chambre d'auberge, elle en tira une des photographies qu'elle s'était fait faire avec le ruban et le fichu d'Arles, écrivit une ligne au bas, et signa. Pendant qu'elle mettait l'adresse, l'heure sonna au clocher d'Arvillard dans la sombreur violette du vallon, comme pour solenniser ce qu'elle osait faire.

« Six heures. »

Une vapeur montait du torrent, en blancheurs errantes et floconnantes. L'amphithéâtre de forêts, de montagnes, l'aigrette d'argent du glacier dans le soir rose, elle notait les moindres détails de cette minute silencieuse et reposée, comme on marque sur le calendrier une date entre toutes, comme on souligne dans un livre le passage qui nous a le plus ému, et songeant tout haut :

« C'est ma vie, toute ma vie que j'engage en ce moment. »

Elle en prenait à témoins la solennité du soir, la majesté de la nature, le recueillement grandiose de tout autour d'elle.

Sa vie entière qu'elle engageait! Pauvre petite, si elle avait su combien c'était peu de chose.

A quelques jours de là, mesdames Le Quesnoy quittaient l'hôtel, le traitement d'Hortense étant fini. La mère, quoique rassurée par la bonne mine de son enfant et ce que lui disait le petit docteur du miracle opéré par la nymphe des eaux,

19

avait hâte d'en finir avec cette existence dont les
moindres détails réveillaient son ancien martyre.

« Et vous, Numa ? »

Oh ! lui, il comptait rester encore une semaine
ou deux, continuer un bout de traitement et pro-
fiter du calme où le laisserait leur départ pour
écrire ce fameux discours. Cela ferait un fier tapage dont elles auraient des nouvelles à Paris.
Dame ! Le Quesnoy ne serait pas content.

Et tout à coup Hortense, prête à partir, si
heureuse pourtant de rentrer chez elle, de revoir
les chers absents que le lointain lui rendait plus
chers encore, car elle avait de l'imagination jusque dans le cœur, Hortense se sentait une tristesse
de quitter ce beau pays, tout ce monde de l'hôtel,
des amis de trois semaines auxquels elle ne se
savait pas tellement attachée. Ah ! natures ai-
mantes, comme vous vous donnez, comme tout
vous prend, et quelle douleur ensuite pour briser
ces fils invisibles et sensibles. On avait été si bon
pour elle, si attentionné ; et à la dernière heure,
il se pressait autour de la voiture tant de mains
tendues, de visages attendris. Des jeunes filles
l'embrassaient :

« Ça ne sera plus gai sans vous. »

On promettait de s'écrire, on échangeait des
souvenirs, des coffrets odorants, des coupe-papier
en nacre avec cette inscription : *Arvillard* 1876
dans un reflet bleu des lacs. Et pendant que
M. Laugeron lui glissait dans son sac une fiole de
Chartreuse surfine, elle voyait là-haut, derrière la
vitre de sa chambre, la montagnarde qui la servait

tamponner ses yeux d'un gros mouchoir lie de vin,
elle entendait une voix éraillée murmurer à son
oreille : « Du ressort, mademoiselle... toujours du
ressort... » Son ami le poitrinaire qui, grimpé sur
l'essieu, tendait vers elle un regard d'adieu, deux
yeux creusés, rongés, fiévreux, mais étincelants
d'énergie, de volonté, et un peu d'émotion aussi.
Oh ! les bonnes gens, les bonnes gens...

Hortense ne parlait pas de peur de pleurer.

« Adieu, adieu tous ! »

Le ministre, qui accompagnait ces dames jusqu'à la station lointaine, prenait place en face
d'elles. Le fouet claque, les grelots s'ébranlent.
Tout à coup Hortense crie : « Mon ombrelle ! »
Elle l'avait là, il n'y a qu'un instant. Vingt personnes s'élancent. « L'ombrelle... l'ombrelle... »
Dans la chambre, non, dans le salon. Les portes
battent, l'hôtel est fouillé de haut en bas.

— Ne cherchez pas... Je sais où elle est. »

Toujours vive, la jeune fille saute hors de la
voiture et court dans le jardin vers le berceau de
noisetiers, où le matin encore elle ajoutait quelques chapitres au roman en cours dans sa petite
tête bouillonnante. L'ombrelle était là, jetée en
travers sur le banc, quelque chose d'elle-même
resté à cette place favorite et qui lui ressemblait.
Quelles heures délicieuses passées dans ce coin de
claire verdure, que de confidences envolées avec
les abeilles et les papillons ! Sans doute elle n'y re-
viendrait jamais ; et cette pensée lui serrait le
cœur, la retenait. Jusqu'au grincement long de la
balançoire qu'à cette heure elle trouvait charmant.

— Zut ! tu m'embêtes...

C'était la voix de mademoiselle Bachellery qui, furieuse de se voir délaisser pour cë départ et se croyant seule avec sa mère, lui parlait dans son langage habituel. Hortense songeait aux câlineries filiales qui l'avaient tant de fois énervée, et riait toute seule en revenant vers la voiture, quand au détour d'une allée elle se trouva face à face avec Bouchereau. Ellc s'écartait, mais il la retint par le bras.

— Vous nous quittez donc, mon enfant ?

— Mais oui, monsieur...

Elle ne savait trop que répondre, interdite de la rencontre et de ce qu'il lui parlait pour la première fois. Alors il lui prit les deux mains dans les siennes, la tenait ainsi devant lui, les bras écartés, la considérait profondément de ses yeux aigus sous leurs sourcils blancs en broussailles. Puis ses lèvres, son étreinte, tout trembla, un flot de sang empourprant sa pâleur :

— Allons, adieu... bon voyage !

Et sans d'autres paroles, il l'attira, la serra contre sa poitrine avec une tendresse de grand-père et se sauva, les deux mains appuyées sur son cœur qui éclatait.

XIII

LE DISCOURS DE CHAMBÉRY

Non, non, je me fais hironde...e...elle
Et je m'envo...o...le à tire d'ai...ai...le...

De sa voix aigrelette qui, ce matin, s'était levée
toute limpide et de belle humeur, la petite Bachellery, serrée dans un caban de fantaisie à capuchon
de soie bleue pour aller avec une petite toque entortillée d'un grand voile de gaze, chantait devant
sa glace en achevant de boutonner ses gants. San-
glée pour l'excursion, sa joyeuse petite personne
avait une bonne odeur de toilette fraîche et de
costume neuf, strictement ordonné, en contraste
avec le gâchis de la chambre d'hôtel, où les restes
d'un souper traînaient sur la table au milieu des
jetons, des cartes, des bougies, tout près du lit découvert et d'une grande baignoire pleine de cet
éblouissant petit-lait d'Arvillard souverain pour
calmer les nerfs et satiner la peau des baigneuses.

En bas, l'attendaient le panier attelé, secouant ses grelots, et toute une jeune escorte caracolant devant le perron.

Comme la toilette finissait, on frappa à la porte.

— Entrez !...

Roumestan s'avança, très ému, lui tendit une large enveloppe :

— Voici, mademoiselle... Oh ! lisez... lisez...

C'était son engagement à l'Opéra pour cinq ans, avec les appointements voulus, la vedette, tout. Quand elle l'eut déchiffré article par article, froidement, posément, jusqu'à la signature à gros doigts de Cardaillac, alors, mais seulement alors, elle fit un pas vers le ministre, et, relevant son voile déjà serré pour la poussière du voyage, tout contre lui, son bec rose en l'air :

— Vous êtes bon... je vous aime...

Il n'en fallait pas plus pour faire oublier à l'homme public tous les ennuis que cet engagement allait lui causer. Il se contint pourtant, demeura droit, froid, sourcilleux comme un roc.

— Maintenant, j'ai tenu ma parole, je me retire.. je ne veux pas déranger votre partie...

— Ma partie?... Ah ! oui, c'est vrai... Nous allons à Château-Bayard.

Et, lui passant ses deux bras au cou, câlinement :

— Vous allez venir avec nous... Oh ! si... oh ! si...

Elle lui frôlait la figure avec ses grands cils en pinceaux, et même lui mordillait son menton de tatue, pas bien fort, du bout des quenottes.

— Avec ces jeunes gens?... mais c'est impossible... Vous n'y songez pas?...

— Ces jeunes gens?... Je m'en moque pas mal de ces jeunes gens... Je les lâche... Maman va les prévenir... Oh! ils y sont habitués... tu entends, maman?

— J'y vas, dit madame Bachellery qu'on apercevait dans la chambre à côté, le pied sur une chaise, s'efforçant de chausser ses bas rouges de bottines de coutil trop étroites. Elle fit au ministre sa belle révérence des Folies-Bordelaises et descendit bien vite expédier ces messieurs.

— Garde un cheval pour Bompard... Il viendra avec nous, lui cria la petite; et Numa, touché de cette attention, savoura la joie délicieuse d'écouter, avec cette jolie fille entre ses bras, s'éloigner au pas, l'oreille basse, toute la fringante jeunesse dont les caracolades lui avaient tant de fois piétiné le cœur. Un baiser longuement appuyé sur un sourire qui promettait tout, puis elle se dégagea :

— Allez vite vous habiller... Il me tarde d'être en route.

Quelle rumeur curieuse dans l'hôtel, quel mouvement derrière les persiennes quand on sut que le ministre était de la partie de Château-Bayard, qu'on vit son large gilet blanc, le panama ombrant sa face romaine, s'étaler dans le panier en face de la chanteuse. Après tout, comme disait le père Olivieri très aguerri par ses voyages, quel mal y avait-il à cela, est-ce que la mère ne les accompagnait pas, et le Château-Bayard, monument historique, rentrait-il oui ou non dans les attributions minis-

térielles ? Ne soyons donc pas si intolérants, mon
Dieu, surtout avec des hommes qui donnent leur
vie à la défense des bonnes doctrines et de notre
sainte religion.

— Bompard ne vient pas, qu'est-ce qu'il fait
donc ? murmurait Roumestan, impatienté d'attendre là, devant l'hôtel, sous tous ces regards plon-
geants qui le fusillaient malgré le baldaquin de la
voiture. A une croisée du premier étage, quelque
chose d'extraordinaire apparut, de blanc, de rond,
d'exotique, qui cria avec l'accent de l'ancien chef
des Tcherkesses :

— Partez devant... Je *rejoueïndrai*.

Comme s'ils n'attendaient que ce signal, les deux
mulets, le garrot bas mais le pied solide, détalèrent
en secouant leurs sonnettes voyageuses, franchirent
le parc en trois sauts, traversèrent l'établissement
de bains.

— Gare ! gare !

Les baigneurs effarés, les chaises à porteurs se
rangent vivement, les filles de service, leurs
grandes poches de tablier pleines de monnaie et
de tickets de couleur, apparaissent à l'entrée des
galeries ; les masseurs, tout nus comme des Bé-
douins sous leurs couvertures de laine, se montrent
à mi-corps sur l'escalier des étuves, les salles d'inhalation soulèvent leurs rideaux bleus, on veut voir
passer le ministre et la chanteuse ; mais ils sont
déjà loin, lancés à fond de train dans le lacis descendant des petites rues noires d'Arvillard, sur les
cailloux pointus, serrés, veinés de soufre et de feu,
où la voiture rebondit avec des étincelles, secouant

les maisons basses toutes lépreuses, faisant apparaître aux fenêtres garnies d'écriteaux, au seuil des boutiques de bâtons ferrés, de parasols, de passe-montagnes, de pierres calcaires, minerais, cristaux et autres attrape-baigneurs, des têtes qui s'inclinent, des fronts qui se découvrent à la vue du ministre. Les goîtreux eux-mêmes le reconnaissent, saluent de leurs rires inconscients et rauques le grand maître de l'Université de France, tandis que ces dames, très fières, se tiennent droites et dignes en face de lui, sentant bien l'honneur qui leur est fait. Elles ne se mettent à l'aise qu'une fois hors du pays sur la belle route de Pontcharra, où les mulets soufflent au bas de la tour du Treuil que Bompard a fixée comme rendez-vous.

Les minutes se passent, pas de Bompard. On le sait bon cavalier, il s'en est vanté si souvent. On s'étonne, on s'irrite, Numa surtout, impatient d'être loin sur cette route blanche, unie, qui paraît sans fin, d'avancer dans cette journée qui s'ouvre comme une vie, pleine d'espérances et d'aventures. Enfin d'un tourbillon de poussière où halète une voix effrayée : « ho!... la... ho!... la... » jaillit la tête de Bompard, coiffée d'un de ces casques en liège couverts de toile blanche, à vague tournure de sca-phandres, en usage dans l'armée indo-anglaise, et que le méridional a emporté dans le but d'agrandir, de dramatiser son voyage, laissant croire au cha-pelier qu'il partait pour Bombay ou pour Calcutta.

« Arrive donc, lambin. »

Bompard hocha la tête d'un air tragique. Evi-demment il s'était passé des choses au départ, et le

20

Tcherkesse avait dû donner aux gens de l'hôtel une
triste idée de son équilibre ; car de larges plaques
de poussière souillaient ses manches et son dos.

« Mauvais cheval, dit-il en saluant ces dames,
pendant que le panier s'ébranlait, mauvais cheval,
mais je l'ai mis au pas. »

Si bien au pas que maintenant l'étrange bête ne
voulait plus avancer, piétinant et tournant sur
place comme un chat malade, malgré les efforts
de son cavalier. La voiture était déjà loin.

« Viens-tu, Bompard?...

— Partez devant... Je rejoindrai... » cria-t-il encore de son plus beau creux marseillais ; puis il eut
un geste désespéré et on le vit détaler du côté d'Arvillard dans une volée de sabots furieux. Tout le
monde pensa : « il aura oublié quelque chose » et
on ne s'occupa plus de lui.

La route contournait les hauteurs, large route
de France, espacée de noyers, ayant à gauche des
forêts de châtaigniers et de pins, en terrasses, à
droite des pentes immenses, déroulant à perte de
vue, jusqu'au fond où les villages apparaissaient
resserrés dans les creux, des champs de vigne, de
blé, de maïs, des mûriers, des amandiers, et d'é-
blouissants tapis de genêts dont la graine éclatant
à la chaleur faisait un pétillement continu, comme
si le sol même grésillait tout en feu. On aurait pu
le croire à la lourdeur du temps, à cet embrase-
ment de l'atmosphère qui ne paraissait pas venir
du soleil, presque invisible, reculé derrière une
gaze, mais de vapeurs terrestres et brûlantes faisant trouver délicieusement fraîche la vue du Glay-

zin et sa cime coiffée de neiges qu'on aurait pu,
semblait il, toucher du bout des ombrelles.

·Roumestan ne se souvenait pas de paysage com-
parable à celui-là, non, pas même dans sa chère
Provence ; il n'imaginait pas de bonheur plus complet que le sien. Ni soucis, ni remords. Sa femme
fidèle et croyante, l'espoir de l'enfant, la prédiction
de Bouchereau sur Hortense, l'effet désastreux
qu'allait produire l'apparition du décret Cardaillac
à l'*Officiel*, rien n'existait plus pour lui. Tout son
destin tenait dans cette belle fille dont les yeux reflétaient ses yeux, ses genoux emboîtés dans les
siens, et qui sous le voile azur, rosé par sa chair
blonde, chantait en lui pressant les mains :

> Maintenant je me sens aimée,
> Fuyons tous deux sous la ramée...

Pendant qu'ils s'emportaient dans le vent de la
course, la route dévidée rapidement élargissait
son paysage à mesure, laissant voir une plaine immense en demi-cercle, des lacs, des villages, puis
des montagnes nuancées à leur degré d'éloigne-
ment, la Savoie qui commençait.

« Que c'est beau ! que c'est grand ! » disait la
chanteuse ; lui, répondait tout bas : « Que je vous
aime ! »

A la dernière halte, Bompard rejoignit encore
une fois, à pied, très piteux, menant son cheval par
la bride. « Cette bête est étonnante... » fit-il sans
plus, et ces dames s'informant s'il était tombé :
« Non... C'est mon ancienne blessure qui s'est rou-
verte. » Blessé où, quand ? Il n'en avait jamais

parlé; mais, avec Bompard, il fallait s'attendre à
des surprises. On le fit monter dans la voiture, son
très pacifique cheval docilement attelé derrière, et
l'on se dirigea vers le Château-Bayard, dont les deux
tours poivrières, piètrement restaurées, se distin-
guaient sur un plateau.

Une servante vint au-devant d'eux, montagnarde
finaude, aux ordres d'un vieux prêtre, ancien des-
servant des paroisses voisines, qui habite Château-
Bayard, à la charge d'en laisser l'entrée libre aux
touristes. Quand une visite est signalée, le prêtre,
très digne, monte dans sa chambre, à moins qu'il ne
s'agisse de personnages; mais le ministre en partie
fine se gardait bien de donner ses titres, et ce fut
comme à de simples visiteurs que la domestique
montra, avec les phrases apprises et le ton psalmo-
dique de ces gens-là, ce qui reste de l'ancien ma-
noir du chevalier sans peur et sans reproche, pendant que le cocher installait le déjeuner sous une
tonnelle du petit jardin.

« Ici l'ancienne chapelle où le bon chevalier matin et soir... Je prie mesdames et messieurs de con-
sidérer l'épaisseur des murailles. »

On ne considérait rien du tout. Il faisait noir, on
butait contre des gravats qu'éclairait à demi le jour
d'une meurtrière glissant sur un grenier à foin éta-
bli dans les poutres du plafond. Numa, le bras de
sa petite sous le sien, se moquait un peu du chevalier Bayard et de « sa respectable mère, la dame
Hélène des Allemans ». Cette odeur de vieilles choses les ennuyait; et même un moment, pour tâter
l'écho des voûtes de la cuisine, madame Bachellery

ayant entonné la dernière chanson de son époux, mais là, tout à fait gaillarde, *J'tiens ça d'papa...*, *j'tiens ça d'maman...*, personne ne se scandalisa, au contraire.

Mais dehors, le déjeuner servi sur une massive table de pierre, et quand la première faim fut apaisée, la calme splendeur de l'horizon autour d'eux, la vallée du Graisivaudan, les Bauges, les sévères contreforts de la Grande-Chartreuse, et le contraste, dans cette nature aux grandes lignes, du petit verger en terrasse où vivait ce vieux solitaire, tout à Dieu, à ses tulipiers, à ses abeilles, les pénétra peu à peu de quelque chose de grave, de doux qui ressemblait à du recueillement. Au dessert, le ministre entr'ouvrant le guide pour retremper sa mémoire, parla de Bayard, « de sa pauvre dame de mère qui tendrement plorait », le jour où l'enfant partant pour Chambéry, page chez le duc de Savoie, faisait caracoler son petit roussin devant la porte du Nord, à cette place même où l'ombre de la grosse tour s'allongeait majestueuse et frêle, comme le fantôme du vieux castel évanoui.

Et Numa, se montant, leur lisait les belles paroles de madame Hélène à son fils, au moment du départ : « Pierre, mon amy, je vous recommande que devant toutes choses aimiez, craigniez et serviez Dieu, sans aucunement l'offenser, s'il vous est possible. » Debout sur la terrasse, avec un geste large qui allait jusqu'à Chambéry : « Voilà ce qu'il faut dire aux enfants, voilà ce que tous les parents, ce que tous les maîtres... »

Il s'arrêta, se frappa le front :

20.

« Mon discours !... C'est mon discours... Je le tiens... Superbe ! Le Château-Bayard, une légende locale... Quinze jours que je le cherche... Et le voilà !

— C'est providentiel, cria madame Bachellery pleine d'admiration, trouvant tout de même la fin du déjeuner un peu grave... Quel homme ! Quel homme ! »

La petite paraissait aussi très montée ; mais l'impressionnable Roumestan n'y prenait pas garde. L'orateur bouillonnait sous son front, dans sa poitrine, et tout à son idée :

— Le beau, disait-il en cherchant autour de lui, le beau serait de dater la chose de Château-Bayard...

— Si c'est que monsieur l'avocat voudrait un petit coin pour écrire...

— Oh ! seulement quelques notes à jeter... Vous permettez, mesdames... Le temps qu'on vous serve le café... Je reviens... C'est pour pouvoir mettre ma date sans mentir. »

La servante l'installa dans une petite pièce du rez-de-chaussée très ancienne, dont la voûte arrondie en dôme garde des fragments de dorure et qu'on prétend avoir été l'oratoire de Bayard, de même que la vaste salle voisine avec un grand lit de paysan à baldaquin et rideaux de perse, est présentée comme sa chambre à coucher.

Il faisait bon écrire entre ces épaisses murailles que la lourdeur du temps ne pénétrait pas, derrière cette porte-fenêtre entrebâillée jetant en travers de la page la lumière, les parfums du petit

verger. Au début, la plume de l'orateur n'était pas
assez prompte pour l'enthousiasme de l'idée; li
envoyait ses phrases, à la grosse, la tête en bas,
des phrases d'avocat du Midi connues mais élo-
quentes, grises avec une chaleur cachée et des pé-
tillements d'étincelles çà et là comme dans la
coulée. Subitement il s'arrêta, le crâne vide de
mots ou chargé de la fatigue de la route et des vapeurs du déjeuner. Alors il se promena de l'oratoire
à la chambre, parlant haut, s'excitant, écoutant
son pas dans la sonorité, comme celui d'un revenant illustre, et se rassit encore sans pouvoir tra-
cer une ligne... Tout tournait autour de lui, les
murs blanchis à la chaux, ce rayon de lumière
hypnotisante. Il entendit un bruit d'assiettes et de
rires dans le jardin, loin, très loin, et finit par s'endormir profondément, le nez sur son ébauche.

...Un violent coup de tonnerre le mit debout.
Depuis combien de temps était-il là? Un peu confus,
il sortit dans le jardin désert, immobile. L'odeur
des tulipiers s'écrasait dans l'air. Sous la tonnelle
vide, des guêpes volaient lourdement autour de la
poissure des verres de champagne et du sucre resté
dans les tasses que la montagnarde desservait sans
bruit, prise d'une peur nerveuse de bête à l'approche de l'orage, et se signant à chaque éclair.
Elle apprit à Numa que la demoiselle se trouvant
avec un grand mal de tête après déjeuner, elle l'a-
vait menée dormir un peu dans la chambre de
Bayard, en fermant « ben doucement » la porte
pour ne pas déranger le monsieur qui travaillait.
Les deux autres, la grosse dame et le chapeau

blanc, étaient descendus dans la vallée, et pour
sûr ils auraient de l'eau, car il allait en faire un...
« Voyez!... »

Dans la direction qu'elle indiquait, sur la crête
déchiquetée des Bauges, les cimes calcaires de la
Grande-Chartreuse enveloppée d'éclairs comme un
mystérieux Sinaï, le ciel s'obscurcissait d'une
énorme tache d'encre qui grandissait à vue d'œil
et sous laquelle toute la vallée, le remous des
arbres verts, l'or des blés, les routes indiquées par
de légères traînes de poussière blanche soulevée, la
nappe argentée de l'Isère, prenaient une extraordinaire valeur lumineuse, un jour de réflecteur
oblique et blanc, à mesure que se projetait la
sombre et grondante menace. Au lointain, Roumestan aperçut le casque en toile de Bompard,
étincelant comme une lentille de phare.

Il rentra, mais ne put se remettre au travail.
Pour le coup, le sommeil ne paralysait pas sa
plume ; il se sentait, au contraire, étrangement
excité par la présence d'Alice Bachellery dans la
chambre voisine. Au fait, y était-elle encore? Il
entr'ouvrit la porte et n'osa plus la refermer, de
peur de déranger le joli sommeil de la chanteuse
jetée, toute défaite, sur le lit, dans un fouillis trou-
blant de cheveux froissés, d'étoffes ouvertes, de
blanches formes entrevues.

— Allons, voyons, Numa... La chambre de
Bayard, qué diable!

Il se prit positivement par le collet, comme un
malfaiteur, se ramena, s'assit de force à sa table, la
tête entre ses mains, bouchant ses yeux et ses

oreilles, pour mieux s'absorber dans la dernière phrase qu'il répétait tout bas :

— « Et, messieurs, ces recommandations suprêmes de la mère de Bayard venues jusqu'à nous dans la tant douce langue du moyen âge, nous voudrions que l'Université de France... »

L'orage l'énervait, si lourd, engourdissant comme l'ombre de certains arbres des tropiques. Sa tête flottait, grisée d'une odeur exquise exhalée par les fleurs amères des tulipiers ou cette brassée de cheveux blonds éparse sur le lit à côté. Malheureux ministre ! Il avait beau s'accrocher à son discours, invoquer le chevalier sans peur et sans reproche, l'instruction publique, les cultes, le recteur de Chambéry, rien n'y fit. Il dut rentrer dans la chambre de Bayard, et, cette fois, si près de la dormeuse, qu'il entendait son souffle léger, frôlait de la main l'étoffe à ramages des rideaux tombés encadrant ce sommeil provocateur, cette chair nacrée aux ombres et aux dessous roses d'une sanguine polissonne de Fragonard.

Même là, au bord de sa tentation, le ministre luttait encore, et le murmure machinal de ses lèvres marmottait les recommandations suprêmes que l'Université de France... quand un roulement brusque qui rapprochait ses saccades réveilla la chanteuse en sursaut.

— Oh ! que j'ai eu peur... tiens ! c'est vous ?

Elle le reconnaissait en souriant, de ses yeux clairs d'enfant qui s'éveille, sans aucune gêne de son désordre ; et ils restaient saisis, immobiles, croisant la flamme silencieuse de leur désir. Mais la chambre se trouva subitement plongée dans une nuit noire par le retour des hautes persiennes que le vent fermait l'une après l'autre. On entendit battre des portes, une clef tomber, des tourbillons de feuilles et de fleurs rouler sur le sable jusqu'au seuil où soufflait la bourrasque plaintivement.

— Quel orage ! lui dit-elle tout bas en prenant sa main brûlante et l'attirant presque sous les rideaux...

« Et Messieurs, ces recommandations suprêmes de la mère de Bayard, venues à nous dans la tant douce langue du moyen âge... »

C'était à Chambéry, en vue du vieux château des ducs de Savoie et de ce merveilleux amphithéâtre de vertes collines et de montagnes neigeuses auquel Chateaubriand songeait devant le Taygète, que le grand maître de l'Université parlait cette fois, entouré d'habits brodés, de palmes, d'hermines, d'épaulettes à gros grains, dominant une foule immense soulevée par la puissance de sa verve, le geste de sa main robuste tenant encore la petite truelle à manche d'ivoire qui venait de cimenter la première pierre du lycée...

« Nous voudrions que l'Université de France les adressât à chacun de ses enfants : Pierre, mon amy, je vous recommande devant toutes choses... »

Et tandis qu'il citait ces touchantes paroles, une émotion faisait trembler sa main, sa voix, ses larges joues, au souvenir de la grande chambre odorante où, dans l'agitation d'un orage mémorable, avait été composé le discours de Chambéry.

XIV

LES VICTIMES

Un matin. Dix heures. L'antichambre du ministre de l'Instruction publique, long couloir, mal éclairé, à tentures sombres et lambris de chêne, s'encombre d'une foule de solliciteurs, assis ou piétinants, plus nombreux de minute en minute, chaque nouveau venu donnant sa carte au solennel huissier à chaîne qui la prend, l'inspecte, et religieusement la pose, sans un mot, à côté de lui, sur le buvard de la petite table où il écrit dans le jour blême de la croisée toute ruisselante d'une fine pluie d'octobre.

Un des derniers arrivants a pourtant l'honneur d'émouvoir cette auguste impassibilité. C'est un gros homme hâlé, brûlé, goudronné, avec deux petites ancres d'argent en boucles d'oreilles, et une voix de phoque enroué comme il en râle dans la claire vapeur matinale des ports provençaux.

— Dites-y que c'est Cabantous le pilote... Il sait ce que c'est... Il m'attend.

— Vous n'êtes pas le seul, répond l'huissier, qui sourit discrètement de sa plaisanterie.

Cabantous n'en sent pas la finesse ; mais il rit de confiance, la bouche fendue jusqu'aux ancres, et tanguant des épaules, à travers la foule qui s'écarte de son parapluie trempé, il va prendre place sur une banquette à côté d'un autre patient presque aussi tanné que lui.

— *Tél vé*... C'est Cabantous... Hé ! adieu...

Le pilote s'excuse, il ne remet pas la personne.

— Valmajour, savez bien... On s'est connu là-bas, aux arènes.

— C'est tron de Dieu ! vrai... *Bé*, mon homme, tu peux dire que Paris t'a changé... »

Le tambourinaire est maintenant un monsieur aux cheveux noirs très longs, rejetés derrière l'oreille, à l'artiste, ce qui avec son teint bistré, sa moustache bleuâtre qu'il effile continuellement, le fait ressembler à un Tzigane de la Foire aux pains d'épices. Là-dessus, une crête toujours levée de coq de village, une vanité de beau garçon et de musicien où se trahit et déborde l'exagération de son midi d'apparence tranquille et peu bavarde. L'insuccès de l'Opéra ne l'a pas refroidi. Comme tous les acteurs en pareil cas, il l'attribue à la cabale ; et pour sa sœur et lui, ce mot prend des proportions barbares, extraordinaires, une orthographe de sanscrit, la *kkabbale*, un animal mystérieux qui tient du serpent à sonnettes et du cheval de l'Apocalypse. Et il raconte à Cabantous qu'il débute dans

quelques jours à un grand café concert du Boulevard, « un *eskating*, allons ! » où il doit figurer dans
des tableaux vivants, à deux cents francs par soir.

— Deux cents francs par soir ! »

Le pilote roule des yeux...

— Et en plus, ma *biographille* qu'on criera dans
les rues et mon portrait de sa grandeur nature sur
tous les murs de Paris, *avé* le costume de troubadour de l'ancien temps que je mettrai le soir pour
faire ma musique. »

C'est cela surtout qui le flatte, le costume. Quel
dommage qu'il n'ait pas pu mettre sa casquette à
créneaux et ses souliers à la poulaine, pour venir
montrer au ministre l'engagement superbe, sur du
bon papier cette fois, que l'on a signé sans lui. Cabantous regarde la feuille timbrée, noircie sur ses
deux faces et soupire :

— Tu es bien heureux... Moi, voilà plus d'un an
que *j'espère* après ma médaille... Numa m'avait dit
d'y envoyer mes papiers, j'y ai envoyé mes papiers... Puis j'ai plus entendu parler de la médaille, ni des papiers, ni de rien du tout... J'ai écrit
à la marine, ils *mé* connaissent pas, à la marine...
J'ai écrit au ministre, le ministre m'a pas ré-
pondu... Et le plus foutant, c'est qu'à présent, sans
mes papiers, quand j'ai une discussion avec les ca-
pitaines marins pour le pilotage, les prud'hommes
ils veulent pas écouter mes raisons. Alors, voyant
ça, j'ai mis la barque à la *calanque*, et je me suis
pensé : allons voir Numa. »

Il en pleurerait presque, le malheureux pilote.
Valmajour le console, le rassure, promet de parler

21

au ministre pour lui, ceci d'un ton assuré, le doigt à la moustache, comme un homme à qui l'on n'a rien à refuser. Du reste, cette attitude hautaine ne lui est pas particulière. Tous ces gens qui attendent une audience, vieux prêtres aux façons béates, en mantelet de visite, professeurs méthodiques et autoritaires, peintres gommeux, coiffés à la russe, épais sculpteurs aux doigts en spatule, ont ce même maintien triomphant. Amis particuliers du ministre, sûrs de leur affaire, tous en arrivant ont dit à l'huissier :

— Il m'attend.

Tous ont la conviction que si Roumestan les savait là !.... C'est ce qui donne à cette antichambre de l'Instruction publique une physionomie très spéciale, sans rien de ces pâleurs de fièvres, de ces tremblantes anxiétés qu'on trouve dans les salles d'attente ministérielles.

— Avec qui est-il donc ? demande tout haut Valmajour s'approchant de la petite table.

— Le directeur de l'Opéra.

— Cardaillac... va bien, je sais... C'est pour mon affaire... »

Après l'insuccès du tambourinaire à son théâtre, Cardaillac s'est refusé à le faire entendre de nouveau. Valmajour voulait plaider ; mais le ministre, qui craint les avocats et les petits journaux, a fait prier le musicien de retirer son assignation, lui garantissant une forte indemnité. C'est cette indemnité qu'on discute sans doute en ce moment, et non sans quelque animation, car le coup de clairon de Numa franchit à tout instant la double porte du cabinet qui s'ouvre enfin brutalement.

— Ce n'est pas ma protégée, c'est la vôtre.

Le gros Cardaillac sort sur ce mot, traverse l'antichambre à pas furieux, se croisant avec l'huissier qui s'avance entre deux haies de recommandations.

— Vous n'avez qu'à donner mon nom.

— Qu'il sache seulement que je suis là.

— Dites-y que c'est Cabantous.

L'autre n'écoute personne, marche, très grave, quelques cartes de visite à la main, et, derrière lui, la porte qu'il laisse entr'ouverte montre le cabinet ministériel, plein du jour de ses trois fenêtres sur le jardin, tout un panneau couvert par le manteau doublé d'hermine de M. de Fontanes peint en pied.

Avec un peu d'étonnement sur sa figure cadavérique, l'huissier revient et appelle :

— Monsieur Valmajour.

Le musicien n'est pas étonné, lui, de passer ainsi avant tous les autres.

Depuis le matin il a son portrait affiché sur les murs de Paris. C'est un personnage à présent, et le ministre ne le ferait plus languir dans les courants d'air d'une gare. Fat, souriant, le voilà planté au milieu du somptueux cabinet où des secrétaires sont en train de mettre à bas cartons et tiroirs dans une recherche effarée. Roumestan, furieux, tonne, gronde, les mains dans ses poches :

« Mais enfin, ces papiers, qué diable !.... On les a donc perdus, les papiers de ce pilote... Vraiment, messieurs, il y a ici un désordre... »

Il aperçoit Valmajour. « Ah ! c'est vous... » et il saute dessus d'un bond, pendant que par les portes latérales des dos de secrétaires se sauvent épouvantés, emportant des piles de cartons.

« Ah çà, est-ce que vous n'allez pas finir de me persécuter avec votre musique de chien ?.... Vous n'avez pas assez d'un four ? Combien vous en faut-il ?.... Maintenant vous voilà, me dit-on, sur les murs en costume mi-parti... Et qu'est-ce que c'est que cette blague qu'on vient de m'apporter ?.... Ça votre biographie !.... Un tissu d'inepties et de mensonges... Vous savez bien que vous n'êtes pas plus prince que moi, que ces parchemins dont on parle n'ont jamais existé que dans votre imagination. »

D'un geste discuteur et brutal il tenait le malheureux par le milieu de sa jaquette, à poignée pleine et le secouait tout en parlant. D'abord ce skating n'avait pas le sou. Des puffistes. On ne le paierait pas, il en serait pour la honte de ce sale coloriage sur son nom, celui de son protecteur. Les journaux allaient recommencer leurs plaisanteries, Roumestan et Valmajour, le galoubet du ministère... Et se montant au souvenir de ces injures, ses larges joues remuées d'une colère de famille, un accès de la tante Portal, plus effrayant dans le milieu solennel et administratif où les personnalités doivent disparaître devant les situations, il lui criait de toutes ses forces :

« Mais allez-vous en donc, misérable, allez-vous en !... On ne veut plus de vous, on en a assez de votre galoubet. »

Valmajour, hébété, se laissait faire, bégayant « Va bien... va bien... » implorant la figure apitoyée de Méjean, le seul que la colère du maître n'eût pas mis en fuite, et le grand portrait de Fontanes qui semblait scandalisé de violences pareilles, accentuant son air ministre à mesure que Roumestan le perdait davantage. Enfin, lâché par le poignet robuste qui l'étreignait, le musicien put gagner la porte, s'enfuir éperdu, lui et ses billets de skating.

« Cabantous pilote !... dit Numa lisant le nom que lui présentait l'huissier impassible... Encore un Valmajour !... Ah ! mais non... J'en ai assez d'être leur dupe... Fini pour aujourd'hui... Je n'y suis plus... »

Il continuait à arpenter son cabinet, dissipant ce qui lui restait de cette grande colère dont Valmajour avait injustement porté tout le choc. Ce Cardaillac, quelle impudence ! Venir lui reprocher la petite, chez lui, en plein ministère, devant Méjean, devant Rochemaure.

« Ah ! décidément je suis trop faible... La nomination de cet homme à l'Opéra est une lourde faute. »

Son chef de cabinet partageait cet avis, mais il se serait bien gardé de le dire ; car Numa n'était plus le bon enfant d'autrefois, qui riait le premier de ses emballements, acceptait les railleries et les remontrances. Devenu le chef effectif du cabinet, grâce au discours de Chambéry et à quelques autres prouesses oratoires, l'ivresse des hauteurs, cette atmosphère de roi où les plus fortes têtes

21.

chavirent, l'avait changé, rendu nerveux, volon
taire, irritable.

Une porte sous tenture s'ouvrit, madame Roumestan parut, prête à sortir, élégamment coiffée,
un ample manteau dissimulant sa taille. Et de cet
air de sérénité qui depuis cinq mois éclairait son
joli visage : « Est-ce que tu as conseil aujour-
d'hui ?... Bonjour, Monsieur Méjean.

— Mais oui... Conseil... séance... Tout !

— Moi qui voulais te demander de venir jusque
chez maman... J'y déjeune... Hortense aurait été
si contente.

— Tu vois, ce n'est pas possible.

Il regarda sa montre :

— Je dois être à Versailles à midi.

— Alors je t'attends, je te conduirai à la gare

Il hésita une seconde, rien qu'une seconde.

— Bien... Je signe ceci, et nous partons.

Pendant qu'il écrivait, Rosalie donnait tout bas à
Méjean des nouvelles de sa sœur. Le retour de
l'hiver l'impressionnait, on lui défendait de sortir.
Pourquoi n'allait-il pas la voir ? Elle avait besoin
de tous ses amis. Méjean eut un geste de tristesse
découragée : « Oh ! moi...

— Mais si... mais si... Tout n'est pas dit pour
vous. Ce n'est qu'un caprice ; je suis sûre qu'il ne
tiendra pas. »

Elle voyait les choses en beau et voulait tout
son monde heureux comme elle. Oh ! si heureuse,
et d'un bonheur si complet qu'elle mettait une
discrète superstition à n'en jamais convenir. Roumestan, lui, contait partout son aventure, aux

indifférents comme aux intimes avec une fierté comique : « Nous l'appellerons l'enfant du ministère ! » et il riait aux larmes de son mot.

Vraiment pour qui connaissait son existence au dehors, le ménage en ville impudemment installé avec réceptions et table ouverte, ce mari si empressé, si tendre, qui parlait les larmes aux yeux de sa paternité future, paraissait indéfinissable, paisible dans son mensonge, sincère dans ses effusions, déroutant les jugements de qui ne savait pas les dangereuses complications des natures méridionales.

— Je te conduis, décidément... » dit-il à sa femme en montant en voiture.

— Mais si l'on t'attend...?

— Ah! tant pis... on m'attendra... Nous serons plus longtemps ensemble.

Il prit le bras de Rosalie sous le sien, et se serrant contre elle comme un enfant :

— *Té*, vois-tu, il n'y a que là que je suis bien... Ta douceur m'apaise, ton sang-froid me réconforte... Ce Cardaillac m'a mis dans un état... Un homme sans conscience, sans moralité...

— Tu ne le connaissais donc pas ?

— Il mène ce théâtre, c'est une honte !...

— C'est vrai que l'engagement de cette demoiselle Bachellery... Pourquoi l'as-tu laissé faire ?... Une fille qui a tout faux, sa jeunesse, sa voix, jusqu'à ses cils. »

Numa se sentait rougir. C'était lui maintenant qui les attachait, du bout de ses gros doigts, les cils de la petite. La maman lui avait appris.

— A qui appartient-elle donc cette rien du tout ?... Le *Messager* parlait l'autre jour de hautes influences, de protection mystérieuse...

— Je ne sais pas... A Cardaillac sans doute.

Il se détournait pour cacher son embarras, et se rejeta tout à coup en arrière, épouvanté.

— Quoi donc ? demanda Rosalie, regardant aussi par la portière.

L'affiche du skating, immense, de tons criards qui ressortaient sous le ciel pluvieux et grisâtre, répétait à chaque angle de rue, à chaque place libre sur un mur nu ou des planches de clôture, un troubadour gigantesque, entouré de tableaux vivants en bordure, une tache jaune, verte, bleue, avec l'ocre d'un tambourin jeté en travers. La longue palissade, qui ferme les constructions de l'Hôtel de Ville devant lesquelles leur voiture passait à l'instant, était couverte de cette réclame grossière, éclatante, qui stupéfiait même la badauderie parisienne.

— Mon bourreau ! fit Roumestan avec une désolation comique.

Et Rosalie doucement grondeuse :

— Non... ta victime... Et si c'était la seule ! Mais une autre a pris feu à ton enthousiasme...

— Qui donc çà ?

— Hortense.

Elle lui raconta alors ce dont elle était enfin certaine, malgré les mystères de la jeune fille, son amour pour ce paysan, ce qu'elle avait cru d'abord une fantaisie et qui l'inquiétait maintenant comme une aberration morale de sa sœur.

Le ministre s'indignait.

« Est-ce que c'est possible?... Ce rustre, ce Jeannot !...

— Elle le voit avec son imagination, et surtout à travers tes légendes, tes inventions qu'elle n'a pas su mettre au point. Voilà pourquoi cette réclame, ce grotesque coloriage qui t'irrite me remplit de joie au contraire. Je pense que son héros va lui paraître si ridicule qu'elle n'osera plus l'aimer. Sans cela, je ne sais ce que nous deviendrions. Vois-tu le désespoir de mon père... te vois-tu, toi, beau-frère de Valmajour... Ah ! Numa, Numa... pauvre faiseur de dupes involontaire... »

Il ne se défendait pas, s'irritant contre lui-même, contre son « sacré midi » qu'il ne savait pas dompter.

— Tiens, tu devrais rester toujours comme te voilà, tout contre moi, mon cher conseil, ma sainte protection. Il n'y a que toi de bonne, d'indulgente, et qui me comprenne et qui m'aime. »

Il tenait sa petite main gantée sous ses lèvres, et parlait avec tant de conviction que des larmes, de vraies larmes lui rougissaient les paupières. Puis, réchauffé, détendu par cette effusion, il se sentit mieux ; et lorsque, arrivés place Royale, il eut aidé sa femme à descendre avec mille précautions tendres, ce fut d'un ton joyeux, libre de tout remords, qu'il jeta à son cocher : « rue de Londres... vite! »

Rosalie, lente dans sa démarche, entendit vaguement cette adresse et cela lui fit de la peine. Non qu'elle eût le moindre soupçon ; mais, il venait de

lui dire qu'il allait gare Saint-Lazare. Pourquoi ses
actes ne répondaient-ils jamais à ses paroles?...

Une autre inquiétude l'attendait dans la chambre
de sa sœur, où elle sentit en entrant l'arrêt d'une
discussion entre Hortense et Audiberte, qui gardait
sa figure de tempête, le ruban frémissant sur ses
cheveux de furie. La présence de Rosalie la retenait,
c'était visible aux lèvres, aux sourcils serrés mé-
chamment ; pourtant la jeune femme s'informant
de ses nouvelles, elle fut bien forcée de lui répondre,
et parla alors fiévreusement de l'*eskating*, des belles
conditions qu'on leur faisait, puis, s'étonnant de
son calme, demanda presque insolente :

« Est-ce que Madame ne viendra pas entendre
mon frère?... C'est quelque chose qui en vaut la
peine, au moins, rien que pour le voir dans ses
habillements ! »

Décrit par elle, en son dictionnaire paysan, des
crevés de la toque à la pointe courbe des souliers,
ce costume ridicule mit au supplice la pauvre
Hortense qui n'osait plus lever les yeux sur sa sœur.
Rosalie s'excusa ; l'état de sa santé ne lui permettait pas le théâtre. En outre, il y avait à Paris certains endroits de plaisir où toutes les femmes ne
pouvaient aller. La paysanne l'arrêta aux premiers
mots.

« Pardon... Moi, j'y vais bien et je pense que j'en
vaux une autre... je n'ai jamais fait le mal, moi;
j'ai toujours rempli mes devoirs de *réligion*. »

Elle élevait la voix, sans rien de sa timidité ancienne, comme si elle eût acquis des droits dans
la maison. Mais Rosalie était bien trop bonne, trop

au-dessus de cette pauvre ignorante, pour l'humilier, surtout en songeant aux responsabilités de
Numa. Alors, avec tout l'esprit de son cœur, toute
sa délicatesse, de ces mots de vérité qui guérissent en
brûlant un peu, elle essaya de lui faire comprendre
que son frère n'avait pas réussi, qu'il ne réussirait
jamais dans ce Paris implacable, et que plutôt que
de s'acharner à une lutte humiliante, descendue
dans les bas-fonds artistiques, ils feraient bien mieux
de retourner au pays, de racheter leur maison,
toutes choses dont on leur fournirait les moyens, et
d'oublier dans leur vie laborieuse, en pleine nature,
les déboires de cette malheureuse expédition.

La paysanne la laissa aller jusqu'au bout, sans
une fois l'interrompre, dardant seulement sur Hortense l'ironie de ses yeux mauvais comme pour
l'exciter à la réplique. Enfin, voyant que la jeune
fille ne voulait rien dire encore, elle déclara froidement qu'ils ne s'en iraient pas, que son frère avait
à Paris des engagements de toute sorte... de toute
sorte... auxquels il lui était impossible de manquer.
Là-dessus elle jeta sur son bras la lourde mante
humide, restée au dos d'une chaise, fit une révérence hypocrite à Rosalie : « Bien le bonjour,
madame... Et merci, au moins. » Et s'éloigna suivie
d'Hortense.

Dans l'antichambre, baissant la voix à cause du
service :

« Dimanche soir, *qué*?... Dix heures et demie,
sans faute. »

Et, pressante, autoritaire :

« Vous lui devez bien ça, voyons, à ce *povre* ami...

Pour lui donner du cœur... D'abord qu'est-ce que vous risquez? C'est moi que je viens vous prendre... C'est moi que je vous ramène. »

La voyant hésiter encore, elle ajouta, presque haut, sur un diapason de menace :

— Ah ça, est-ce que vous êtes sa promise, oui ou non?

— Je viendrai... Je viendrai... dit la jeune fille épouvantée.

Quand elle rentra, Rosalie, qui la voyait distraite et triste, lui demanda :

— A quoi songes-tu, ma chérie?... C'est toujours ton roman qui continue?... Il doit être bien avancé depuis le temps! ajouta-t-elle gaiement en lui prenant la taille.

— Oh! oui, très avancé...

Avec une sourde intonation de mélancolie, Hortense reprit, après un silence :

— Mais c'est ma fin que je ne vois pas.

Elle ne l'aimait plus; peut-être même ne l'avait-elle jamais aimé. Transformé par l'absence et ce « doux éclat » que le malheur donnait à l'Abencerage, il lui était apparu de loin comme l'homme de sa destinée. Elle avait trouvé fier d'engager son existence à celui que tout abandonnait, le succès et les protections. Mais au retour, quelle clarté impitoyable, quelle terreur de voir combien elle s'était trompée.

La première visite d'Audiberte la choqua d'abord par des façons nouvelles, trop libres, trop familières, et les regards complices avec lesquels elle l'avertis-

sait tout bas : « Il va venir me prendre... chut!...
dites rien! » Cela lui parut bien prompt, bien
hardi, surtout la pensée d'introduire ce jeune
homme chez ses parents. Mais la paysanne voulait
précipiter les choses. Et tout de suite Hortense
comprit son erreur, à l'aspect de ce cabotin reje-
tant ses cheveux en arrière, d'un mouvement ins-
piré, cassant et déplaçant le sombrero provençal
sur sa tête à caractère, toujours beau, mais avec
une préoccupation visible de le paraître.

Au lieu de s'humilier un peu, de se faire pardonner l'élan généreux qu'on avait eu vers lui, il
gardait l'air vainqueur et fat de la conquête, et,
sans parler, — car il n'aurait trop su quoi dire, —
il traita la fine Parisienne comme il eût traité *celle*
des Combette en pareil cas, la prit par la taille d'un
geste de soldat troubadour et voulut l'attirer à lui.
Elle se dégagea avec une détente répulsive de tous
ses nerfs, le laissant effaré et niais, pendant qu'Audiberte intervenait vite et grondait son frère très
fort. Qu'est-ce que c'était que ces manières? C'est
à Paris qu'il les avait apprises, au faubourg de
Saint-Germein sans doute, auprès de ses duchesses?

— Attends au moins qu'elle soit ta femme,
allons!

Et à Hortense :

— Il vous aime tant... Il se calcine le sang,
pécaïré! »

Dès lors, quand Valmajour vint chercher sa sœur,
il crut devoir prendre l'allure sombre et fatale d'une
vignette de scène musicale, *la mer m'attend, le*

22

cavalier Hadjoute. La jeune fille aurait pu en être
touchée; mais le pauvre garçon paraissait décidément trop nul. Il ne savait que lisser le poil de son
feutre en racontant ses succès au noble faubourg
ou des rivalités d'acteur. Il lui parla un jour, pendant une heure, de la grossièreté du beau Mayol qui
s'était abstenu de le féliciter après un concert, et
il répétait tout le temps :

— C'est ça, votre Mayol !... Bé! il n'est pas poli,
votre Mayol.

Et toujours les attitudes surveillantes d'Audiberte,
sa sévérité de gendarme de la morale, en face de
ces deux amoureux à froid. Ah! si elle avait pu
deviner dans l'âme d'Hortense, la terreur, le dégoût
de son effroyable méprise.

— Hou! la caponne... la caponne... lui disait-
elle quelquefois en essayant de rire avec de la colère plein les yeux, car elle trouvait que l'affaire
traînait trop et croyait que la jeune fille hésitait à
affronter les reproches, les répugnances de ses parents. Comme si cela eût compté pour cette libre
et fière nature avec un amour vrai au cœur; mais
comment dire : « Je l'aime..., » et s'armer, se monter, combattre, quand on n'aime pas ?

Pourtant elle avait promis, et chaque jour on
la harcelait de nouvelles exigences; ainsi cette
« première » du Skating où la paysanne voulait
l'emmener à toute force, comptant sur le succès,
l'entraînement des bravos pour tout enlever. Et,
après une longue résistance, la pauvre petite avait
fini par consentir à cette sortie du soir en cachette
de sa mère avec des mensonges, des complicités

humiliantes ; elle avait cédé par peur, par faiblesse,
peut-être aussi dans l'espoir de ressaisir là-bas sa
vision première, le mirage évanoui, de rallumer la
flamme si désespérément éteinte.

XV

LE SKATING

Où était-ce?.... Où allait-elle?.... Le fiacre avait
roulé longtemps, longtemps, Audiberte assise à son
côté, lui tenant les mains, la rassurant, parlant avec
une chaleur de fièvre... Elle ne regardait rien, n'entendait rien ; et le grincement de cette petite voix
criarde dans le train des roues n'avait pas de sens
pour elle, pas plus que ces rues, ces boulevards,
ces façades, ne lui apparaissaient dans leur aspect
connu, mais décolorés par sa vive émotion intérieure, comme si elle les voyait d'une voiture de
deuil ou de noces...

Enfin une secousse, et l'on s'arrêtait devant un
large trottoir inondé d'une lumière blanche, découpant en noires ombres fourmillantes la foule
attroupée. Un guichet pour les billets à l'entrée
d'un large corridor, une porte battante en velours
rouge, et tout de suite la salle, une salle immense,
qui lui rappelait, avec sa nef et ses pourtours, le

stuc de ses hautes murailles, une église anglicane
où elle était allée une fois pour un mariage. Seulement ici les murs étaient couverts d'affiches,
d'annonces bariolées, les chapeaux liège, les chemises sur mesure à 4 fr. 50, les réclames des magasins de confection, alternant avec les portraits du
tambourinaire dont on entendait crier la biographie
de cette voix de soupape des marchands de pro-
grammes, au milieu d'un tapage assourdissant où
le murmure de la foule circulaire, le ronflement
des toupies sur le drap des billards anglais, les
appels de consommations, des bouffées d'harmonie
coupées de fusillades patriotiques venues du fond
de la salle, étaient dominés par un perpétuel bruit
de patins à roulettes allant et venant sur un large
espace asphalté, entouré de balustrades, dans une
houle de gibus et de chapeaux Directoire.

Anxieuse, éperdue, tour à tour pâlissant ou rou-
gissant sous son voile, Hortense marchait derrière
la Provençale, la suivait difficilement à travers un
dédale de petites tables rondes installées en bordure avec des femmes assises deux par deux et qui
buvaient, les coudes sur la table, une cigarette aux
lèvres, les genoux remontés, d'un air d'ennui. De
distance en distance, contre le mur, un comptoir
chargé, et derrière, une fille debout, les yeux cer-
clés de kohl, la bouche sanglante, des éclairs d'acier
dans une tignasse noire ou rousse, éméchée sur le
front. Et ce blanc, ce noir de chair peinte, ce sourire vermillonné, se retrouvaient sur toutes, comme
une livrée qu'elles portaient d'apparitions nocturnes
et blafardes

22.

Sinistre aussi la promenade lente de ces hommes qui se pressaient, insolents et brutaux, entre les tables, envoyant à droite et à gauche la fumée de leurs gros cigares, l'insulte de leur marchandage, s'approchant pour voir l'étalage de plus près. Et ce qui donnait le mieux l'impression d'un marché, c'était ce public cosmopolite et baragouinant, public d'hôtel, débarqué de la veille, venu là dans un négligé de voyage, les bonnets écossais, les jaquettes rayées, les twines encore imprégnés des brumes de la Manche, et les fourrures moscovites pressées de se dégeler, et les longues barbes noires, les airs rogues des bords de la Sprée masquant des rictus de faunes et des fringales de Tartares, et des fez ottomans sur des redingotes sans collet, des nègres en tenue, luisants comme la soie de leurs chapeaux, des petits Japonais à l'européenne, ratatinés et corrects, en gravures de tailleurs tombées dans le feu.

— *Bou Diou !* qu'il est laid... disait tout à coup Audiberte devant un Chinois très grave, sa longue natte dans le dos de sa robe bleue ; ou bien elle s'arrêtait, et, poussant le coude de sa compagne : « *Vé, vé !* la mariée... » elle lui montrait, allongée sur deux chaises, dont l'une soutenait ses bottines blanches de satin à talons d'argent, une femme toute en blanc, le corsage ouvert, la traîne déroulée, et les fleurs d'oranger piquant dans ses cheveux la dentelle d'une courte mantille. Puis, subitement scandalisée à des mots qui l'édifiaient sur cet oranger de hasard, la Provençale ajoutait mystérieusement : « *Une* poison, vous savez bien !.... » Vite, pour arracher Hortense au mauvais exemple,

elle l'entraînait dans l'enceinte du milieu, où tout
au fond, tenant la place du chœur dans une église,
le théâtre se dressait sous d'intermittentes flammes
électriques tombant de deux hublots globuleux,
là-haut, dans les frises, les deux yeux à jaillissures
lumineuses d'un Père Éternel sur les images de
sainteté.

Ici l'on se reposait du scandale tumultueux des
promenoirs. Dans les stalles, des familles de petits
bourgeois, de fournisseurs du quartier. Peu de
femmes. On aurait pu se croire dans une salle de
spectacle quelconque, sans l'horrible vacarme ambiant que surmontait toujours avec un roulement
régulier d'obsession le patinage sur l'asphalte, couvrant même les cuivres, même les tambours de
l'orchestre, rendant seulement possible la mimique
des tableaux vivants.

Le rideau se baissait à ce moment sur une scène
patriotique, le lion de Belfort, énorme, en carton-
pâte, entouré de soldats dans des poses triom-
phantes sur des remparts croulés, les képis au bout
des fusils, suivant la mesure d'une inentendable
Marseillaise. Ce train, ce délire, excitaient la Provençale ; les yeux lui sortaient de la tête, et tout en
installant Hortense :

« Nous sommes bien, *qué ?* Mais *rélévez* donc votre voile... tremblez donc pas... vous tremblez... Il
y a pas de risque *avé* moi. »

La jeune fille ne répondait rien, poursuivie de
cette lente promenade outrageante, où elle s'était
confondue, au milieu de tous ces masques blafards
Et voilà qu'en face d'elle, elle les retrouvait, ces

horribles masques à lèvres saignantes, dans la grimace de deux clowns se disloquant en maillot, une cloche dans chaque main, carillonnant un air de *Martha* parmi leurs gambades ; vraie musique de gnôme, informe et bègue, bien à sa place dans le babelisme harmonique du skating. Puis la toile tombait de nouveau, et la paysanne dix fois levée et rassise, s'agitant, ajustant sa coiffe, s'exclamait tout à coup en suivant le programme « ... Le mont de Cordoue... les cigales... Farandole... ça commence... vé, vé !... »

Le rideau, remontant encore une fois, laissait voir sur la toile de fond une colline lilas, où des maçonneries blanches de construction bizarre, moitié château, moitié mosquée, montaient en minarets, en terrasses, se découpaient en ogives, créneaux et moucharabies, avec des aloès, des palmiers de zinc au pied des tours immobiles sous l'indigo d'un ciel très cru. Dans la banlieue parisienne, parmi les villas du commerce enrichi, on voit de ces architectures bouffonnes. Malgré tout, malgré les tons criards des pentes fleuries de thym et les plantes exotiques égarées là pour le mot de Cordoue, Hortense éprouvait une émotion gênée devant ce paysage d'où se levaient ses plus riants souvenirs ; et cette casbah d'Osmanli sur ce mont de porphyre rose, ce château reconstruit lui semblait la réalisation de son rêve, mais grotesque et chargée, comme quand le rêve est près de tomber dans l'oppression du cauchemar. Au signal de l'orchestre et d'un jet électrique, de longues libellules, figurées par des filles déshabillées dans la

soie collante de leur maillot vert-émeraude, s'élan-
cèrent agitant de longues ailes membranées et des
crécelles grinçantes.

— Ça, des cigales!... pas plus!... dit la Provençale indignée.

Mais déjà elles s'étaient rangées en demi-cercle,
en croissant d'aigue-marine, secouant toujours
leurs crécelles très distinctes maintenant, car le tapage du skating s'apaisait, et le bourdonnement
circulaire s'était une minute arrêté dans un fouillis
de têtes serrées, penchées, regardant sous des coiffures de toute sorte. La tristesse qui navrait Hortense s'accrut encore, quand elle écouta venir,
lointain d'abord, s'enflant à mesure, le sourd ronflement du tambourin.

Elle aurait voulu fuir, ne pas voir ce qui allait
entrer. Le flûtet égrenait à son tour ses notes menues; et, secouant sous la cadence de ses pas la
poussière du tapis couleur de terrain, la farandole
se déroulait avec des fantaisies de costume, jupons
voyants et courts, bas rouges à coins d'or, vestes
pailletées, coiffures de sequins, de madras, aux
formes italiennes, bretonnes ou cauchoises, d'un
beau mépris parisien pour la vérité locale. Derrière,
venait à pas comptés, repoussant du genou un tambourin couvert de papier d'or, le grand troubadour
des affiches, en collant mi-parti, une jambe jaune
chaussée de bleue, une jambe bleue chaussée de
jaune, et la veste de satin à bouffettes, la toque en
velours crénelé ombrageant une face restée brune
en dépit du fard et dont on ne voyait bien qu'une
moustache raidie de pommade hongroise.

— Oh!... fit Audiberte, extasiée.

La farandole rangée des deux côtés de la scène
devant les cigales aux grandes ailes, le troubadour,
seul au milieu, salua, assuré et vainqueur, sous le
regard du Père Eternel qui poudrait sa veste d'un
givre lumineux. L'aubade commença, rustique et
grêle, dépassant à peine la rampe, y brûlant un
court essor, se débattant un moment aux oriflammes du plafond, aux piliers de l'immense vaisseau,
pour retomber enfin dans un silence d'ennui. Le
public regardait sans comprendre. Valmajour re-
commença un autre morceau, accueilli dès les
premières mesures par des rires, des murmures,
des apostrophes. Audiberte prit la main d'Hortense :

— C'est la cabale... attention!

La cabale ici se résuma par quelques « Chut!...
plus haut!...» des plaisanteries comme celle-ci, que
criait une voix enrouée de fille à la mimique com-
pliquée de Valmajour : ·

— As-tu fini, lapin savant?

Puis le skating reprit son train de roulettes, de
billards anglais, son piétinant trafic couvrant flûtet
et tambourin que le musicien s'entêtait à manœu-
vrer jusqu'à la fin de l'aubade. Après quoi, il salua,
s'avança vers la rampe, toujours suivi par la lueur
occulte qui ne le quittait pas. On vit ses lèvres re-
muer, esquisser quelques mots :

« Ce m'est vénu... un trou... trois trous... L'oiso
du bon Dieu... »

Son geste désespéré, compris par l'orchestre, fut
le signal d'un ballet où les cigales s'enlacèrent aux
houris cauchoises pour des poses plastiques, des

danses ondulantes et lascives, sous des feux de bengale arc-en-cielant jusqu'aux souliers pointus du
troubadour qui continuait sa mimique de tambourin devant le château de ses aïeux dans une gloire
d'apothéose...

Et c'était cela le roman d'Hortense ! Voilà ce que
Paris en avait fait.

... Le timbre clair du vieux cartel, accroché dans
sa chambre, ayant sonné une heure, elle se leva de
la causeuse où elle était tombée anéantie en rentrant, regarda tout autour son doux nid de vierge,
aux rassurantes tiédeurs d'un feu mourant, d'une
veilleuse assoupie.

« Qu'est-ce que je fais donc là ? Pourquoi ne suis-
je pas couchée ? »

Elle ne se souvenait plus, gardant seulement une
courbature meurtrie de tout son être, et, dans sa
tête une rumeur qui lui battait le front. Elle fit
deux pas, s'aperçut qu'elle avait encore son chapeau, son manteau, et tout lui revint. Le départ de
là-bas après le rideau tombé, leur retour par le
hideux marché plus allumé vers la fin, des bookma-
kers ivres se battant devant un comptoir, des voix
cyniques chuchotant un chiffre sur son passage,
puis la scène d'Audiberte à la sortie, voulant qu'elle
vînt féliciter son frère, sa colère dans le fiacre, les
injures que cette créature lui jetait pour s'humilier
ensuite, lui baiser les mains en excuse ; tout cela
confondu et dansant dans sa mémoire avec des
cabrioles de clowns, des discordances de cloches,
de cymbales, de crécelles, des montées de flammes

multicolores autour du troubadour ridicule à qui
elle avait donné son cœur. Une horreur physique
la soulevait à cette idée.

« Non, non, jamais... j'aimerais mieux mourir ! »

Tout à coup elle aperçut dans la glace en face
d'elle un spectre aux joues creuses, aux épaules
étroites ramenées en avant d'un geste frileux. Cela
lui ressemblait un peu, mais bien plus à cette princesse d'Anhalt dont sa curiosité apitoyée détaillait,
à Arvillard, les tristes symptômes et qui venait de
mourir à l'entrée de l'hiver.

« Tiens !... tiens !... »

Elle se pencha, s'approcha encore, se rappela
l'inexplicable bonté qu'ils avaient tous là-bas pour
elle, l'épouvante de sa mère, l'attendrissement du
vieux Bouchereau à son départ, et comprit... Enfin
elle le tenait, son dénoûment... Il venait tout seul...
Il y avait assez longtemps qu'elle le cherchait.

XVI

AUX PRODUITS DU MIDI

« Mademoiselle est très malade... Madame ne veut voir personne. »

La dixième fois depuis dix jours qu'Audiberte recevait la même réponse. Immobile devant cette lourde porte cintrée à heurtoir, comme on n'en trouve plus guère que sous les arcades de la place Royale, et qui refermée semblait lui interdire à tout jamais le vieux logis des Le Quesnoy :

« Va bien, dit-elle... Je ne reviens plus... C'est eux qui m'appelleront maintenant. »

Et elle partit toute agitée dans l'animation de ce quartier de commerce dont les camions chargés de ballots, de futailles, de barres de fer bruyantes et flexibles, se croisaient avec des brouettes roulant sous les porches, au fond des cours où l'on clouait des caisses d'emballage. Mais la paysanne ne s'apercevait pas de ce vacarme infernal, de cette trépidation laborieuse ébranlant jusqu'au dernier

23

étage des maisons hautes ; il se faisait dans sa méchante tête un choc autrement retentissant de pensées brutales, des heurts terribles de sa volonté
contrariée. Et elle allait, ne sentant pas la fatigue,
franchissait à pied, pour économiser l'omnibus, le
long parcours du Marais à la rue de l'Abbaye-
Montmartre.

Tout récemment, après une fougueuse pérégri-
nation à travers des logis de toutes sortes, hôtels,
appartements meublés, dont on les expulsait chaque fois à cause du tambourin, ils étaient venus
s'échouer là, dans une maison neuve qu'occupait à
des prix d'essuyeurs de plâtre une tourbe interlope
de filles, de bohèmes, d'agents d'affaires, de ces familles d'aventuriers comme on en voit dans les
ports de mer, traînant leur désœuvrement sur des
balcons d'hôtel entre l'arrivée et le départ, guettant le flot dont ils attendent toujours quelque
chose. Ici c'est la fortune qu'on épie. Le loyer était
bien cher pour eux, maintenant surtout que le
skating en faillite, il fallait réclamer sur papier timbré les quelques représentations de Valmajour.
Mais, dans cette baraque fraîche peinte, la porte
ouverte à toute heure pour les différents métiers
inavouables des locataires, avec les querelles, les
engueulades, le tambourin ne dérangeait personne. C'était le tambourinaire qui se dérangeait.
Les réclames, les affiches, le collant mi-parti et ses
belles moustaches avaient fait des ravages parmi
les dames du skating moins bégueules que cette
pimbêche de là-bas. Il connaissait des acteurs des
Batignolles, des chanteurs de café-concert, tout un

joli monde qui se rencontrait dans un bouge du
boulevard Rochechouart appelé le « Paillasson ».

Ce Paillasson, où le temps se passait dans une flâne
crapuleuse, à tripoter des cartes, boire des bocks,
ressasser des potins de petits théâtres et de basse
galanterie, était l'ennemi, l'épouvante d'Audiberte, l'occasion de colères sauvages sous lesquelles les deux hommes courbaient le dos comme
sous un orage des tropiques, quittes à maudire
ensemble leur despote en jupon vert, parlant d'elle
du ton mystérieux et haineux d'écoliers ou de domestiques : « Qu'est-ce qu'elle a dit ? .. Combien
elle t'a donné ?... » et s'entendant pour filer derrière
ses talons. Audiberte le savait, les surveillait, s'activait dehors, impatiente de rentrer, et ce jour-là
surtout, étant partie dès le matin. Elle s'arrêta une
seconde en montant, et n'entendant ni tambourin
ni flûtet :

«'Ah ! le gueusard... il est encore à son Paillasson... »

Mais, dès l'entrée, le père accourut au-devant
d'elle et arrêta l'explosion.

« Crie pas !... Il y a *de* monde pour toi... Un
monsieur du *menistère*. »

Le monsieur l'attendait au salon ; car ainsi qu'il
arrive dans ces habitations de pacotille faites à la
mécanique, dont tous les étages se reproduisent
exactement, ils avaient un salon, gaufré, crémeux,
pareil à une pâtisserie d'œufs battus, un salon qui
rendait la paysanne très fière. Et Méjean considérait, plein de compassion, le mobilier provençal
éperdu dans cette salle d'attente de dentiste, sous

la lumière crue de deux croisées sans rideau, la
coque et la *moque*, le pétrin, la panière, fourbus par
des déménagements et des voyages, secouant leur
poussière rustique sur les dorures et les peintures
à la colle. Le profil altier d'Audiberte, très pur, en
ruban des dimanches, dépaysé lui aussi à ce cinquième parisien, acheva de l'apitoyer sur ces victimes de Roumestan ; et il entama doucement
l'explication de sa visite. Le ministre, voulant
éviter aux Valmajour de nouveaux mécomptes
dont il se sentait jusqu'à un certain point responsable, leur envoyait cinq mille francs pour les dédommager du dérangement et les rapatrier... Il
tira des billets de son portefeuille, les posa sur le
vieux noyer du pétrin.

— Alors, il nous faudra partir ? demanda la paysanne, songeuse, sans bouger.

— M. le ministre désire que ce soit le plus tôt
possible... Il a hâte de vous savoir chez vous, heureux comme auparavant. »

Valmajour l'ancien risqua un coup d'œil vers
les billets :

« Moi, ça me paraît raisonnable... *Dé qué n'en
disés ?* »

Elle n'en disait rien, attendait la suite, ce que
Méjean préparait en tournant et retournant son
portefeuille : « A ces cinq mille francs, nous en join-
drons cinq mille que voici pour ravoir... pour ravoir.. » L'émotion l'étranglait. Cruelle commission que Rosalie lui avait donnée là. Ah ! il en coûte
souvent de passer pour un homme paisible et fort ;
on exige de vous bien plus que des autres. Il ajouta

très vite : « le portrait de mademoiselle Le Quesnoy.

— Enfin!... nous y voilà... Le portrait... Je savais bien, pardi! » Elle ponctuait chaque mot d'un saut de chèvre. « Comme ça, vous croyez qu'on nous aura fait venir de l'autre bout de la France, qu'on nous aura tout promis à nous qui ne demandions rien, et puis qu'on nous mettra dehors comme des chiens qui auraient fait leurs malpropretés partout... Reprenez votre argent, monsieur... Pour sûr que nous ne partirons pas, vous pouvez y dire, et qu'on ne le leur rendra pas, le portrait... C'est un papier, ça... Je le garde dans ma saquette... Il ne me quitte jamais ; et je le montrerai dans Paris, avec ce qu'il y a d'écrit dessus, pour que le monde sache que tous ces Roumestan c'est qu'une famille de menteurs... de menteurs... »

Elle écumait.

« Mademoiselle Le Quesnoy est bien malade, dit Méjean très grave.

— Avaï!...

— Elle va quitter Paris et probablement n'y rentrera pas... vivante. »

Audiberte ne répondit rien, mais le rire muet de ses yeux, l'implacable dénégation de son front antique, bas et têtu, sous la petite coiffe en pointe, indiquaient assez la fermeté de son refus. Une tentation passait alors à Méjean de se jeter sur elle, d'arracher la saquette d'indienne de sa ceinture et de se sauver avec. Il se contint pourtant, essaya quelques prières inutiles, puis frémissant de rage lui aussi : « Vous vous en repentirez, » dit-il, et il sortit, au grand regret du père Valmajour.

23.

« Avise-toi, pichote... tu nous feras arriver quelque malheur.

— Pas plus !... C'est à eux que nous en ferons des peines... Je vais consulter Guilloche. »

Guilloche, contentieux.

Derrière cette carte jaunie, piquée sur la porte en face de la leur, il y avait un de ces terribles agents d'affaires dont tout le matériel d'installation consiste en une énorme serviette en cuir, contenant des dossiers d'histoires véreuses, du papier blanc pour les dénonciations et les lettres de chantage, des croûtes de pâté, une fausse barbe et même quelquefois un marteau pour assommer les laitières, comme on l'a vu dans un procès récent. Ce type, très fréquent à Paris, ne mériterait pas une ligne de portrait si ledit Guilloche, un nom qui valait un signalement sur cette face couturée de mille petites rides symétriques, n'eût ajouté à sa profession un détail tout neuf et caractéristique. Guilloche avait l'entreprise des pensums de lycéens. Un pauvre diable de clerc s'en allait ramasser les punitions à la sortie des classes et veillait bien avant dans la nuit à copier des chants de l'Enéide ou les trois voix de λυω. Quand le contentieux manquait, Guilloche, qui était bachelier, s'attelait lui-même à ce travail original dont il tirait des bénéfices.

Mis au courant de l'affaire, il la déclara excellente. On assignerait le ministre, on ferait marcher les journaux ; le portrait à lui seul valait une mine d'or. Seulement, c'était du temps, des courses, des avances qu'il exigeait en espèces sonnantes,

l'héritage Puyfourcat lui paraissant un pur mirage,
et qui désolaient la rapacité de la paysanne déjà
cruellement mise à l'épreuve, d'autant que Valmajour, très demandé dans les salons, le premier
hiver, ne mettait plus les pieds au faubourg de
Saint-Germéin...

« Tant pis !... Je travaillerai... Je ferai des ménages, zou ! »

L'énergique petite coiffe d'Arles s'agitait dans la
grande bâtisse neuve, montait, descendait l'escalier,
colportant d'étage en étage son histoire *avé* le ministre, s'exaltait, piaillait, bondissait, et tout à coup
mystérieuse : « *Pouis* il y a le portrait... » Le regard
furtif et louche comme ces marchandes de photographies dans les passages, à qui les vieux libertins
demandent des *maillots*, elle montrait la chose.

« Une jolie fille, au moins !... Et vous avez lu ce
qu'il y a d'écrit en bas... »

La scène se passait dans des ménages inter-
lopes, chez des rouleuses du skating ou du Paillasson qu'elle appelait pompeusement « Madame Mal-
vina..... Madame Héloïse...., » très impressionnée
par leurs robes de velours, leurs chemises bordées
d'engrelures à rubans, l'outillage de leur commerce, sans s'inquiéter autrement de ce que c'é-
tait que ce commerce. Et le portrait de la chère
créature, si distinguée, si délicate, passait par ces
souillures curieuses et critiquantes ; on la détaillait, on lisait en riant le naïf aveu, jusqu'au moment où la Provençale reprenant son bien, serrait
dessus la coulisse du sac aux écus, d'un geste furieux d'étranglement :

« Je crois qu'avec ça nous les tenons. »

Zou! elle partait chez l'huissier; l'huissier pour l'affaire du skating, l'huissier pour Cardaillac, l'huissier pour Roumestan. Comme si cela ne suffisait pas à son humeur batailleuse, elle avait encore des histoires avec les concierges, l'éternelle question du tambourin qui cette fois se résolvait par l'exil de Valmajour dans un de ces sous-sols de marchand de vins où des fanfares de trompes de chasse alternent avec des leçons de savate et de boxe. Désormais ce fut dans cette cave, à la clarté d'un bec de gaz payé à l'heure, en regardant les espadrilles, les gants de daim, les cors de cuivre pendus à la muraille, que le tambourinaire passa ses heures d'exercice, blême et seul comme un captif, à envoyer au ras du trottoir les variations du flûtet pareilles aux stridentes notes plaintives d'un grillon de boulanger.

Un jour, Audiberte fut invitée à passer chez le commissaire de police du quartier. Elle y courut bien vite, persuadée qu'il s'agissait du cousin Puyfourcat, entra souriante, la coiffe haute, et sortit au bout d'un quart d'heure, bouleversée de cette épouvante bien paysanne du gendarme, qui dès les premiers mots lui avait fait rendre le portrait et signer un reçu de dix mille francs par lequel elle renonçait à tout procès. Par exemple, elle refusait obstinément de partir, s'entêtait à croire au génie de son frère, gardant toujours au fond de ses yeux l'éblouissement de ce long défilé de carrosses, un soir d'hiver, dans la cour du ministère illuminé.

En rentrant, elle signifia à ses hommes plus craintifs qu'elle-même, qu'ils n'eussent plus à parler de l'affaire ; mais ne toucha mot de l'argent reçu. Guilloche qui le soupçonnait, cet argent, employa tous les moyens pour en prendre sa part, et n'ayant obtenu qu'une indemnité minime, garda terriblement rancune aux Valmajour.

— Eh bien ! dit-il un matin à Aubiberte pendant qu'elle brossait sur le palier les plus beaux habits du musicien encore couché. Eh bien, vous voilà contente.... Il est mort enfin.

— Qui donc ?

— Mais Puyfourcat, le cousin... C'est sur le journal.....

Elle eut un cri, courut dans la maison, appelant, pleurant presque :

— Mon père !..... Mon frère !... Vite..... l'héritage !

Tous émus, haletant autour de l'infernal Guilloche, il déplia l'*Officiel*, leur lut très lentement ceci : « *En date du* 1er *octobre* 1876 *le tribunal de Mostaganem a, sur la requête de l'administration des domaines, ordonné la publication et affichage des successions ci-après... Popelino (Louis) journalier...* Ce n'est pas ça... *Puyfourcat (Dosithée)...*

— C'est bien lui... dit Audiberte.

L'ancien crut devoir s'éponger les yeux :

« Pécaïré !... Pauvre Dosithée... »

— *Puyfourcat, décédé à Mostaganem le* 14 *janvier* 1874, *né à Valmajour, commune d'Aps...*

La paysanne impatientée demanda :

— Combien ?

— Trois francs trente-cinq *cintimes!*..... » cria Guilloche d'une voix de camelot ; et leur laissant le journal pour qu'ils pussent vérifier leur déception, il se sauva avec un éclat de rire qui gagna d'é- tage en étage jusque dans la rue, égaya tout ce grand village de Montmartre où la légende des Valmajour circulait.

Trois francs trente-cinq, l'héritage des Puyfour- cat ! Audiberte affecta d'en rire plus fort que les autres ; mais l'effroyable désir de vengeance qui couvait en elle contre les Roumestan, responsables à ses yeux de tous leurs maux, ne fit que s'ac- croître, cherchant une issue, un moyen, la pre- mière arme à sa portée.

La physionomie du papa était singulière dans ce désastre. Pendant que sa fille se rongeait de fatigue et de rage, que le captif s'étiolait dans son caveau, lui, fleuri, insouciant, n'ayant plus même son ancienne jalousie de métier, paraissait s'être arrangé dehors une tranquille existence à part des siens. Il décampait sitôt la dernière bouchée du déjeuner ; et quelquefois, le matin, en brossant ses effets, il tombait de ses poches une figue sèche, un berlingot, des canissons, dont le vieux expliquait tant bien que mal la prove- nance.

Il avait rencontré une payse dans la rue, quel- qu'un de là-bas qui viendrait les voir.

Audiberte remuait la tête :

« *Avaï!* si je te suivais... »

La vérité, c'est qu'en flânant à travers Paris, il

avait découvert dans le quartier Saint-Denis un
grand magasin de comestibles où il était entré,
amorcé par l'écriteau et par les tentations d'une
devanture exotique, aux fruits colorés, aux papiers argentés et gaufrés, éclatant dans le brouillard d'une rue populeuse. L'endroit, dont il était
devenu le commensal et l'ami, bien connu des
méridionaux passés Parisiens, s'intitulait :

Aux produits du Midi.

Et jamais étiquette plus véridique. Là, tout était
produit du Midi, depuis les patrons, M. et madame Mèfre, deux produits du Midi gras, avec le
nez busqué de Roumestan, les yeux flamboyants,
l'accent, les locutions, l'accueil démonstratif de
la Provence, jusqu'à leurs garçons de boutique,
familiers, tutoyeurs, ne se gênant pas pour crier
vers le comptoir en grasseyant : « Dis donc, Mèfre... Où tu as mis le saucissot? » Jusqu'aux petits Mèfre, geignards et malpropres, menacés à
chaque instant d'être éventrés, scalpés, mis en
bouillie, trempant tout de même leurs doigts dans
tous les barils ouverts; jusqu'aux acheteurs ges-
ticulant, bavardant pendant des heures, pour l'ac-
quisition d'une *barquette* de deux sous, ou s'installant en rond sur des chaises à discuter les
qualités du saucisson à l'ail et du saucisson au
poivre, les *pas moins, au moins, allons, différemment,*
tout le vocabulaire de la tante Portal échangé
bruyamment, tandis qu'un « cher frère » en robe
noire reteinte, ami de la maison, marchandait
du poisson salé, et que les mouches, une quan-

tité de mouches, attirées par tout le sucre de
ces fruits, de ces bonbons, de ces pâtisseries
presque orientales, bourdonnaient même au milieu de l'hiver, conservées dans cette chaleur cuite.
Et lorsqu'un Parisien fourvoyé s'impatientait du
lambinage du service, de l'indifférence distraite
de ces boutiquiers continuant à faire la causette
d'une banque à l'autre, tout en pesant et fice-
lant de travers, il fallait voir comme on vous le
rembarrait dans l'accent du cru :

« *Tél vé*, si vous êtes pressé, la porte elle est
ouverte, et le tramway il passe devant, vous savez
bien. »

Dans ce milieu de compatriotes, le père Valmajour fut reçu à bras ouverts. M. et madame
Mèfre se rappelaient l'avoir vu dans les temps,
en foire de Beaucaire, à un concours de tambourins. Entre vieilles gens du Midi, cette foire de
Beaucaire, aujourd'hui tombée, n'existant que de
nom, est restée comme un lien de fraternité
maçonnique. Dans nos provinces méridionales,
elle était la féerie de l'année, la distraction
de toutes ces existences racornies ; on s'y préparait longtemps à l'avance, et longtemps après on
en causait. On la promettait en récompense à la
femme, aux enfants, leur rapportant toujours, si
on ne pouvait les emmener, une dentelle espagnole, un jouet qu'on trouvait au fond de la malle.
La foire de Beaucaire, c'était encore, sous pré
texte de commerce, quinze jours, un mois de la
vie libre, exubérante, imprévue, d'un campement
bohémien. On couchait çà et là chez l'habitant, dans

les magasins, sur les comptoirs, en pleine rue, sous la toile tendue des charrettes, à la chaude lumière des étoiles de juillet.

Oh! les affaires sans l'ennuyeux de la boutique, les affaires traitées en dînant, sur la porte, en bras de chemises, les baraques en file le long du *Pré*, au bord du Rhône, qui lui-même n'était qu'un mouvant champ de foire, balançant ses bateaux de toutes formes, ses *lahuts* aux voiles latines, venus d'Arles, de Marseille, de Barcelone, des îles Baléares, chargés de vins, d'anchois, de liège, d'oranges, parés d'oriflammes, de banderoles qui claquaient au vent frais, se reflétaient dans l'eau rapide. Et ces clameurs, cette foule bariolée d'Espagnols, de Sardes, de Grecs en longues tuniques et babouches brodées, d'Arméniens en bonnets fourrés, de Turcs avec leurs vestes galonnées, leurs éventails, leurs larges pantalons de toile grise, se pressant aux restaurants en plein vent, aux étalages de jouets d'enfant, de cannes, ombrelles, orfèvrerie, pastilles du sérail, casquettes. Et ce qu'on appelait « le beau dimanche », c'est-à-dire le premier dimanche de l'installation, les ripailles sur les quais, sur les bateaux, dans les trattorias célèbres, à la *Vignasse*, au *Grand jardin*, au *Café Thibaut;* ceux qui ont vu cela une fois en ont gardé la nostalgie jusqu'à la fin de leur existence.

Chez les Mèfre, on se sentait à l'aise, un peu comme en foire de Beaucaire; et de fait, la boutique ressemblait bien dans son pittoresque désordre à un capharnaüm improvisé et forain de produits

24

du Midi. Ici, remplis et fléchissants, les sacs de farinette en poudre d'or, les pois chiches gros et durs
comme des chevrotines, les châtaignes blanquettes,
toutes ridées et poussiéreuses, ressemblant à de
petites faces de vieilles bûcheronnes, les jarres
d'olives vertes, noires, confites, à la picholine, les
estagnons d'huile rousse à goût de fruit, les barils
de confitures d'Apt faites de cosses de melons, de
cédats, de figues, de coings, tout le détritus d'un
marché tombé dans la mélasse. Là-haut, sur des
rayons, parmi les salaisons, les conserves aux mille
flacons, aux mille boîtes de fer-blanc, les friandises
spéciales à chaque ville, les coques et les barquettes
de Nîmes, le nougat de Montélimart, les canissons
et les biscottes d'Aix, enveloppes dorées, étique-
tées, paraphées.

Puis les primeurs, un déballage de verger méridional sans ombre, où les fruits dans des verdures
grêles ont des facticités de pierreries, les fermes
jujubes d'un beau vernis d'acajou neuf à côté des
pâles azeroles, des figues de toutes variétés, des
limons doux, des poivrons verts ou écarlates, des
melons ballonnés, des gros oignons à pulpes de
fleurs, les raisins muscats aux grains allongés et
transparents où tremble la chair comme le vin dans
une outre, les régimes de bananes zébrées de noir
et de jaune, des écroulements d'oranges, de grenades aux tons mordorés, boulets de cuivre rouge,
à la mèche d'étoupe serrée dans une petite couronne en cimier. Enfin, partout, aux murs, aux
plafonds, des deux côtés de la porte, dans un en-
chevêtrement de palmes brûlées, des chapelets

d'aulx et d'oignons, les caroubes sèches, les andouilles ficelées, des grappes de maïs, un ruissellement de couleurs chaudes, tout l'été, tout le soleil méridional, en boîtes, en sacs, en jarres, rayonnant jusque sur le trottoir à travers la buée des vitres.

Le vieux allait là-dedans, la narine allumée, frétillant, très excité. Lui, qui chez ses enfants rechignait au moindre ouvrage et pour un bouton remis à son gilet s'essuyait le front pendant des heures, se vantant d'avoir fait « un travail de César, » était toujours prêt ici à donner un coup de main, à mettre l'habit bas pour clouer, déballer les caisses, picorant de çà de là un berlingot, une olive, égayant le travail par ses singeries et ses histoires; et même, une fois la semaine, le jour de la brandade, il veillait très tard au magasin pour aider à faire les envois.

Ce plat méridional entre tous, la brandade de morue, ne se trouve guère qu'aux *Produits du Midi;* mais la vraie, blanche, pilée fin, crémeuse, une pointe d'*aïet,* telle qu'on la fabrique à Nîmes, d'où les Mèfre la font venir. Elle arrive le jeudi soir à sept heures par le « Rapide » et se distribue le vendredi matin dans Paris à tous les bons clients inscrits au grand livre de la maison. C'est sur ce journal de commerce aux pages froissées, sentant les épices et taché d'huile, qu'est écrite l'histoire de la conquête de Paris par les méridionaux, que s'alignent en file les hautes fortunes, situations politiques, industrielles, noms célèbres d'avocats, députés, ministres, et, entre tous, celui de Numa

Roumestan, le Vendéen du Midi, pilier de l'autel
et du trône.

Pour cette ligne où Roumestan est inscrit, les
Mèfre jetteraient au feu le livre entier. C'est lui qui
représente le mieux leurs idées en religion, en politique, en tout. Comme dit madame Mèfre, encore
plus passionnée que son mari :

« Cet homme-là, voyez-vous, on damnerait son
âme pour lui. »

L'on aime à se rappeler le temps où Numa déjà
sur la route de la gloire ne dédaignait pas de venir
faire lui-même sa provision. Et qu'il s'y entendait à
choisir une pastèque à la tâte, un saucisson bien
suant sous le couteau ! Puis, tant de bonté, cette
belle figure imposante, toujours un compliment
pour madame, une bonne parole au « cher frère »,
une caresse aux petits Mèfre qui l'accompagnaient
jusqu'à la voiture, portant les paquets. Depuis son
élévation au ministère, depuis que ces scélérats de
rouges lui donnaient tellement d'occupation dans
les deux Chambres, on ne le voyait plus, pécaïré!
mais il restait le fidèle abonné des *produits* ; et c'é-
tait lui toujours le premier pourvu.

Un jeudi soir, vers les dix heures, tous les pots de
brandade parés, ficelés, en bel ordre sur la banque,
la famille Mèfre, les garçons, le vieux Valmajour,
tous les produits du Midi au grand complet, suant,
soufflant, se reposaient de cet air étalé des gens
qui ont bien rempli une rude tâche et « faisaient
trempette » avec des langues de chat, des biscottes
dans du vin cuit, du sirop d'orgeat, « quelque chose
de doux, allons ! » car pour le fort, les méridio-

naux ne l'aiment guère. Chez le peuple comme
dans les campagnes, l'ivresse d'alcool est presque
inconnue. La race instinctivement en a la peur et
l'horreur. Elle se sent ivre de naissance, ivre sans
boire.

Et c'est bien vrai que le vent et le soleil lui dis-
tillent un terrible alcool de nature, dont tous ceux
qui sont nés là-bas subissent plus ou moins les
effets. Les uns ont seulement ce petit coup de trop,
qui délie la langue et les gestes, fait voir la vie en
bleu et des sympathies partout, allume les yeux,
élargit les rues, aplanit les obstacles, double l'audace et cale les timides ; d'autres, plus frappés,
comme la petite Valmajour, la tante Portal, arri
vent tout de suite au délire bégayant, trépidant et
aveugle. Il faut avoir vu nos fêtes votives de Provence, ces paysans debout sur les tables, hurlant,
tapant de leurs gros souliers jaunes, appelant :
«Garçon, *dé gazeuse !* » tout un village ivre à rouler
pour quelques bouteilles de limonade. Et ces su-
bites prostrations des intoxiqués, ces effondrements
de tout l'être succédant aux colères, aux enthousiasmes avec la brusquerie d'un coup de soleil ou
d'ombre sur un ciel de mars, quel est le méridional
qui ne les a ressentis ?

Sans avoir le midi délirant de sa fille, le père
Valmajour était né avec une fière pointe ; et ce
soir-là, sa trempette à l'orgeat le transportait
d'une gaîté folle qui lui faisait grimacer, au
milieu de la boutique, le verre en main, la bouche empoissée, toutes ses farces de vieux pître
payant l'écot sans monnaie. Les Mèfre, leurs

garçons se tordaient sur les sacs de farinette.

« Oh ! de ce Valmajour, pas moins ! »

Subitement la verve du vieux tomba, son geste de pantin fut coupé en deux par l'apparition devant lui d'une coiffe provençale, toute frémissante.

— Qu'est-ce que vous faites là, mon père ?

Madame Mèfre leva les bras vers les andouilles du plafond :

— Comment ! c'est votre demoiselle ?... vous nous l'aviez pas dit...Hé ! qu'elle est petitette!... mais bien bravette, pas moins... Remettez-vous donc, Mademoiselle. »

Par une habitude de mensonge autant que pour se garder plus libre, l'ancien n'avait pas parlé de ses enfants, se donnait pour un vieux garçon vivant de ses rentes ; mais entre gens du Midi, on n'en est pas à une invention près. Toute une ribambelle de petits Valmajour se serait poussée à la suite d'Audiberte, l'accueil eût été le même, démonstratif et chaleureux. On s'empressait, on lui faisait place :

— Différemment, vous allez faire trempette, vous aussi.

La Provençale restait interdite. Elle venait du dehors, du froid, du noir de la nuit, une nuit de décembre, où la vie fiévreuse de Paris se continuant malgré l'heure, s'affolait dans l'épais brouillard déchiré en tous sens par des ombres rapides, les lanternes de couleur des omnibus, la trompe rauque des tramways ; elle arrivait du Nord, elle arrivait de l'hiver, et tout à coup, sans transition, elle se trouvait en pleine Provence italienne, dans ce ma-

gasin Mèfre resplendissant aux approches de Noël de
richesses gourmandes et ensoleillées, au milieu
d'accents et de parfums connus. C'était la patrie
brusquement retrouvée, le retour au pays après un
an d'exil, d'épreuves, de luttes lointaines chez les
Barbares. Une tiédeur l'envahissait, détendait ses
nerfs, à mesure qu'elle émiettait sa barquette
dans un doigt de Carthagène, répondant à tout ce
brave monde à l'aise et familier avec elle comme
si on la connaissait depuis vingt ans. Elle se sentait rentrée dans sa vie, dans ses habitudes ; et des
larmes lui en montaient aux yeux, ces yeux durs
veinés de feu qui ne pleuraient jamais.

Le nom de Roumestan prononcé à son côté,
sécha tout à coup cette émotion. C'était Madame
Mèfre qui inspectait les adresses de ses envois et
recommandait bien aux garçons de ne pas se trom-
per, de ne pas porter la brandade de Numa, rue
de Grenelle, mais rue de Londres.

— Paraît que rue de Grénelle, la brandade
n'est pas en odeur de *sainteté*, » remarqua l'un des
produits.

— Je crois bien, dit M. Mèfre… Une dame du Nord,
tout ce qu'il y a de plus Nord… Cuisine au beurre,
allons !… tandis que rue de Londres, c'est le joli
Midi, gaîté, chansons, et tout à l'huile… Je comprends que Numa s'y trouve mieux. »

On en parlait légèrement de ce second ménage
du ministre dans un petit pied-à-terre très commode, tout près de la gare, où il pouvait se reposer
des fatigues de la Chambre, libre des réceptions et
des grands tralala. Bien sûr que l'exaltée Madame

Mèfre aurait poussé de beaux cris si pareille chose se fût passée dans son ménage ; seulement, pour Numa, cela n'était que sympathique et naturel.

Il aimait le tendron ; mais est-ce que tous nos rois ne couraient pas, et Charles X, et Henri IV, le vert-galant? Ça tenait à son nez Bourbon, té, pardi !...

Et à cette légèreté, à ce ton de gouaillerie dont le Midi traite toutes les affaires amoureuses, se mêlait une haine de race, l'antipathie contre la femme du Nord, l'étrangère et la cuisine au beurre. On s'excitait, on détaillait des *anédotes*, les charmes de la petite Alice et ses succès au Grand-Opéra.

— J'ai connu la maman Bachellery en temps de foire de Beaucaire, disait le vieux Valmajour... Elle chantait la romance au *Café Thibaut*.

Audiberte écoutait sans respirer, ne perdant pas un mot, incrustant dans sa tête nom, adresse ; et ses petits yeux brillaient d'une ivresse diabolique où le vin de Carthagène n'était pour rien.

XVII

LA LAYETTE

Au coup léger frappé à la porte de sa chambre, Madame Roumestan tressaillit, comme prise en faute, et repoussant le tiroir délicatement contourné de sa commode Louis XV, devant lequel elle se penchait presque agenouillée, elle demanda :

« Qui est là ?... Qu'est-ce que vous voulez, Polly ?...

— Une lettre pour madame... c'est très pressé... répondit l'Anglaise.

Rosalie prit la lettre et referma la porte vivement. Une écriture inconnue, grossière, sur du papier de pauvre, avec le « personnel et urgent » des demandes de secours. Jamais une femme de chambre parisienne ne l'aurait dérangée pour si peu. Elle jeta cela sur la commode, remettant la lecture à plus tard, et revint vite à son tiroir qui contenait les merveilles de l'ancienne layette. Depuis huit ans, depuis le drame, elle ne l'avait pas ouvert,

craignant d'y retrouver ses larmes ; ni même
depuis sa grossesse, par une superstition bien
maternelle, de peur de se porter malheur encore
une fois, avec cette caresse précoce donnée à l'enfant qui va naître, à travers son petit trousseau.

Elle avait, cette vaillante femme, toutes les ner-
vosités de la femme, tous ses tremblements, ses
resserrements frileux de mimosa ; le monde, qui
juge sans comprendre, la trouvait froide, comme
les ignorants s'imaginent que les fleurs ne vivent
pas. Mais maintenant, son espoir ayant six mois, il
fallait bien tirer tous ces petits objets de leurs plis
de deuil et d'enfermement, les visiter, les transformer peut-être ; car la mode change même pour
les nouveau-nés, on ne les enrubanne pas toujours
de la même manière. C'est pour ce travail tout intime que Rosalie s'était soigneusement enfermée ;
et dans le grand ministère affairé, paperassant, le
bourdonnement des rapports, le fiévreux va-et-
vient des bureaux aux divisions, il n'y avait certainement rien d'aussi sérieux, d'aussi émouvant
que cette femme à genoux devant un tiroir ouvert,
le cœur battant et les mains tremblantes.

Elle leva les dentelles un peu jaunies qui préser-
vaient avec des parfums tout ce blanc d'innocentes
toilettes, les béguins, les brassières, par rang d'âge
et de taille, la robe pour le baptême, la guimpe à
petit plis, des bas de poupée. Elle se revit là-bas à
Orsay, doucement alanguie, travaillant des heures
entières à l'ombre du grand catalpa dont les calices
blancs tombaient dans la corbeille à ouvrage parmi
ses pelotons et ses fins ciseaux de brodeuse, toute

sa pensée concentrée dans un point de couture qui lui mesurait les rêves et les heures. Que d'illusions alors, que de croyances ! Quel joyeux ramage dans les feuilles, sur sa tête ; en elle, quelle éveillée de sensations tendres et nouvelles ! En un jour, la vie lui avait repris tout, brusquement. Et son désespoir lui rentrait au cœur, la trahison du mari, la perte de l'enfant, à mesure qu'elle développait sa layette.

La vue de la première petite parure, toute prête à passer, celle que l'on prépare sur le berceau au moment de la naissance, les manches l'une dans l'autre, les bras écartés, les bonnets gonflés dans leur rondeur, la faisait éclater en larmes. Il lui semblait que son enfant avait vécu, qu'elle l'avait embrassé et connu. Un garçon, oh ! bien certainement, un garçon, et fort, et joli, et dans sa chair de lait déjà les yeux sérieux et profonds du grand-père. Il aurait huit ans aujourd'hui, de longs cheveux bouclés tombant sur un grand col ; à cet âge-là, ils appartiennent encore à la mère qui les promène, les pare, les fait travailler. Ah ! cruelle, cruelle vie...

Mais peu à peu, en tirant et maniant les menus objets noués de faveurs microscopiques, leurs broderies à fleurs, leurs dentelles neigeuses, elle s'apaisait. Eh bien, non, la vie n'est pas si méchante ; et tant qu'elle dure, il faut garder du courage. Elle avait perdu tout le sien à ce tournant funeste, s'imaginant que c'était fini pour elle de croire, d'aimer, d'être épouse et mère, qu'il ne lui restait qu'à regarder le lumineux passé s'en aller loin

comme un rivage qu'on regrette. Puis, après des
années mornes, sous la neige froide de son cœur
le renouveau avait germé lentement, et voici qu'il
refleurissait dans ce tout petit qui allait naître,
qu'elle sentait déjà vigoureux aux terribles petits
coups de pied qu'il lui envoyait la nuit. Et son
Numa si changé, si bon, guéri de ses brutales violences! Il y avait bien encore en lui des faiblesses
qu'elle n'aimait pas, de ces détours italiens dont
il ne pouvait se défendre; mais « ça, c'est la
politique... » comme il disait. D'ailleurs, elle n'en
était plus aux illusions des premiers jours; elle
savait que pour vivre heureux il faut se contenter
de l'à peu près de toutes choses, se tailler des
bonheurs pleins dans les demi-bonheurs que l'existence nous donne...

On frappa de nouveau à la porte. M. Méjean qui
voulait parler à Madame.

— Bien... j'y vais...

Elle le rejoignit dans le petit salon qu'il arpentait de long en large, très ému.

— J'ai une confession à vous faire, dit-il sur le
ton de familiarité un peu brusque qu'autorisait
une amitié déjà ancienne, dont il n'avait pas tenu
à eux de faire un lien fraternel... Voilà quelques jours que j'ai terminé cette misérable affaire... Je ne vous le disais pas pour garder ceci
plus longtemps... »

Il lui tendit le portrait d'Hortense.

— Enfin !... Oh ! qu'elle va être heureuse, pauvre
chérie...

Elle s'attendrit devant la jolie figure de sa sœur

étincelant de santé et de jeunesse sous son déguisement provençal, lut au bas du portrait l'écriture très fine et très ferme : *Je crois en vous et je vous aime,* — HORTENSE LE QUESNOY. Puis, songeant que le pauvre amoureux l'avait lue aussi et qu'il s'était chargé là d'une triste commission, elle lui serra la main affectueusement :

— Merci...

— Ne me remerciez pas, madame... Oui, c'était dur... Mais, depuis huit jours, je vis avec ça... *je crois en vous et je vous aime...* Par moment, je me figurais que c'était pour moi...

Et tout bas, timidement :

— Comment va-t-elle ?

— Oh ! pas bien... Maman l'emmène dans le Midi... Maintenant, elle veut tout ce qu'on veut... Il y a comme un ressort brisé en elle

— Changée ?...

Rosalie eut un geste : « Ah !... »

— Au revoir, madame... fit Méjean très vite, s'éloignant à grands pas. A la porte, il se retourna, et, carrant ses solides épaules sous la tenture à demi-soulevée :

— C'est une vraie chance que je n'aie pas d'imagination... Je serais trop malheureux... »

Rosalie rentra dans sa chambre, bien attristée. Elle avait beau s'en défendre, invoquer la jeunesse de sa sœur, les paroles encourageantes de Jarras persistant à ne voir là qu'une crise à franchir, des idées noires lui venaient qui n'allaient plus avec le blanc de fête de sa layette. Elle se hâta de trier, ranger, enfermer les petites af-

25

faires dispersées, et, comme elle se relevait, aperçut la lettre restée sur la commode, la prit, la
lut machinalement, s'attendant à la banale requête qu'elle recevait tous les jours de tant de
mains différentes, et qui serait bien arrivée dans
une de ces minutes superstitieuses où la charité
semble un porte-bonheur. C'est pourquoi elle ne
comprit pas tout d'abord, fut obligée de relire ces
lignes écrites en pensum par la plume bègue d'un
écolier, le jeune homme de Guilloche :

« Si vous aimez la brandade de morue, on en
« mange d'excellente ce soir chez mademoiselle
« Bachellery, rue de Londres. C'est votre mari
« qui régale. Sonnez trois coups et entrez droit. »

De ces phrases bêtes, de ce fond boueux et perfide, la vérité se leva, lui apparut, aidée par des
coïncidences, des souvenirs : ce nom de Bachellery,
tant de fois prononcé depuis un an, des articles
énigmatiques sur son engagement, cette adresse
qu'elle lui avait entendu donner à lui-même,
le long séjour à Arvillard. En une seconde le doute
se figea pour elle en certitude. D'ailleurs, est-ce
que le passé ne lui éclairait pas ce présent de
toute son horreur réelle? Mensonge et grimace,
il n'était, ne pouvait être que cela. Pourquoi cet
éternel faiseur de dupes l'eût-il épargnée? C'est
elle qui avait été folle de se laisser prendre à sa
voix trompeuse, à ses banales tendresses; et des
détails lui revenaient qui, dans la même seconde,
la faisaient rougir et pâlir.

Cette fois ce n'était plus le désespoir à grosses
larmes pures des premières déceptions; une co-

...ere s'y mêlait contre elle-même si faible, si lâche d'avoir pu pardonner, contre lui qui l'avait trompée au mépris des promesses, des serments de la faute passée. Elle aurait voulu le convaincre, là, tout de suite; mais il était à Versailles, à la Chambre. L'idée lui vint d'appeler Méjean, puis il lui répugna d'obliger cet honnête homme à mentir. Et réduite à étouffer toute une violence de sentiments contraires, pour ne pas crier, se livrer à là terrible crise de nerfs qu'elle sentait l'envahir, elle marchait çà et là sur le tapis, les mains — par une pose familière — à la taille lâchée de son peignoir. Tout à coup elle s'arrêta, tressaillit d'une peur folle.

Son enfant!

Il souffrait, lui aussi, et se rappelait à sa mère de toute la force d'une vie qui se débat. Ah! mon Dieu, s'il allait mourir, celui-là, comme l'autre... au même âge de la grossesse, dans des circonstances pareilles... Le destin, que l'on dit aveugle, a parfois de ces combinaisons féroces. Et elle se raisonnait en mots entrecoupés, en tendres exclamations « cher petit... pauvre petit..., » essayait de voir les choses froidement, pour se conduire avec dignité et surtout ne pas compromettre ce seul bien qui lui restait. Elle prit même un ouvrage, cette broderie de Pénélope que garde toujours en train l'activité de la Parisienne; car il fallait attendre le retour de Numa, s'expliquer avec lui ou plutôt saisir dans son attitude la conviction de la faute, avant l'éclat irrémédiable d'une séparation.

Oh! ces laines brillantes, ce canevas régulier et incolore, que de confidences ils reçoivent, que de regrets, de joies, de désirs, forment l'envers compliqué, noué, plein de fils rompus, de ces ouvrages féminins aux fleurs paisiblement entrelacées.

Numa Roumestan, en arrivant de la Chambre, trouva sa femme tirant l'aiguille sous l'étroite clarté d'une seule lampe allumée ; et ce tableau tranquille, ce beau profil adouci de cheveux châtains, dans l'ombre luxueuse des tentures ouatées, où les paravents de laque, les vieux cuivres, les ivoires, les faïences, accrochaient les lueurs promeneuses et tièdes d'un feu de bois, le saisit par le contraste du brouhaha de l'Assemblée, des plafonds lumineux enveloppés d'une poussière trouble flottant au-dessus des débats comme le nuage de poudre dégagé d'un champ de manœuvre.

« Bonjour, maman... Il fait bon chez toi... »

La séance avait été chaude. Toujours cet affreux budget, la gauche pendue pendant cinq heures aux basques de ce pauvre général d'Espaillon qui ne savait pas coudre deux idées de suite, quand il ne disait pas S... N... D... D... Enfin, le cabinet s'en tirait encore cette fois ; mais c'est après les vacances du jour de l'an, quand on en serait aux Beaux-Arts, qu'il faudrait voir ça.

« Ils comptent beaucoup sur l'affaire Cardaillac pour me basculer... C'est Rougeot qui parlera... Pas commode, ce Rougeot... Il a de l'estomac!... »

Puis, avec son coup d'épaule :

« Rougeot contre Roumestan... Le Nord contre le

Midi... Tant mieux. Ça va m'amuser... On se bû-
chera. »

Il parlait seul, tout au feu des affaires, sans s'a-
percevoir du mutisme de Rosalie. Il se rapprocha
d'elle, tout près, assis sur un pouff, lui faisant
lâcher son ouvrage, essayant de lui baiser la main.

« C'est donc bien pressé ce que tu brodes là ?...
C'est pour mes étrennes ?... Moi, j'ai déjà acheté
les tiennes... Devine. »

Elle se dégagea doucement, le fixa à le gêner,
sans répondre. Il avait ses traits fatigués des jours
de grande séance, cette détente lasse du visage,
trahissant au coin des yeux et de la bouche une
nature à la fois molle et violente, toutes les passions
et rien pour leur résister. Les figures du Midi sont
comme ses paysages, il ne faut les regarder qu'au
soleil.

— Tu dînes avec moi ? demanda Rosalie.

— Mais non... On m'attend chez Durand... Un
dîner ennuyeux.... Té ! je suis déjà en retard,
ajouta-t-il en se levant... Heureusement qu'on ne
s'habille pas.

Le regard de sa femme le suivait. « Dîne avec
moi, je t'en prie. » Et sa voix harmonieuse se dur-
cissait en insistant, se faisait menaçante, implacable. Mais Roumestan n'était pas observateur... Et
puis, les affaires, n'est-ce pas ? Ah ! ces existences
d'homme public ne se mènent pas comme on voudrait.

« Adieu, alors... » dit-elle gravement, achevant
en elle cet adieu «... puisque c'est notre destinée ».

Elle écouta rouler le coupé sous la voûte ; en-

23.

suite, son ouvrage soigneusement plié, elle sonna.

« Tout de suite une voiture... un fiacre... Et vous, Polly, mon manteau, mon chapeau... je sors. »

Vite prête, elle inspecta du regard la chambre qu'elle quittait, où elle ne regrettait, ne laissait rien d'elle, vraie chambre de maison garnie, sous la pompe de son froid brocart jaune.

« Descendez ce grand carton dans la voiture. »

La layette, tout ce qu'elle emportait du bien commun.

A la portière du fiacre, l'Anglaise très intriguée demanda si madame ne dînerait pas. Non, elle dînait chez son père, elle y coucherait aussi, probablement.

En route, un doute lui vint encore, plutôt un scrupule. Si rien de tout cela n'était vrai... Si cette Bachellery n'habitait pas rue de Londres... Elle donna l'adresse, sans grand espoir; mais il lui fallait une certitude.

On l'arrêta devant un petit hôtel à deux étages, surmonté d'une terrasse en jardin d'hiver, l'ancien pied-à-terre d'un levantin du Caire qui venait de mourir dans la ruine. L'aspect d'une petite maison, volets clos, rideaux tombés, une forte odeur de cuisine montant des sous-sols éclairés et bruyants. Rien qu'à la façon dont la porte obéit aux trois coups de timbre, tourna d'elle-même sur ses gonds, Rosalie fut renseignée. Une tapisserie persane, relevée par des torsades au milieu de l'antichambre, laissait voir l'escalier, son tapis mousseux, ses torchères, dont le gaz brûlait à toute montée. Elle entendit rire, fit deux pas et vit ceci qu'elle n'oublia plus jamais :

Au palier du premier étage, Numa se penchait sur la rampe, rouge, allumé, en bras de chemise, tenant par la taille cette fille, très excitée aussi, les cheveux dans le dos sur les fanfreluches d'un déshabillé de foulard rose. Et il criait de son accent débridé :

« Bompard, monte la brandade !... »

C'est là qu'il fallait le voir, le ministre de l'Instruction Publique et des Cultes, le grand marchand de morale religieuse, le défenseur des saines doctrines, là qu'il se montrait sans masque et sans grimaces, tout son Midi dehors, à l'aise et débraillé comme en foire de Beaucaire.

« Bompard, monte la brandade !... » répéta la drôlesse, exagérant exprès l'intonation marseillaise. Bompard, c'était sans doute ce marmiton improvisé, surgissant de l'office, la serviette en sautoir, les bras arrondis autour d'un grand plat, et que fit retourner le battant sonore de la porte.

XVIII

LE PREMIER DE L'AN

« Messieurs de l'administration centrale !...
« Messieurs de la direction des Beaux-Arts !..
« Messieurs de l'Académie de médecine !... »

À mesure que l'huissier, en grande tenue, culotte
courte, épée au côté, annonçait de sa voix morne
dans la solennité des pièces de réception, des
files d'habits noirs traversaient l'immense salon
rouge et or et venaient se ranger en demi-cercle
devant le ministre adossé à la cheminée, ayant près
de lui son sous-secrétaire d'État, M. de la Calmette,
son chef de cabinet, ses attachés fringants, et quelques directeurs du ministère, Dansaert, Béchut. A
chaque corps constitué présenté par son président
ou son doyen, l'Excellence adressait des compliments pour les décorations, les palmes académiques accordées à quelques-uns de ses membres;
ensuite le corps constitué faisait demi-tour, cédait
la place, ceux-là se retirant, d'autres arrivant à

granas pas, avec des bousculades aux portes du salon ; car il était tard, une heure passée, et chacun songeait au déjeuner de famille qui l'attendait.

Dans la salle des concerts, transformée en vestiaire, des groupes s'impatientaient à regarder leurs montres, boutonner leurs gants, rajuster leurs cravates blanches sous des faces tirées, des bâillements d'ennui, de mauvaise humeur et de faim. Roumestan, lui aussi, sentait la fatigue de ce grand jour. Il avait perdu sa belle chaleur de l'année dernière à pareille époque, sa foi dans l'avenir et les réformes, laissait aller ses speech mollement, pénétré de froid jusqu'aux moelles malgré les calorifères, l'énorme bûcher flambant ; et cette petite neige floconnante qui tourbillonnait aux vitres lui tombait sur le cœur légère et glacée comme sur la pelouse du jardin.

« Messieurs de la Comédie-Française !... »

Rasés de près, solennels, saluant ainsi qu'au grand siècle, ils se campaient en nobles attitudes autour de leur doyen qui d'une voix caverneuse présentait la Compagnie, parlait des efforts, des vœux de la Compagnie, la Compagnie sans épithète, sans qualificatif, comme on dit *Dieu*, comme on dit la *Bible*, comme s'il n'existait d'autre Compagnie au monde que celle-là ; et il fallait que le pauvre Roumestan fût bien affaissé, pour que même cette Compagnie, dont il semblait faire partie avec son menton bleu, ses bajoues, ses poses d'une distinction convenue, ne réveillât son éloquence à grandes phrases théâtrales.

C'est que depuis huit jours, depuis le départ de

Rosalie, il était comme un joueur qui a perdu son fétiche. Il avait peur, se sentait subitement inférieur à sa fortune et tout près d'en être écrasé. Les médiocres que la chance a favorisés ont de ces transes et de ces vertiges, accrus pour lui de l'effroyable scandale qui allait éclater, de ce procès en séparation que la jeune femme voulait absolument, malgré les lettres, les démarches, ses plates prières et ses serments. Pour la forme, on disait au ministère que madame Roumestan était allée vivre près de son père à cause du prochain départ de madame Le Quesnoy et d'Hortense ; mais personne ne s'y trompait, et sur tous ces visages défilant devant lui, à de certains sourires appuyés, à des poignées de mains trop vibrantes, le malheureux voyait son aventure reflétée en pitié, en curiosité, en ironie. Il n'y avait pas jusqu'aux infimes employés, venus à la réception en jaquette et redingote, qui ne fussent au courant ; il circulait dans les bureaux des couplets où Chambéry rimait avec Bachellery et que plus d'un expéditionnaire, mécontent de sa gratification, fredonnait intérieurement en faisant une humble révérence au chef suprême.

Deux heures. Et les corps constitués se présentaient toujours, et la neige s'amoncelait, pendant que l'homme à la chaîne introduisait pêle-mêle, sans ordre hiérarchique :

« Messieurs de l'École de Droit !...

« Messieurs du Conservatoire de Musique !...

« Messieurs les directeurs des théâtres subventionnés !... »

Cardaillac venait en tête, à l'ancienneté de ses

trois faillites ; et Roumestan avait bien plus envie
de tomber à coups de poing sur ce montreur cynique dont la nomination lui causait de si graves
embarras, que d'écouter sa belle allocution démen-
tie par la blague féroce du regard et de lui répondre
un compliment forcé dont la moitié restait dans
l'empois de sa cravate :

« Très touché, messieurs... *mn mn mn*... progrès
de l'art... *mn mn mn*... ferons mieux encore... »

Et le montreur, en s'en allant :

« Il a du plomb dans l'aile, notre pauvre
Numa... »

Ceux-là partis, le ministre et ses assesseurs faisaient honneur à la collation habituelle ; mais ce
déjeuner, si gai l'année précédente et plein d'effusion, se ressentait de la tristesse du patron et de la
mauvaise humeur des familiers qui lui en voulaient
tous un peu de leur situation compromise. Ce
scandaleux procès, tombant juste au milieu du débat Cardaillac, allait rendre Roumestan impossible
au cabinet ; le matin même, à la réception de l'Ely-
sée, le maréchal en avait dit deux mots dans sa
brutale et laconique éloquence de vieux troupier :
« Une sale affaire, mon cher ministre, une sale
affaire... ». Sans connaître précisément cette auguste parole, chuchotée à l'oreille dans une embra-
sure, ces messieurs voyaient venir leur disgrâce derrière celle de leur chef.

« O femmes ! femmes ! » grognait le savant
Béchut dans son assiette. M. de la Calmette et ses
trente ans de bureau se mélancolisaient en songeant à la retraite comme Tircis ; et tout bas le

grand Lappara s amusait à consterner Rochemaure :
« Vicomte, il faut nous pourvoir... Nous serons ra-
tiboisés avant huit jours. »

Sur un toast du ministre à l'année nouvelle et à
ses chers collaborateurs, porté d'une voix émue où
roulaient des larmes, on se sépara. Méjean, resté le
dernier, fit deux ou trois tours de long en large avec
son ami, sans qu'ils eussent le courage de se dire
un mot ; puis il partit. Malgré tout son désir de
garder près de lui ce jour-là cette nature droite qui
l'intimidait comme un reproche de conscience,
mais le soutenait, le rassurait, Numa ne pouvait
empêcher Méjean de courir à ses visites, distribu-
tions de vœux et de cadeaux, pas plus qu'il ne pouvait interdire à son huissier d'aller se déharnacher
dans sa famille de son épée et de sa culotte courte.

Quelle solitude, ce ministère ! Un dimanche d'u-
sine, la vapeur éteinte et muette. Et, dans toutes
les pièces, en bas, en haut, dans son cabinet où il
essayait vainement d'écrire, dans sa chambre qu'il
se prenait à remplir de sanglots, partout cette petite
neige de janvier tourbillonnait aux larges fenêtres,
voilait l'horizon, accentuait un silence de steppe.

O détresse des grandeurs !...

Une pendule sonna quatre heures, une autre lui
répondit, d'autres encore dans le désert du vaste
palais où il semblait qu'il n'y eût plus que l'heure
de vivante. L'idée de rester là jusqu'au soir, en
tête-à-tête avec son chagrin, l'épouvantait. Il aurait voulu se dégeler à un peu d'amitié, de tendresse. Tant de calorifères, de bouches de chaleur,
de moitiés d'arbres en combustion ne faisaient pas

un foyer. Un moment il songea à la rue de Londres...Mais il avait juré à son avoué, car les avoués marchaient déjà, de se tenir tranquille jusqu'au procès. Tout à coup un nom lui traversa l'esprit : « et Bompard ? » Pourquoi n'était-il pas venu ?... D'ordinaire, aux matins de fête, on le voyait arriver le premier, les bras chargés de bouquets, de sacs de bonbons pour Rosalie, Hortense, madame Le Quesnoy, aux lèvres un sourire expressif de grand-papa, de bonhomme Étrennes. Roumestan faisait, bien entendu, les frais de ces surprises ; mais l'ami Bompard avait assez d'imagination pour l'oublier, et Rosalie, malgré son antipathie, ne pouvait s'empêcher de s'attendrir, en songeant aux privations que devait s'imposer le pauvre diable pour être si généreux.

« Si j'allais le chercher, nous dînerions ensemble. »

Il en était réduit là. Il sonna, se défit de l'habit noir, de ses plaques, de ses ordres, et sortit à pied par la rue Bellechasse.

Les quais, les ponts, étaient tout blancs ; mais le Carrousel franchi, ni le sol, ni l'air ne gardaient trace de la neige. Elle disparaissait sous l'encombrement roulant de la chaussée, dans le fourmillement de la foule pressée sur les trottoirs, aux devantures, autour des bureaux d'omnibus. Ce tumulte d'un soir de fête, les cris des cochers, les appels des camelots, dans la confusion lumineuse des vitrines, les feux lilas des Jablochkoff noyant le jaune clignotement du gaz et les derniers reflets du jour pâle, berçaient le chagrin de Roumestan, le fondaient à l'agitation de la rue, pendant qu'il se

26

dirigeait vers le boulevard Poissonnière où l'ancien
Tcherkesse, très sédentaire comme tous les gens
d'imagination, demeurait depuis vingt ans, depuis
son arrivée à Paris.

Personne ne connaissait l'intérieur de Bompard
dont il parlait pourtant beaucoup ainsi que de son
jardin, de son mobilier artistique pour lequel il
courait toutes les ventes de l'hôtel Drouot. « Venez
donc un de ces matins manger une côtelette!... »
C'était sa formule d'invitation, il la prodiguait, mais
quiconque la prenait au sérieux ne trouvait jamais
personne, se heurtait à des consignes de portier, des
sonnettes bourrées de papier ou privées de leur cordon. Pendant toute une année, Lappara et Rochemaure s'acharnèrent inutilement à pénétrer chez
Bompard, à dérouter les prodigieuses inventions du
Provençal défendant le mystère de son logis, jusqu'à
desceller un jour les briques de l'entrée, pour pouvoir dire aux invités, en travers de la barricade :

« Désolé, mes bons... Une fuite de gaz... Tout a
sauté cette nuit. »

Après avoir monté des étages inombrables, erré
dans de vastes couloirs, buté sur des marches invisibles, dérangé des sabbats de chambres de bonnes, Roumestan, essoufflé de cette ascension à
laquelle ses illustres jambes d'homme arrivé n'é-
taient plus faites, se cogna dans un grand bassin
d'ablutions pendu à la muraille.

— Qui vive ? grasseya un accent connu.

La porte tourna lentement, alourdie par le poids
d'un porte-manteau où pendait toute la garde-robe
d'hiver et d'été du locataire ; car la chambre était

petite et Bompard n'en perdait pas un millimètre,
réduit à installer son cabinet de toilette dans le
corridor. Son ami le trouva couché sur un petit lit
de fer, le front orné d'une coiffure écarlate, une
sorte de capulet dantesque qui se hérissa d'étonnement à la vue de l'illustre visiteur.

« Pas possible !

— Est-ce que tu es malade ? demanda Roumestan.

— Malade !... Jamais.

— Alors qu'est-ce que tu fais là ?

— Tu vois, je me résume... » Il ajouta pour expliquer sa pensée : « J'ai tant de projets en tête, tant
d'inventions. Par moments, je me disperse, je m'é-
gare... Ce n'est qu'au lit que je me retrouve un peu.

Roumestan cherchait une chaise ; mais il n'y en
avait qu'une, servant de table de nuit, chargée de
livres, de journaux, avec un bougeoir branlant dessus. Il s'assit au pied du lit.

« Pourquoi ne t'a-t-on plus vu?

— Mais tu badines... Après ce qui est arrivé, je
ne pouvais plus me retrouver avec ta femme. Juge
un peu ! J'étais là devant elle, ma brandade à la
main... Il m'a fallu un fier sang-froid pour ne pas
tout lâcher.

— Rosalie n'est plus au ministère... fit Numa
consterné.

— Ça ne s'est donc pas arrangé?... tu m'étonnes.

Il ne lui semblait pas possible que madame
Numa, une personne de tant de bon sens... Car
enfin qu'est-ce que c'était que tout ça? « Une fou-
taise, allons ! »

L'autre l'interrompit :

— Tu ne la connais pas... C'est une femme implacable... tout le portrait de son père... Race du
Nord, mon cher... Ce n'est pas comme nous autres dont les plus grandes colères s'évaporent en
gestes, en menaces, et plus rien, la main tournée...
Eux gardent tout, c'est terrible. »

Il ne disait pas qu'elle avait déjà pardonné une
fois. Puis, pour échapper à ces tristes préoccupations:

— Habille-toi... je t'emmène dîner...

Pendant que Bompard procédait à sa toilette sur
le palier, le ministre inspectait la mansarde éclai-
rée d'une petite fenêtre en tabatière où glissait la
neige fondante. Il était pris de pitié en face de ce
dénument, ces lambris humides, au papier blan-
chi, ce petit poêle piqué de rouille, sans feu malgré
la saison, et se demandait, habitué au somptueux
confort de son palais, comment on pouvait vivre là.

— As-tu vu le *jardeïn?* cria joyeusement Bompard de sa cuvette.

Le jardin, c'était le sommet défeuillé de trois
platanes qu'on ne pouvait apercevoir qu'en grim-
pant sur l'unique chaise du logis.

— Et mon petit musée ?

Il appelait ainsi quelques débris étiquetés sur
une planche : une brique, un brûle-gueule en bois
dur, une lame rouillée, un œuf d'autruche. Mais
la brique venait de l'Alhambra, le couteau avait
servi les vendettas d'un fameux bandit Corse, le
brûle-gueule portait en inscription : *pipe de forçat
marocain,* enfin l'œuf durci représentait l'avorte-
ment d'un beau rêve, tout ce qui restait, — avec

quelques lattes et morceaux de fonte entassés dans
un coin — de la Couveuse-Bompard et de l'élevage artificiel. Oh! maintenant il avait mieux que
cela, mon bon. Une idée merveilleuse, à millions,
qu'il ne pouvait pas dire encore.

« Qu'est-ce que tu regardes?... Ça?... c'est mon
brevet de majoral... Bé, oui, majoral de l'*Aïoli*. »

Cette société de l'*Aïoli* avait pour but de faire
manger à l'ail une fois par mois tous les méridionaux résidant à Paris, histoire de ne pas perdre le fumet ni l'accent de la patrie. L'organisation
en était formidable : président d'honneur, prési-
dents, vice-présidents, majoraux, questeurs, cen-
seurs, trésoriers, tous brevetés sur papier rose à
bandes d'argent avec la fleur d'ail en pompon. Ce
précieux document s'étalait sur la muraille, à côté
d'annonces de toutes couleurs, ventes de maisons,
affiches de chemins de fer, que Bompard tenait à
avoir sous les yeux « pour se monter le coco », disait-il ingénuement. On y lisait : *Château à vendre,
cent cinquante hectares, prés, chasse, rivière, étang
poissonneux... jolie petite propriété en Touraine, vignes, luzernes, moulin sur la Cize... Voyage circulaire en Suisse, en Italie, au lac Majeur, aux îles
Borromées...* Cela l'exaltait comme s'il eût eu de
beaux paysages accrochés au mur. Il croyait y
être, il y était.

— Mâtin!... dit Roumestan avec une nuance
d'envie pour ce misérable chimérique, si heureux
parmi ses loques.., tu as une fière imagination...
Es-tu prêt, allons?... Descendons... Il fait un froid
noir chez toi... »

26.

Quelques tours aux lumières au milieu de la joyeuse cohue du boulevard, et les deux amis s'installèrent dans la chaleur capiteuse et rayonnante d'un cabinet de grand restaurant, les huîtres ouvertes, le Château-Yquem soigneusement débouché.

— A ta santé, mon camarade... Je te la souhaite bonne et heureuse.

— Té! c'est vrai, dit Bompard, nous ne nous sommes pas encore embrassés. »

Ils s'étreignirent par-dessus la table, les yeux humides; et, si tanné que fût le cuir du Tcherkesse, Roumestan se sentit tout ragaillardi. Depuis le matin, il avait envie d'embrasser quelqu'un. Puis, tant d'années qu'ils se connaissaient, trente ans de leur vie devant eux, sur cette nappe; et dans la vapeur des plats fins, dans les paillettes des vins de luxe, ils évoquaient les jours de jeunesse, des souvenirs fraternels, des courses, des parties, revoyaient leurs figures de gamins, coupaient leurs effusions de mots patois qui les rapprochaient encore.

— *T'en souvénès, digo?*... tu t'en souviens, dis?

Dans un salon à côté, on entendait un égrénement de rires clairs, de petits cris.

— Au diable les femelles, dit Roumestan, il n'y a que l'amitié.

Et ils trinquèrent encore une fois. Mais la conversation prenait tout de même un nouveau tour.

— Et la petite?... demanda Bompard clignant de l'œil... Comment va-t-elle?

— Oh! je ne l'ai pas revue, tu comprends.

— Sans doute... sans doute... fit l'autre subitement très grave, avec une tête de circonstance.

Maintenant, derrière les tentures, un piano jouait des fragments de valses, des quadrilles à la mode, des mesures d'opérettes. alternativement folles ou langoureuses. Ils se taisaient pour écouter, grapillant des raisins flétris ; et Numa, dont toutes les sensations semblaient sur pivot et à deux faces, se mettait à penser à sa femme, à son enfant, au bonheur perdu, s'épanchait tout haut, les coudes sur la table.

— Onze ans d'intimité, de confiance, de tendresse... Tout cela flambé, disparu en une minute... Est-ce que c'est possible ?... Ah ! Rosalie, Rosalie... »

Personne ne saurait jamais ce qu'elle avait été pour lui ; et lui-même ne le comprenait bien que depuis son départ. L'esprit si droit, le cœur si honnête. Et des épaules, et des bras. Pas une poupée de son comme la petite. Quelque chose de plein, d'ambré, de délicat.

« Puis, vois-tu, mon camarade, il n'y a pas à dire, quand on est jeune, il faut des surprises, des aventures... Les rendez-vous à la hâte, aiguisés de la peur d'être pincé, les escaliers descendus quatre à quatre, ses frusques sur le bras, tout cela fait partie de l'amour. Mais à notre âge ce qu'on désire par dessus tout, c'est la paix, ce que les philosophes appellent la sécurité dans le plaisir. Il n'y a que le mariage qui donne ça. »

Il se leva d'un sursaut, jeta sa serviette : « filons, té !

— Nous allons ? demanda Bompard, impassible.

— Passer sous sa fenêtre, comme il y a douze

ans... Voilà où il en est, mon cher, le grand maître
de l'Université... »

Sous les arcades de la place Royale, dont le jardin couvert de neige formait un blanc carré entre
les grilles, les deux amis se promenèrent longtemps, cherchant dans la déchiqueture des toits
Louis XIII, des cheminées, des balcons, les hautes
fenêtres de l'hôtel Le Quesnoy.

— Dire qu'elle est là, soupirait Roumestan, si
près et que je ne puis la voir ! »

Bompard grelottait, les pieds dans la boue, ne
comprenait pas bien cette excursion sentimentale.
Pour en finir, il usa d'artifice, et, le sachant douillet,
craintif du moindre malaise :

— Tu vas t'enrhumer, Numa, insinua-t-il traî-
treusement.

Le Méridional eut peur et ils remontèrent en
voiture.

Elle était là, dans le salon, où il l'avait vue pour
la première fois et dont les meubles restaient les
mêmes aux mêmes places, arrivés à cet âge où les
mobiliers, comme les tempéraments, ne se renou-
vellent plus. A peine quelques plis fanés dans les
tentures fauves, une buée sur le reflet des glaces
alourdi comme celui des étangs déserts que rien
ne trouble. Les visages des vieux parents penchés
sous les flambeaux de jeu à deux branches, en
compagnie de leurs partenaires habituels, avaient
aussi quelque chose de plus affaissé. Madame Le
Quesnoy, les traits gonflés et tombants, comme dé-
fibrés, le président accentuant encore sa pâleur et

la révolte fière qu'il gardait dans le bleu amer de ses yeux. Assise près d'un grand fauteuil dont les coussins se creusaient d'une empreinte légère, Rosalie, sa sœur couchée, continuait tout bas la lecture qu'elle lui faisait tout à l'heure à voix haute, dans le silence du whist coupé de demi-mots, d'interjections de joueurs.

C'était un livre de sa jeunesse, un de ces poètes de nature que son père lui avait appris à aimer; et du blanc des strophes elle voyait monter tout son passé de jeune fille, la fraîche et pénétrante impression des premières lectures

> La belle aurait pu sans souci
> Manger ses fraises loin d'ici,
> Au bord d'une claire fontaine,
> Avec un joyeux moissonneur
> Qui l'aurait prise sur son cœur,
> Elle aurait eu bien moins de peine.

Le livre lui glissa des mains sur les genoux, les derniers vers retentissant en chanson triste au plus profond de son être, lui rappelant son malheur un instant oublié. C'est la cruauté des poètes; ils vous bercent, vous apaisent, puis d'un mot avivent la plaie qu'ils étaient en train de guérir.

Elle se revoyait à cette place, douze ans auparavant, quand Numa lui faisait sa cour à gros bouquets, et que, parée de ses vingt ans, du désir d'être belle pour lui, elle le regardait venir par cette fenêtre, comme on guette sa destinée. Il restait dans tous les coins des échos de sa voix chaude et tendre, si prompte à mentir. En cherchant bien parmi cette musique étalée au piano, on aurait retrouvé les duos qu'ils chantaient ensemble ; et tout ce qui l'entourait lui semblait complice du désastre de sa vie manquée. Elle songeait à ce qu'elle aurait pu être, cette vie, à côté d'un honnête homme, d'un loyal compagnon, non pas brillante, ambitieuse, mais l'existence simple et cachée où l'on eût porté à deux vaillamment les chagrins, les deuils jusqu'à la mort...

Elle aurait eu bien moins de peine...

Elle s'absorbait si fort dans son rêve que, le whist terminé, les habitués étaient partis sans qu'elle l'eût presque remarqué, répondant machinalement au salut amical et apitoyé de chacun, ne s'apercevant pas que le président, au lieu de reconduire ses amis, comme il en avait l'habitude chaque soir, quel que fût le temps et la saison, se promenait à grands pas dans le salon, s'arrêtait enfin devant elle à la questionner d'une voix qui la faisait tout à coup tressaillir.

« Eh bien, mon enfant, où en es-tu ? Qu'as-tu décidé ?

— Mais toujours la même chose, mon père.

Il s'assit auprès d'elle, lui prit la main, essaya d'être persuasif :

« J'ai vu ton mari... Il consent à tout... tu vivras ici près de moi, tout le temps que ta mère et ta sœur resteront absentes ; après même, si ton ressentiment dure encore... Mais, je te le répète, ce procès est impossible. Je veux espérer que tu ne le feras pas. »

Rosalie secoua la tête.

« Vous ne connaissez pas cet homme, mon père...
Il emploiera son astuce à m'envelopper, à me reprendre, à faire de moi sa dupe, une dupe volon-
taire, acceptant une existence avilie, sans dignité...
Votre fille n'est pas de ces femmes-là... Je veux une
rupture complète, irréparable, hautement annoncée
au monde... »

De la table où elle rangeait les cartes et les jetons, sans se retourner, madame Le Quesnoy intervint doucement :

« Pardonne, mon enfant, pardonne.

— Oui, c'est facile à dire quand on a un mari
loyal et droit comme le tien, quand on ne connaît
pas cet étouffement du mensonge et de la trahison
en trame autour de soi... C'est un hypocrite, je
vous dis. Il a sa morale de Chambéry et celle de la
rue de Londres... Les mots et les actes toujours en
désaccord... Deux paroles, deux visages... Toute la
félinerie et la séduction de sa race... L'homme du
Midi enfin ! »

Et, s'oubliant dans l'éclat de sa colère :

« D'ailleurs, j'avais déjà pardonné une fois...
Oui, deux ans après mon mariage... Je ne vous en
ai pas parlé, je n'en ai parlé à personne... J'ai été
très malheureuse... Alors nous ne sommes restés
ensemble qu'au prix d'un serment... Mais il ne vit
que de parjures... Maintenant, c'est fini, bien fini. »

Le président n'insista plus, se leva lentement et
vint à sa femme. Il y eut un chuchottement, comme
un débat, surprenant entre cet homme autoritaire
et l'humble créature annihilée : « Il faut lui dire...

Si... si... Je veux que vous lui disiez... » Sans ajouter une parole, M. Le Quesnoy sortit, et son pas de
tous les soirs, sonore, régulier, monta des arcades
désertes dans la solennité du grand salon.

« Viens là... » fit la mère à sa fille d'un geste
tendre... Plus près, encore plus près... Elle n'ose-
rait jamais tout haut... Et même, si rapprochées,
cœur contre cœur, elle hésitait encore : « Écoute,
c'est lui qui le veut... Il veut que je te dise que ta
destinée est celle de toutes les femmes, et que ta
mère n'y a pas échappé. »

Rosalie s'épouvantait de cette confidence qu'elle
devinait aux premiers mots, tandis qu'une chère
vieille voix brisée de larmes articulait à peine une
triste, bien triste histoire de tous points semblable
à la sienne, l'adultère du mari dès les premiers
temps du ménage, comme si la devise de ces pauvres êtres accouplés étant « trompe-moi ou je te
trompe », l'homme s'empressait de commencer
pour garder son rang supérieur.

— Oh ! assez, assez, maman, tu me fais mal... »
Son père qu'elle admirait tant, qu'elle plaçait
au-dessus de tout autre, le magistrat intègre et
ferme !.... Mais qu'était-ce donc que les hommes ?
Au nord, au midi, tous pareils, traîtres et parjures... Elle qui n'avait pas pleuré pour la trahison
du mari, sentit un flot de larmes chaudes à cette
humiliation du père... Et l'on comptait là-dessus
pour la fléchir !... Non, cent fois non, elle ne par-
donnerait pas. Ah ! c'était cela, le mariage. Eh bien,
honte et mépris sur le mariage ! Qu'importaient la
peur du scandale et les convenances du monde,

puisque c'était à qui les braverait le mieux.

Sa mère l'avait prise, la serrait contre son cœur, essayant d'apaiser la révolte de cette jeune conscience blessée dans ses croyances, dans ses plus chères superstitions, et doucement elle la caressait, comme on berce :

« Si, tu pardonneras... Tu feras comme j'ai fait... C'est notre lot, vois-tu... Ah ! dans le premier moment, moi aussi, j'ai eu un grand chagrin, une belle envie de sauter par la fenêtre... Mais j'ai pensé à mon enfant, à mon pauvre petit André qui naissait à la vie, qui depuis a grandi, qui est mort en aimant, en respectant tous les siens... Toi de même tu pardonneras pour que ton enfant ait l'heureuse tranquillité que vous a faite mon courage, pour qu'il ne soit pas un de ces demi-orphelins que les parents se partagent, qu'ils élèvent dans la haine et le mépris l'un de l'autre... Tu songeras aussi que ton père et ta mère ont déjà bien souffert et que d'autres désespoirs les menacent... »

Elle s'arrêta, oppressée. Puis, avec un accent solennel :

— Ma fille, tous les chagrins s'apaisent, toutes les blessures peuvent guérir... Il n'y a qu'un malheur irréparable, c'est la mort de ce qu'on aime... »

Dans l'épuisement ému qui suivit ces derniers mots, Rosalie voyait grandir la figure de sa mère, de tout ce que perdait le père à ses yeux. Elle s'en voulait de l'avoir méconnue si longtemps sous cette apparente faiblesse faite de coups douloureux, d'abdication sublime et résignée. Aussi ce fut pour elle, rien que pour elle qu'en termes doux, presque de

27

pardon, elle renonça à son procès de vengeance.
« Seulement n'exige pas que je retourne avec lui...
J'aurais trop honte... J'accompagnerai ma sœur
dans le Midi... Après, plus tard, nous verrons. »

Le président rentrait. Il vit l'élan de la vieille
mère jetant ses bras au cou de son enfant et comprit que leur cause était gagnée.

« Merci, ma fille... » murmura-t-il, très touché.
Puis, après avoir hésité un peu, il s'approcha de
Rosalie pour le bonsoir habituel. Mais le front si
tendrement offert d'ordinaire se déroba, le baiser
glissa dans les cheveux.

— Bonne nuit, mon père.

Il ne dit rien, s'en alla courbant la tête, avec un
frisson convulsif de ses hautes épaules. Lui qui dans
sa vie avait tant accusé, tant condamné, il trouvait un juge à son tour, le premier magistrat de
France !

XIX

HORTENSE LE QUESNOY

Par un de ces brusques coups de scènes, si fréquents dans la comédie parlementaire, cette séance
du 8 janvier, où la fortune de Roumestan semblait
devoir s'effondrer, lui valut un éclatant triomphe.
Quand il monta à la tribune pour répondre à la
verte satire de Rougeot sur la gestion de l'Opéra, le
gâchis des Beaux-Arts, l'inanité des réformes trom-
pettées par les gagistes du ministère sacristain,
Numa venait d'apprendre que sa femme était partie, renonçant à tout procès, et cette bonne nouvelle, connue de lui seul, donna à sa réplique une
assurance rayonnante. Il s'y montra hautain, familier, solennel, fit allusion aux calomnies chucho-
tées, au scandale attendu :

— Il n'y aura pas de scandale, messieurs !....

Et le ton dont il dit cela désappointa vivement
dans les tribunes bondées de toilettes toutes les
jolies curieuses, avides d'émotions fortes, venues là

pour voir dévorer le dompteur. L'interpellation
Rougeot fut réduite en miettes, le Midi séduisit le
Nord, la Gaule fut encore une fois conquise, et
lorsque Roumestan redescendit, moulu, trempé,
sans voix, il eut l'orgueil de voir son parti tout à
l'heure si froid, presque hostile, ses collègues du
cabinet qui l'accusaient de les compromettre, l'en-
tourer d'acclamations, de flatteries enthousiastes.
Et dans l'ivresse du succès lui revenait toujours
comme une délivrance suprême le désistement de
sa femme.

Il se sentait allégé, dispos, expansif, si bien qu'en
rentrant à Paris l'idée lui vint de passer rue de
Londres. Oh! seulement en ami, pour rassurer cette
pauvre enfant aussi inquiète que lui des suites de
l'interpellation et qui supportait leur mutuel exil
avec tant de courage, lui envoyant de sa naïve écriture séchée de poudre de riz de bonnes petites
lettres où elle lui contait sa vie jour par jour,
l'exhortait à la patience, à la prudence :

« Non, non, ne viens pas, pauvre cher... Écris-
moi, pense à moi... Je serai forte. »

Justement l'Opéra ne jouait pas ce soir-là, et
pendant le court trajet de la gare à la rue de Londres, tout en serrant dans sa main la petite clef
qui l'avait plus d'une fois tenté depuis quinze jours,
Numa pensait :

— Comme elle va être heureuse !

La porte ouverte, refermée sans bruit, il se
trouva tout à coup dans l'obscurité; on n'avait pas
allumé le gaz. Cette négligence donnait à la petite
maison un aspect de deuil, de veuvage, qui le flatta.

Le tapis de l'escalier amortissant sa montée rapide, il arriva sans que rien l'eût annoncé dans le salon tendu d'étoffes japonaises aux nuances délicieusement fausses pour l'or factice des cheveux de la petite.

— Qui est là ? demanda du divan une jolie voix irritée.

— Moi, pardi !...

Il y eut un cri, un bond, et, dans l'indécision du crépuscule, l'éclair blanc de ses jupes rabattues, la chanteuse se dressa, épouvantée, tandis que le beau Lappara, immobile, écroulé, sans même la force de rajuster son désordre, fixait les fleurs du tapis pour ne pas regarder le patron. Rien à nier. Le divan haletait encore.

— Canailles ! râla Roumestan, étranglé d'une de ces fureurs où la bête rugit dans l'homme avec l'envie de déchirer, de mordre, bien plus que de frapper.

Il se retrouva dehors sans savoir, emporté par la crainte de sa propre violence. A la même place, à la même heure, quelques jours avant, sa femme avait reçu comme lui ce coup de la trahison, la blessure outrageante et basse, autrement cruelle, autrement imméritée que la sienne ; mais il n'y pensa pas un instant, tout à l'indignation de l'injure personnelle. Non, jamais vilenie semblable ne s'était vue sous le soleil. Ce Lappara qu'il aimait comme un fils, cette drôlesse pour laquelle il avait compromis jusqu'à sa fortune politique.

— Canailles !... canailles! répétait-il tout haut dans la rue déserte, sous une pénétrante petite

27.

pluie qui le calma bien mieux que les plus beaux raisonnements.

— Té ! mais je suis trempé...

Il courut à la station de voitures de la rue d'Amsterdam, et, dans l'encombrement que font à ce quartier les arrivages perpétuels de la gare, se heurta au plastron raide et sanglé du général marquis d'Espaillon.

— Bravo, mon cher collègue... Je n'étais pas à la séance, mais on m'a dit que vous aviez chargé comme un b..., à fond et dans le tas ! »

Sous son parapluie qu'il tenait droit comme une latte, il avait, le vieux, un diable d'œil allumé et la barbiche en croc d'un soir de bonne fortune.

— N... d... D..., ajouta-t-il en se penchant vers l'oreille de Numa d'un ton de confidence gaillarde, vous pouvez vous vanter de connaître les femmes, vous. »

Et, comme l'autre le regardait, croyant à une ironie :

— Eh ! oui, vous savez bien, notre discussion sur l'amour... C'est vous qui aviez raison... Il n'y a pas que les godelureaux pour plaire aux belles... J'en ai une en ce moment... Jamais gobé comme ça... F... n.. d... D... Pas même à vingt-cinq ans, en sortant de l'École... »

Roumestan qui écoutait, la main sur la portière de son fiacre, crut sourire au vieux passionné et n'ébaucha qu'une horrible grimace. Ses théories sur les femmes se trouvaient si singulièrement bouleversées... La gloire, le génie, allons donc ! ce n'est pas là qu'elles vous regardent... Il se sentait

fourbu, dégoûté, une envie de pleurer, puis de
dormir pour ne plus penser, pour ne plus voir surtout le rire hébété de cette coquine, droite devant
lui, dépoitraillée, toute sa chair hérissée et frissonnante du baiser interrompu. Mais dans l'agitation
de nos journées, les heures se tiennent et se bous-
culent comme les vagues. Au lieu du bon repos
qu'il comptait trouver en rentrant, un nouveau
coup l'attendait au ministère, une dépêche que
Méjean avait ouverte en son absence et qu'il lui
tendit très ému.

Hortense meurt. Elle veut te voir. Viens vite.
                                        VEUVE PORTAL.

Tout son effroyable égoïsme lui sortit dans un
cri désolé :

« C'est un dévouement que je vais perdre là !... »
Ensuite il pensa à sa femme présente à cette
agonie et qui laissait signer tante Portal. Sa rancune ne fléchissait pas, ne fléchirait probablement
jamais. Si elle avait voulu pourtant, comme il eût
recommencé l'existence à côté d'elle, revenu des
imprudentes folies, familial, honnête, presque aus-
tère. Et ne songeant plus au mal qu'il avait fait,
il lui reprochait sa dureté comme une injustice. Il
passa la nuit à corriger les épreuves de son discours,
s'interrompant pour écrire des brouillons de lettres furieuses ou ironiques, grondantes et sifflan-
tes, à cette scélérate d'Alice Bachellery. Méjean
veillait aussi au secrétariat, rongé de chagrins,
cherchant l'oubli dans un travail acharné ; et Numa,

tenté par ce voisinage, éprouvait un réel supplice
de ne pouvoir lui confier sa déception. Mais il eût
fallu avouer qu'il était retourné là-bas et le ridicule de son rôle.

Il n'y tint pas cependant ; et au matin, comme
son chef de cabinet l'accompagnait à la gare, il lui
laissa entre autres instructions le soin de donner
son congé à Lappara. « Oh ! il s'y attend bien,
allez... Je l'ai pris en flagrant délit de la plus noire
ingratitude... Quand je pense comme j'avais été
bon, jusqu'à vouloir en faire... » Il s'arrêta court.
N'allait-il pas raconter à l'amoureux qu'il avait promis deux fois la main d'Hortense. Sans plus s'expliquer, il déclara ne pas vouloir retrouver au ministère un personnage aussi tristement immoral. Du
reste la duplicité du monde l'écœurait. Ingratitude,
égoïsme. C'était à tout ficher là, les honneurs, les
affaires, à quitter Paris pour s'en aller gardien de
phare, sur un rocher sauvage, en pleine mer.

— Vous avez mal dormi, mon cher patron... fit
Méjean de son air paisible.

— Non, non... c'est comme je vous le dis... Paris
me donne la nausée...

Debout sur le perron du départ, il se retournait
avec un geste de dégoût vers la grande ville où la
province déverse toutes ses ambitions, ses convoi-
tises, son trop-plein bouillonnant et malpropre, et
qu'elle accuse ensuite de perversité et d'infection.
Il s'interrompit, pris d'un rire amer :

— Croyez-vous qu'il s'acharne après moi, celui-
là !...

A l'angle de la rue de Lyon, sur une grande muraille grise percée d'odieuses lucarnes, un piteux troubadour délavé par toutes les humidités de l'hiver et les ordures d'une maison de pauvres, montrait à la hauteur d'un second étage une hideuse bouillie de bleu, de jaune, de vert, où le geste du tambourinaire se dessinait encore, prétentieux et vainqueur. Les affiches se succèdent vite dans la réclame parisienne, l'une couvrant l'autre. Mais quand elles ont ces dimensions énormes, toujours quelque bout dépasse ; et depuis quinze jours, aux quatre coins de Paris, le ministre trouvait en face de tous ses regards un bras, une jambe, un bout de toque ou de soulier à la poulaine qui le poursuivait, le menaçait, comme dans cette légende provençale où la victime hachée et dispersée crie encore sus au meurtrier de tous ses lambeaux épars. Ici elle se dressait en entier ; et le sinistre coloriage, entrevu dans le matin frileux, condamné à subir sur place toutes les souillures, avant de s'émietter, de s'effiloquer à un dernier coup de vent, résumait bien la destinée du malheureux troubadour, roulant pour jamais les bas-fonds de ce Paris qu'il ne pouvait plus quitter, menant la farandole toujours recrue des déclassés, des dépatriés et des fous, de ces affamés de gloire qu'attendent l'hôpital, la fosse commune ou la table de dissection.

Roumestan monta en wagon, transi jusqu'aux os par cette apparition et le froid de sa nuit blanche, grelottant à voir aux portières les tristes perspectives du faubourg, ces ponts de fer en travers des rues ruisselantes, ces hautes maisons, casernes de la misère, aux fenêtres innombrables garnies de loques, ces figures du matin, hâves, mornes, sordides, ces dos courbés, ces bras serrant les poitrines pour cacher ou pour réchauffer, ces auberges à toutes enseignes, cette forêt de cheminées d'usines crachant leurs fumées rabattues ; puis les premiers vergers de la banlieue noirs de terreau, le torchis des masures basses, les villas fermées au milieu de leurs jardinets rétrécis par l'hiver, aux arbustes secs comme le bois dégarni des kiosques et des treillages, plus loin des routes défoncées de flaques où défilaient des bâches inondées, un horizon couleur de rouille, des vols de corbeaux sur les champs déserts.

Il ferma les yeux devant ce navrant hiver du Nord que le sifflet du chemin de fer traversait de longs appels de détresse, mais sous ses paupières closes, ses pensées ne furent pas plus riantes. Si près de cette drôlesse, dont le lien tout en se dénouant lui serrait encore le cœur, il songeait à ce qu'il avait fait pour elle, à ce que l'entretien d'une étoile lui coûtait depuis six mois. Tout est faux dans cette vie de théâtre, surtout le succès qui ne vaut que ce qu'on l'achète. Frais de claque, billets au contrôle, dîners, réceptions, cadeaux aux reporters, la publicité sous toutes ses formes, et ces magnifiques bouquets devant lesquels l'artiste rougit, s'émeut, en chargeant ses bras, sa poitrine nue, le satin de sa robe ; et les ovations pendant les tournées, les conduites à l'hôtel, les sérénades au balcon, ces continuels excitants à la morne indifférence du public, tout cela se paie et fort cher.

Pendant six mois, il avait tenu caisse ouverte, ne marchandant jamais ses triomphes à la petite. Il assistait aux conférences avec le chef de claque, les réclamiers des journaux, la marchande de fleurs dont la chanteuse et sa mère rafistolaient trois fois les bouquets sans le lui dire, en renouvelant les rubans ; car il y avait chez ces juives de Bordeaux une crasseuse rapacité, un amour de l'expédient, qui les faisait rester à la maison des journées entières couvertes de guenilles, en camisoles sur des jupes à volants, aux pieds des vieux souliers de bal, et c'est ainsi que Numa les trouvait le plus souvent, en train de jouer aux cartes et de s'injurier comme dans une voiture de saltimbanques. Depuis longtemps on ne se gênait plus avec lui. Il savait tous les trucs, toutes les grimaces de la diva, sa grossièreté native de femme du Midi maniérée et malpropre, et qu'elle avait dix ans de plus que son âge des coulisses, et que pour fixer son éternel sourire en arc d'amour elle s'endormait chaque soir les lèvres retroussées aux coins et garnies de coraline...

Là-dessus il finit par s'endormir, lui aussi, mais pas la bouche en arc, je vous jure, les traits tirés au contraire de dégoût, de fatigue, tout le corps secoué aux heurts, aux ballottements, aux sursauts métalliques d'un train rapide lancé à toute vapeur.

Valeince!... Valeince!...

Il rouvrit les yeux, comme un enfant que sa mère appelle. Déjà le Midi commençait, le ciel se creusait d'abîmes bleus entre les nuées que chassait le vent. Un rayon chauffait la vitre et de

maigres oliviers blanchissaient parmi des pins.
Ce fut un apaisement dans tout l'être sensitif
du méridional, un changement de pôle pour ses
idées. Il regrettait d'avoir été si dur envers Lappara. Briser ainsi l'avenir de ce pauvre garçon,
désoler toute une famille, et pourquoi ? « Une fou-
taise, allons ! » comme disait Bompard. Il n'y avait
qu'une façon de réparer cela, d'enlever à cette
sortie du ministère son apparence de disgrâce : la
croix. Et le ministre se mit à rire à l'idée du nom
de Lappara à l'*Officiel* avec cette mention : *services exceptionnels*. C'en était bien un, après tout,
que d'avoir délivré son chef de cette liaison dégra-
dante.

Orange !... Montélimart et son nougat !... Les
voix vibraient, soulignées de gestes vifs. Les garçons
de buffets, marchands de journaux, gardes-barrières
se précipitaient, les yeux hors de la tête. C'était
bien un autre peuple que trente lieues plus haut ;
et le Rhône, le large Rhône, vagué comme une
mer, étincelait sous le soleil dorant les remparts
crénelés d'Avignon dont les cloches, en branle
depuis Rabelais, saluaient de leurs carillons clairs
le grand homme de la Provence. Numa s'attablait
au buffet devant un petit pain blanc, une croustade,
une bouteille de ce vin de la Nerte mûri entre les
pierres, capable de donner l'accent des garrigues
même à un Parisien.

Mais où l'air natal le ragaillardit le mieux, ce fut
lorsqu'ayant quitté la grande ligne, à Tarascon, il
prit place dans le petit chemin de fer patriarcal
à une seule voie, qui pénètre en pleine Provence

entre les branches de mûriers et d'oliviers, les
panaches de roseaux sauvages frôlant les portières.
On chantait dans tous les wagons, on s'arrêtait à
chaque instant pour laisser passer un troupeau,
embarquer un retardataire, prendre un paquet
qu'apportait en courant un garçon de *mas*. Et
c'était des saluts, des causettes des gens du train
avec les fermières en coiffes d'Arles, au pas de leur
porte ou savonnant sur la pierre du puits. Aux stations, des cris, des bousculades, tout un village ac-
couru pour faire la conduite à un conscrit ou à une
fille qui va à la ville en condition.

— Té! vé, sans adieu, mignote... sois bien bravette au moins!

On pleure, on s'embrasse, sans prendre garde à
l'ermite mendiant en cagoule qui marmonne son
« pater » appuyé à la barrière, et furieux de ne
rien recevoir, s'éloigne en remontant sa besace :

— Encore un « pater » de fichu!

Le propos est entendu, et les larmes séchées,
tout le monde rit, le frocard plus fort que les
autres.

Blotti dans son coupé pour échapper aux ovations, Roumestan se délectait à toute cette belle
humeur, à la vue de ces faces brunes, busquées, al-
lumées de passion et d'ironie, de ces grands garçons
aux airs farauds, de ces *chato* ambrées comme les
grains allongés du muscat et qui deviendraient en
vieillissant ces mères-grands, noires et desséchées
par le soleil, secouant de la poussière de tombe à
chacun de leurs gestes ratatinés. Et *zou!* Et allons!
Et tous les en avant du monde! Il retrouvait là

28

son peuple, sa Provence mobile et nerveuse, race
de grillons bruns, toujours sur la porte et toujours
chantant!

Lui-même en était bien le prototype, déjà guéri
de son grand désespoir du matin, de ses dégoûts,
de son amour, balayés au premier souffle du
mistral qui grondait fort dans la vallée du Rhône,
soulevant le train, l'empêchant d'avancer, chassant
tout, les arbres courbés dans une attitude de fuite,
les Alpilles reculées, le soleil secoué de brusques
éclipses, tandis qu'au loin, la ville d'Aps, sous un
rayon de lumière fouettée, groupait ses monuments
au pied de l'antique tour des Antonins, comme un
troupeau de bœufs se serre en pleine Camargue
autour du plus vieux taureau pour faire tête au
vent.

Et c'est au son de cette grandiose fanfare du
mistral, que Numa fit son entrée en gare. Par un
sentiment de délicatesse conforme au sien, la
famille avait tenu son arrivée secrète, pour éviter
les orphéons, bannières, députations solennelles.
Seule, la tante Portal l'attendait, pompeusement
installée dans le fauteuil du chef de gare, une
chaufferette sous ses pieds. Dès qu'elle aperçut son
neveu, le visage rose de la grosse dame, épanoui
dans son repos, prit une expression désolée, se
gonfla sous ses coques blanches ; et les bras tendus
elle éclata en sanglots et en lamentations :

— *Aie de nous*, quel malheur!... Une si jolie
petite, péchère!... Et si bravette!... si doucette!...
qu'on se serait levé le pain de la bouche pour
elle...

— Mon Dieu! C'est donc fini?... pensa Roumestan, revenu à la réalité de son voyage.

La tante interrompit tout à coup son vocero pour
dire froidement, d'un ton dur, au domestique qui
oubliait le chauffe-pieds : « Ménicle, la banquette! »
Puis elle reprit sur un diapason de douleur frénétique le détail des vertus de mademoiselle Le Quesnoy, demandant à grands cris au ciel et à ses anges
pourquoi ils ne l'avaient pas prise à la place de
cette enfant, secouant de ses explosions gémissantes
le bras de Numa sur lequel elle s'appuyait pour
gagner son vieux carrosse à petits pas de procession.

Sous les arbres dépouillés de l'avenue Berchère,
dans un tourbillon de branches et d'écorces sèches
que jetait le mistral en dure litière à l'illustre
voyageur, les chevaux avançaient lentement ; et
Ménicle, au tournant où les portefaix avaient l'habitude de dételer, fut obligé de faire claquer son
fouet plusieurs fois, tellement ses bêtes semblaient
surprises de cette indifférence pour le grand homme.
Roumestan, lui, ne songeait qu'à l'horrible nouvelle qu'il venait d'apprendre ; et tenant les deux
mains poupines de la tante qui continuait à s'éponger les yeux, il demandait doucement :

— Quand est-ce arrivé?

— Quoi donc?

— Quand est-elle morte, la pauvre petite?

Tante Portal bondit sur ses coussins empilés :

« Morte !... Bou Diou !... Qui t'a dit qu'elle était
morte ?... »

Tout de suite elle ajouta avec un grand soupir :

« Seulement, péchère, elle n'en a pas pour longtemps. »

Oh non, pas pour bien longtemps. Maintenant elle ne se levait plus, ne quittait plus les oreillers de dentelle où sa petite tête amaigrie devenait de jour en jour méconnaissable, plaquée aux joues d'un fard brûlant, les yeux, les narines, cernés de bleu. Ses mains d'ivoire allongées sur la batiste des draps, près d'elle un petit peigne, un miroir pour lisser de temps en temps ses beaux cheveux bruns, elle restait des heures sans parler à cause de l'enrouement douloureux de sa voix, le regard perdu vers les cimes d'arbres, le ciel éblouissant du vieux jardin de la maison Portal.

Ce soir-là, son immobilité rêveuse durait depuis si longtemps, sous les flammes du couchant qui empourprait la chambre, que sa sœur s'inquiéta :

— Est-ce que tu dors ?

Hortense secoua la tête, comme pour chasser quelque chose :

— Non, je ne dormais pas ; et pourtant je rêvais... Je rêvais que j'allais mourir. J'étais juste à la lisière de ce monde, penchée vers l'autre, oh ! penchée à tomber... Je te voyais encore, et des morceaux de ma chambre ; mais j'étais déjà de l'autre côté, et ce qui me frappait, c'était le silence de la vie, auprès de la grande rumeur que faisaient les morts, un bruit de ruche, d'ailes battantes, un grésillement de fourmilière, ce grondement que la mer laisse au fond des gros coquillages. Comme si la mort était peuplée, encombrée autrement que la vie...

Et cela si intense, qu'il me semblait que mes oreilles entendaient pour la première fois, que je me découvrais un sens nouveau. »

Elle parlait lentement de sa voix rauque et sifflante. Après un silence, elle reprit avec tout ce que pouvait contenir d'entrain l'instrument brisé, désolé :

— Toujours ma tête qui voyage... Premier prix d'imagination, Hortense Le Quesnoy, de Paris ! »

On entendit un sanglot, étouffé dans un bruit de porte.

— Tu vois, dit Rosalie... c'est maman qui s'en va... tu lui fais de la peine...

— Exprès... tous les jours un peu... pour qu'elle en ait moins à la fois, » répondit tout bas la jeune fille. Par les grands corridors du vieux logis provincial, le mistral galopait, gémissait sous les portes, les secouait de coups furieux. Hortense souriait :

— Entends-tu ?... Oh ! j'aime ça... Il semble qu'on est loin... dans des pays !... Pauvre chérie, ajouta-t-elle en prenant la main de sa sœur et la portant d'un geste épuisé jusqu'à sa bouche, quel mauvais tour je t'ai joué sans le vouloir... voilà ton petit qui sera du midi par ma faute... tu ne me le pardonneras jamais, *Franciote*. »

Dans la clameur du vent, un sifflet de locomotive vint jusqu'à elle, la fit tressaillir.

« Ah ! le train de sept heures... »

Comme tous les malades, tous les captifs, elle connaissait les moindres bruits d'alentour, les mêlait à son existence immobile, ainsi que l'horizon en face d'elle, les bois de pins, la vieille tour romaine déchiquetée sur la côte. A partir de ce mo-

28.

ment, elle fut anxieuse, agitée, guettant la porte à laquelle une bonne parut enfin...

« C'est bien... » dit Hortense vivement, et souriant à la grande sœur : « Une minute, veux-tu?... je t'appellerai. »

Rosalie crut à une visite du prêtre apportant son latin de paroisse et ses consolations terrifiantes. Elle descendit au jardin, un enclos du Midi, sans fleurs, aux allées de buis, abrité de hauts cyprès résistants. Depuis qu'elle était garde-malade, c'est là qu'elle venait respirer, cacher ses larmes, détendre toutes les concentrations nerveuses de sa douleur. Oh! qu'elle comprenait bien maintenant la parole de sa mère.

« Il n'y a qu'un malheur irréparable, c'est la perte de ce qu'on aime. »

Ses autres chagrins, son bonheur de femme détruit, tout disparaissait. Elle ne songeait qu'à cette chose horrible, inévitable, plus proche de jour en jour... Etait-ce l'heure, ce soleil rouge et fuyant qui laissait le jardin dans l'ombre et s'attardait aux vitres de la maison, ce vent lamentable soufflant de haut, qu'on entendait sans le sentir? En ce moment elle subissait une tristesse, une angoisse, inexprimables. Hortense, son Hortense !... plus qu'une sœur pour elle, presque une fille, ses premières joies de maternité précoce... Les sanglots l'étouffaient, sans larmes. Elle aurait voulu crier, appeler au secours, mais qui? Le ciel, où regardent les désespérés, était si haut, si loin, si froid, comme poli par l'ouragan. Un vol d'oiseaux voyageurs s'y hâtait, dont on n'entendait pas les cris ni les ailes

au grincement de voiles. Comment une voix de
terre parviendrait-elle à ces profondeurs muettes,
indifférentes?

Elle essaya pourtant, et la face tournée vers la
lumière qui montait, s'échappait au faîte du vieux
toit, elle pria celui qui s'est plu à se cacher, à s'a-
briter de nos douleurs et de nos plaintes, celui que
les uns adorent de confiance, le front contre terre,
que d'autres cherchent éperdus, les bras épars,
que d'autres enfin menacent de leur poing en révolte, qu'ils nient pour lui pardonner ses cruautés.
Et ce blasphème, cette négation, c'est encore de la
prière...

On l'appelait de la maison. Elle accourut, toute
frissonnante, arrivée à cette peur anxieuse où le
moindre bruit retentit jusqu'au fond de l'être.
D'un sourire, la malade l'attira près de son lit,
n'ayant plus de force ni de voix comme si elle venait de parler longtemps.

« J'ai une grâce à te demander, ma chérie... Tu
sais, cette grâce dernière qu'on accorde au condamné à mort... Pardonne à ton mari. Il a été bien
méchant, indigne avec toi, mais sois indulgente,
retourne auprès de lui. Fais cela pour moi, ma
grande sœur, pour nos parents que ta séparation
désole et qui vont avoir besoin qu'on se serre contre
eux, qu'on les entoure de tendresse. Numa est si
vivant, il n'y a que lui pour les remonter un peu...
C'est fini, n'est-ce pas? tu pardonnes... »

Rosalie répondit: « Je te le promets... » Que valait ce sacrifice de son orgueil, au prix du malheur
irréparable?... Debout près du lit, elle ferma les

yeux une seconde, buvant ses larmes. Une main qui tremblait se posa sur la sienne. Il était là, devant elle, ému, piteux, tourmenté d'une effusion qu'il n'osait pas.

« Embrassez-vous !... » dit Hortense.

Rosalie approcha son front où Numa posait timidement les lèvres.

« Non, non... pas ça... à pleins bras, comme quand on s'aime... »

Il saisit sa femme, l'étreignit d'un long sanglot, pendant que tombait la nuit dans la grande chambre, par pitié pour celle qui les avait jetés sur le cœur l'un de l'autre. Ce fut sa dernière manifestation de vie. Elle resta dès lors absorbée, distraite, indifférente à tout ce qui se passait autour d'elle, sans répondre à ces désolations du départ, où il n'y a pas de réponse, gardant sur son jeune visage cette expression de sourde et hautaine rancune de ceux qui meurent trop tôt pour leur ardeur de vivre et à qui les désillusions n'avaient pas dit leur dernier mot.

XX

UN BAPTÊME

Le grand jour, en Aps, c'est le lundi, le jour du marché.

Bien avant l'aube, les routes qui conduisent à la ville, ces grands chemins déserts d'Arles et d'Avignon où la poussière a l'aspect tranquille d'une tombée de neige, s'agitent au lent grincement des charrettes, aux caquets des poules dans leurs claires-voies, aux abois des chiens galopants, à ce ruissellement d'averse que fait le passage d'un troupeau, avec la longue roulière du berger qui se dresse portée par une houle bondissante. Et les cris des bouviers haletant après leurs bêtes, le son mat des coups de trique sur les flancs rugueux, des silhouettes équestres armées de tridents à taureaux, tout cela s'engouffre à tâtons, sous les portails dont les créneaux festonnent le ciel constellé, se répand sur le *Cours* qui cerne la ville endormie, reprenant à cette heure son caractère de vieille cité romaine et

sarrazine, aux toits irréguliers, aux pointus moucharabies au-dessus d'escaliers ébréchés et bran-
lants. Ce grouillement confus de gens et de bêtes
somnolentes s'installe sans bruit entre les troncs
argentés des gros platanes, déborde sur la chaussée, jusque dans les cours des maisons, remue des
odeurs chaudes de litières, des arômes d'herbes et
de fruits mûrs. Puis au réveil, la ville se trouve
prise de partout par un marché immense, animé,
bruyant, comme si toute la Provence campagnarde,
hommes et bestiaux, fruits et semailles, s'était
levée, rapprochée dans une inondation nocturne.

C'est alors un merveilleux coup d'œil de richesse
rustique, variant selon la saison. A des places désignées par un usage immémorial, les oranges, les
grenades, les coings dorés, les sorbes, les melons
verts et jaunes s'empilent aux éventaires, en tas,
en meules, par milliers; les pêches, figues, raisins, s'écrasent dans leurs paniers d'expédition, à
côté des légumes en sacs. Les moutons, les petits
cabris, les porcs soyeux et roses ont des airs en-
nuyés au bord des palissades de leurs parcs. Les
bœufs accouplés sous le joug marchent devant
l'acheteur; les taureaux, les naseaux fumants,
tirent sur l'anneau de fer qui les tient au mur. Et
plus loin, des chevaux en quantité, des petits chevaux de Camargue, arabes abâtardis, bondissent,
mêlent leurs crinières brunes, blanches ou rousses,
arrivent à leur nom « Té! Lucifer... Té! l'Esté-
rel... » manger l'avoine dans la main des gar-
diens, vrais gauchos des pampas bottés jusqu'à
mi-jambes. Puis les volailles deux par deux, les

pattes liées et rouges, poules, pintades, gisant aux
pieds de leurs marchandes alignées, avec des battements d'ailes à terre. Puis la poissonnerie, les anguilles toutes vives sur le fenouil, les truites de la
Sorgue et de la Durance mêlant des écailles luisantes, des agonies couleur d'arc-en-ciel. Enfin,
tout au bout, dans une sèche forêt d'hiver, les
pelles de bois, fourches, râteaux, d'un blanc écorcé
et neuf, se dressant entre les charrues et les herses.

De l'autre côté du *Cours*, contre le rempart, les
voitures dételées alignent sur deux rangs leurs cer-
ceaux, leurs bâches, leurs hautes ridelles, leurs
roues poudreuses ; et dans l'espace libre, la foule
s'agite, circule avec peine, se hêle, discute et marchande en divers accents, l'accent provençal, raffiné, maniéré, qui veut des tours de tête et d'épaule,
une mimique hardie ; celui du Languedoc plus dur,
plus lourd, d'articulation presque espagnole. De
temps en temps ce remous de chapeaux de feutre,
de coiffes arlésiennes ou comtadines, cette pénible
circulation de tout un peuple d'acheteurs et de ven-
deurs s'écarte devant les appels d'une charrette
retardataire, avançant au pas, à grand effort.

La ville bourgeoise paraît peu, pleine de dédain
pour cet envahissement campagnard qui fait pourtant son originalité et sa fortune. Du matin au soir
les paysans parcourent les rues, s'arrêtent aux boutiques, chez les bourreliers, les cordonniers, les
horlogers, contemplent les jacquemards de la maison de ville, les vitrines des magasins, éblouis par
les dorures et les glaces des cafés comme les bouviers de Théocrite devant le palais des Ptolémées.

Les uns sortent des pharmacies, chargés de paquets, de grandes bouteilles; d'autres, toute une noce, entrent chez le bijoutier pour choisir, après un rusé marchandage, les boucles à longs pendants, la chaîne de cou de l'accordée. Et ces jupes rudes, ces visages hâlés et sauvages, cet affairement avide, font songer à quelque ville de Vendée prise par les chouans, au temps des grandes guerres.

Ce matin-là, le troisième lundi de février, l'animation était vive et la foule compacte comme aux plus beaux jours de l'été, dont un ciel sans nuage, doré d'un chaud soleil, pouvait donner l'illusion. On parlait, on gesticulait par groupes; mais il s'agissait moins d'achat ou de vente que d'un événement qui suspendait le trafic, tournait tous les regards, toutes les têtes, et l'œil vaste des ruminants, et l'oreille inquiète des petits chevaux camarguais vers l'église de Sainte-Perpétue. C'est que le bruit venait de se répandre sur le marché, où il causait l'émoi d'une hausse extraordinaire, que l'on baptisait aujourd'hui même le garçon de Numa, ce petit Roumestan dont la naissance, trois semaines auparavant, avait été accueillie par des transports de joie en Aps et dans tout le Midi provençal.

Malheureusement, le baptême, retardé à cause du grand deuil de la famille, devait, pour les mêmes motifs de convenance, garder un caractère d'incognito; et sans quelques vieilles sorcières du pays des Baux qui installent chaque lundi sur les degrés de Sainte-Perpétue un petit marché d'herbes aromatiques, de simples séchés et parfumés cueillis dans les Alpilles, la cérémonie aurait probablement passé inaperçue. En voyant le carrosse de tante Portal s'arrêter devant l'église, les vieilles revendeuses donnèrent l'éveil aux marchandes d'*aïets* qui se promènent un peu partout, d'un bout à l'autre du Cours, les bras chargés de leurs chapelets luisants. Les marchandes d'*aïets* avertirent la poissonnerie, et bientôt la petite rue qui mène à l'église déversa sur la place toute la rumeur, toute l'agitation du marché. On se pressait autour de Ménicle, droit à son siège, en grand deuil, le crêpe au bras et au chapeau, et répondant aux interrogations par un jeu muet et indifférent des épaules. Malgré tout, on s'obstinait à attendre, et sous les bandes de calicot en travers de la rue marchande, on s'empilait, on s'étouffait, les plus hardis montés sur des bornes, tous les yeux fixés à la grand'porte qui s'ouvrit enfin.

Ce fut un « ah ! » de feu d'artifice, triomphant, modulé, puis arrêté net par la vue d'un grand vieux, vêtu de noir, bien navré, bien lugubre pour un parrain, donnant le bras à madame Portal très fière d'avoir servi de commère au premier président, leurs deux noms accolés sur le registre paroissial, mais assombrie par son deuil récent et les tristes impressions qu'elle venait de retrouver dans cette église. Il y eut une déception de la foule à l'aspect de ce couple sévère que suivait, tout en noir aussi et ganté, le grand homme d'Aps transi par le désert et le froid de ce baptême entre quatre cierges, sans autre musique que les vagissements du petit à qui le latin du sacrement et l'eau lustrale

sur son tendre petit cervelet d'oiseau déplumé
avaient causé la plus désagréable impression. Mais
l'apparition d'une plantureuse nourrice, large,
lourde, enrubannée comme un prix des comices
agricoles, et l'étincelant petit paquet de dentelles
et de broderies blanches qu'elle portait en sautoir
dissipèrent cette tristesse des spectateurs, soulevè-
rent un nouveau cri de fusée montante, une allégresse éparpillée en mille exclamations enthousiastes.

—*Lou vaqui...* le voilà... vé ! vé !

Surpris, ébloui, clignant sous le soleil, Roumestan s'arrêta une minute sur le haut perron, à
regarder ces faces moricaudes, ce moutonnement
serré d'un troupeau noir d'où montait vers lui une
tendresse folle ; et quoique fait aux ovations, il eut
là une des émotions les plus vives de son existence
d'homme public, une ivresse orgueilleuse qu'enno-
blissait un sentiment de paternité tout neuf et déjà
très vibrant. Il allait parler, puis songea que ce n'é-
tait pas l'endroit sur ce parvis.

— Montez, nourrice..., dit-il à la paisible Bour-
guignonne dont les yeux de vache laitière s'ouvraient éperdument, et pendant qu'elle s'engouffrait avec son fardeau léger dans le carrosse, il
recommanda à Ménicle de rentrer vite, par la traverse. Mais une clameur immense lui répondit :

—Non, non... le grand tour... le grand tour.

C'était le marché à faire dans toute sa lon-
gueur.

— Va pour le grand tour ! » dit Roumestan après
avoir consulté du regard son beau-père à qui il

eût voulu éviter ce joyeux train ; et la voiture
s'ébranlant, aux craquements lourds de son antique
carcasse, s'engagea dans la rue, sur le Cours, au
milieu des vivats de la foule qui se montait à ses
propres cris, arrivait à un délire d'enthousiasme,
entravait à tout moment les chevaux et les roues.
Les glaces baissées, on allait au pas, parmi ces
acclamations, ces chapeaux levés, ces mouchoirs
qui s'agitaient, et ces odeurs, ces haleines chaudes
du marché dégagées au passage. Les femmes avançaient leurs têtes ardentes, bronzées, jusque dans
la voiture, et rien que pour avoir vu le béguin du
petit s'exclamaient :

— *Diou! lou bèu drôle !*... Dieu ! le bel enfant !...

— Il semble son père, *qué?*...

— Déjà son nez Bourbon et ses bonnes manières...

— Fais-la voir, ma mie, fais-la voir ta belle face
d'homme.

— Il est joli comme un œuf...

— On le boirait dans un verre d'eau...

— Té ! mon trésor..

- Mon perdreau...

— Mon agnelet...

— Mon pintadon...

— Ma perle fine...

Et elles l'enveloppaient, le léchaient de la flamme
brune de leurs yeux. Lui, l'enfant d'un mois, n'était
pas effrayé du tout. Réveillé par ce vacarme, appuyé sur le coussin aux nœuds roses, il regardait
de ses yeux de chat, la pupille dilatée et fixe, avec

deux gouttes de lait au coin des lèvres, et restait
calme, visiblement heureux de ces apparitions de
têtes aux portières, de ces clameurs grandissantes
où se mêlaient bientôt les bêlements, mugisse-
ments, piaillements des bêtes prises d'une nerveuse
imitation, formidable tutti de cous tendus, de bouches ouvertes, de gueules bées à la gloire de Roumestan et de sa progéniture. Alors même, et tandis
que tous dans la voiture tenaient à deux mains
leurs oreilles fracassées, le petit homme demeurait
impassible, et son sang-froid déridait jusqu'au vieux
président qui disait : « Si celui-là n'est pas né pour
le forum !... »

Ils espéraient en être quittes en sortant du marché, mais la foule les suivit, s'accroissant à mesure
des tisserands du Chemin-neuf, des ourdisseuses
par bandes, des portefaix de l'avenue Berchère.
Les marchands accouraient au pas des boutiques,
le balcon du cercle des Blancs se chargeait de
monde, et bientôt les orphéons à bannières débou-
chaient de toutes les rues, entonnant des chœurs,
des fanfares, comme à une arrivée de Numa, avec
quelque chose de plus gai, d'improvisé, en dehors
du festival habituel.

Dans la plus belle chambre de la maison Portal,
dont les boiseries blanches, les soies flammées da-
taient d'un siècle, Rosalie étendue sur une chaise
longue, laissant aller son regard du berceau vide à
la rue déserte et ensoleillée, s'impatientait à attendre le retour de son enfant. Sur ses traits fins,
exsangues, creusés de fatigue et de larmes, où se

montrait pourtant comme un apaisement heureux, on pouvait lire l'histoire de son existence pendant ces derniers mois, inquiétudes, déchirements, sa rupture avec Numa, la mort de son Hortense, et à la fin la naissance de l'enfant qui emportait tout. Quand ce grand bonheur lui était venu, elle n'y comptait plus, brisée par tant de coups, se croyant incapable de donner la vie. Aux derniers jours elle s'imaginait même ne plus sentir les soubresauts impatients du petit être emprisonné ; et le berceau, la layette toute prête, elle les cachait par une crainte superstitieuse, avertissant seulement l'Anglaise qui la servait : « Si l'on vous demande des vêtements d'enfant, vous saurez où les prendre. »

S'abandonner sur un lit de torture, les yeux clos, les dents serrées, pendant de longues heures coupées toutes les cinq minutes d'un cri déchirant et qui force, subir son destin de victime dont toutes les joies doivent être chèrement payées, ce n'est rien quand l'espoir est au bout ; mais avec l'attente d'une désillusion suprême, dernière douleur où les plaintes presque animales de la femme se mêleront aux sanglots de la maternité déçue, quel épouvantable martyre ! A demi tuée, sanglante, du fond de son anéantissement elle répétait : « il est mort... il est mort..., » lorsqu'elle entendit cet essai de voix, cette respiration criée, cet appel à la lumière, de l'enfant qui naît. Elle y répondit, oh ! de quelle tendresse débordante.

« Mon petit !... »

Il vivait. On le lui apporta. C'était à elle ce petit être au souffle court, ébloui, éperdu, presque aveu-

29.

gle ; cette chose en chair la rattachait à l'existence, et rien que de l'appuyer contre elle, toute
la fièvre de son corps se noyait dans une sensation
de fraîcheur réconfortante. Plus de deuil, plus de
misères ! Son enfant, son garçon, ce désir, ce regret qu'elle avait dix ans enduré, qui lui brûlait les
yeux de larmes, dès qu'elle regardait les enfants
des autres, ce petit qu'elle avait embrassé d'avance
sur tant de mignonnes joues roses ! Il était là et
lui causait un ravissement nouveau, une surprise,
chaque fois que de son lit elle se penchait vers le
berceau, écartait les mousselines sur le sommeil à
peine entendu, les poses frileuses et recroquevillées
du nouveau-né. Elle le voulait toujours près d'elle.
Quand il sortait, elle s'inquiétait, comptait les minutes, mais jamais avec tant d'angoisse que ce matin du baptême.

« Quelle heure est-il ?... demandait-elle à chaque
instant... Comme ils tardent !... Dieu ! que c'est
long... »

Madame Le Quesnoy, restée près de sa fille, la
rassurait, elle-même un peu tourmentée, car ce
petit-fils, le premier, l'unique, tenait bien fort au
cœur des grands parents, éclairait leur deuil d'une
espérance.

Une rumeur lointaine qui se rapprochait en
grondant redoubla l'inquiétude des deux femmes.

On va voir, on écoute. Des chants, des détonations, des clameurs, des cloches en branle. Et tout
à coup l'Anglaise qui regardait dehors :

— Madame, c'est le baptême !...

C'était le baptême, ce tumulte d'émeute, ces

hurlements de cannibales autour du poteau de guerre.

—Oh! ce Midi!.. ce Midi!..» répétait la jeune mère épouvantée. Elle tremblait qu'on lui étouffât son petit dans la bagarre.

Mais non. Le voici, bien vivant, superbe, remuant ses petits bras courts, les yeux tout grands, dans la longue robe de baptême dont Rosalie a brodé les festons, cousu les dentelles elle-même, la robe de l'autre ; et ce sont ses deux garçons en un, le mort et le vivant, qu'elle possède à cette heure.

— Il n'a pas fait un cri, ni tété une fois de toute la route! » affirme tante Portal qui raconte à sa manière imagée le triomphant tour de ville, pendant que les portes battent dans le vieil hôtel redevenu la maison aux ovations, que les domestiques courent sous le porche où l'on sert de la « gazeuse » aux musiciens. Des fanfares éclatent, les vitres tremblent. Les vieux Le Quesnoy sont descendus dans le jardin loin de cette joie qui les navre ; et comme Roumestan va parler au balcon, tante Portal, l'Anglaise Polly passent vite dans le salon pour l'entendre.

— Si Madame voulait ben tenir le petit !... » demande la Nounou curieuse comme une sauvage ; et Rosalie est tout heureuse de rester seule, son enfant sur les genoux. De sa fenêtre elle voit étinceler les bannières dans le vent, la foule serrée, tendue à la parole de son grand homme. Des mots du discours lui arrivent par échappées ; mais elle entend surtout le timbre de cette voix prenante, émouvante, et un frisson douloureux lui passe au souvenir de tout le mal qui lui est venu de cette éloquence habile à mentir et à duper.

A présent, c'est fini; elle se sent à l'abri des déceptions et des blessures. Elle a un enfant. Cela résume tout son bonheur, tout son rêve. Et se faisant un bouclier de la chère petite créature qu'elle serre en travers de sa poitrine, elle l'interroge tout bas, de tout près, comme si elle cherchait une réponse ou une ressemblance dans l'ébauche de cette petite figure informe, ces minces linéaments qui semblent creusés par une caresse dans de la cire et marquent déjà une bouche sensuelle, violente, un nez courbé pour l'aventure, un menton douillet et carré.

« Est-ce que tu seras un menteur, toi aussi ? Est-ce que tu passeras ta vie à trahir les autres et toi-même, à briser les cœurs naïfs qui n'auront fait d'autre mal que de te croire et de t'aimer?... Est-ce que tu auras l'inconstance légère et cruelle, prenant la vie en virtuose, en chanteur de cavatines? Est-ce que tu feras le trafic des mots, sans t'inquiéter de leur valeur, de leur accord avec ta pensée, pourvu qu'ils brillent et qu'ils sonnent ? »

Et la bouche en baiser sur cette petite oreille qu'entourent des cheveux follets :

« Est-ce que tu seras un Roumestan, dis ? »

Sur le balcon, l'orateur s'exaltait, arrivait aux grandes effusions dont on n'entendait que les départs accentués à la méridionale, « Mon âme... Mon sang... Morale... Religion... Patrie... » soulignés par les hurrahs de cet auditoire fait à son image, qu'il résumait dans ses qualités et dans ses vices,

un Midi effervescent, mobile, tumultueux comme
une mer aux flots multiples dont chacun le reflétait.

Il y eut un dernier vivat, puis on entendit la
foule s'écouler lentement. Roumestan entra dans
la chambre en s'épongeant le front, et grisé de son
triomphe, chaud de cette inépuisable tendresse de
tout un peuple, s'approcha de sa femme, l'embrassa avec une effusion sincère. Il se sentait bon
pour elle, tendre comme au premier jour, sans remords comme sans rancune.

— Bé?... Crois-tu qu'on le fête, monsieur ton
fils!

A genoux devant le canapé, le grand homme d'Aps
jouait avec son enfant, cherchait ces petits doigts
qui s'accrochent à tout, ces petits pieds battant le
vide. Rosalie le regardait, un pli au front, essayant
de définir cette nature contradictoire, insaisissable.
Puis vivement, comme si elle avait trouvé :

— Numa, quel est ce proverbe de chez vous que
tante Portal disait l'autre jour?... *Joie de rue...*
Quoi donc?...

— Ah! oui... *Gau de carriero, doulou d'oustau...*
Joie de rue, douleur de maison.

— C'est cela, dit-elle avec une expression profonde.

Et laissant tomber les mots un à un comme des
pierres dans un abîme, elle répéta lentement, en
y mettant la plainte de sa vie, ce proverbe où toute
une race s'est peinte et formulée :

— Joie de rue, douleur de maison...

FIN

TABLE DES MATIÈRES

FIN DE LA TABLE DES MATIÈRES.

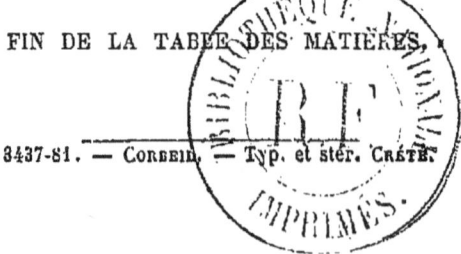

3437-81. — CORBEIL. — Typ. et stér. CRÉTÉ.

www.ingramcontent.com/pod-product-compliance
Lightning Source LLC
Chambersburg PA
CBHW060931030726
47503CB00003B/546